U0153972

志於道，遊於譯
——宋春舫的世界紀行與中西文學旅途

宋春舫 著
羅仕龍 譯注／導讀

志於道，遊於譯
——宋春舫的世界紀行與中西文學旅途

目　次

代序：淺談宋春舫的兩本法語著作

宋春舫（1892-1938），二十世紀中國現代戲劇先驅，也是西方戲劇的重要引介者。1912年赴法、瑞兩國留學，1916年返華，先後於上海聖約翰大學、清華學校（今清華大學前身）、北京大學等校任教，是民國初期第一位於大學開設比較文學與西方戲劇課程的學者，也是晚清以來有系統引進西方戲劇知識的第一人。一般論及他的文學事業，主要集中探討三冊《宋春舫論劇》。這三冊著作分別出版於1923、1936、1937年，既全面介紹西方戲劇的淵源與流派，又涵括宋春舫對中國戲曲傳統與革新的評價，無論在當時或今天，都有相當高的參考價值。

除此之外，學貫中西且熟諳外語的宋春舫，還曾以法語出版過若干著作。此事最早可見於英國作家毛姆（William Somerset Maugham, 1874-1965）的記載。1919年，毛姆訪華，拜見當時任教於北京大學的宋春舫，事後毛姆將會面經過記於散文集《在中國屏風上》（1922年出版，較為近期的譯本有2013年上海譯林出版的唐建清教授譯本）。毛姆述及宋春舫「在學校講授的課程是戲劇，最近還用法文寫了一冊有關中國戲劇的書」，但毛姆並未指出該法文著作的確切標題。1968年1月，臺北《純文學》雜誌刊載了宋春舫之子宋淇（筆名林以亮，1919-1996）撰寫的〈毛姆與我的父親〉一文。該文既補充毛姆言有未逮之處，並糾正了毛姆的錯誤理解與偏見。關於宋春舫的法文著作，宋淇是這麼說的：「我父親一共用法文寫過三本書，一本講中國戲劇，一本是中國文學史，另一本是旅行遊記《海外劫灰記》，當時我自己的法文程度不夠，看不出他文字的功力如何。後來拿了那本遊記給一位法國學者看，據他說，寫得同法國人一樣，看不出來是外國人寫的，連腔調都是純法國味的。」近年，陳子善教授重新集結宋春舫文字，編為《從莎士比亞說到梅蘭芳》一冊，書中序言亦提到宋春舫曾出版數本法文著作之事，惜限於篇幅，未進一步評述。

從戲劇研究的角度切入，宋春舫以法語撰述的中國戲劇著作應當是最吸引人注意的一本。事實上，早在1886年，晚清外交官陳季同（1851-1907）已以法語寫就《中國人的戲劇》一書，於巴黎出版。該書通過一介士子的眼光，以中西比較的視角，向法國讀者闡揚中國古典戲曲之美。可惜宋春舫以法文寫成的中國戲劇著述標題已不可考，相關材料難尋，否則若與陳季同的著作兩相對比閱讀，亦可比較不同時代文人如何向西方讀者介紹中國戲劇。倒是宋春舫另外兩本法語著作仍然可在海內外部分圖書館尋得：一本是《海外劫灰記》（*Parcourant le monde en flammes: Coups de crayon de voyage d'un Céleste*），1917年於上海出版；另一本是《當代中國文學》（*La Littérature chinoise contemporaine*），1919年於北京出版。

《海外劫灰記》一書共收有散文30篇，出版於宋氏返華之初，藉留學海外期間之見聞，一抒知識分子感時憂國的懷抱。中文標題「海外劫灰記」乃宋春舫本人所命名。法語主標題「*Parcourant le monde en flammes*」可直譯為「涉足遍訪著火的世界」，副標題「*Coups de crayon de voyage d'un Céleste*」意為「一個天朝子民在旅途上的鉛筆速寫」。「遍訪」一詞，點明本書的遊記性質。世界之所以「著火」，是因為宋春舫寫作此書期間正值第一次世界大戰，歐洲炮火連天，而中國共和體制肇建，戰亂頻仍。「速寫」則是自謙之語，提醒讀者全書寫作係興之所至，不需過分認真。

然而，宋春舫是否真的不假思索，隨意下筆？從他巧妙經營的文章架構、法語的用字遣詞等看來，答案顯然是否定的。寫作當時才20多歲出頭的宋春舫，往返歐洲與中國之間，既感受到西方文明的新奇與衝擊，又屢屢回頭觀照自身傳統文化。幽默酣暢的筆墨中，滿溢著他初接觸現代文明的喜悅，但動盪的世局又迫使他不得不嚴肅比較與思考東西文化的優劣和競爭；在輕鬆如行雲流水的文采間，暗湧著各種對自己、對民族、對世界人類的質疑與揣度。有意思的是，深諳戲劇之道的宋春舫卻常在乍看失望之餘，為讀者另闢蹊徑，別開一條趣味橫生的思維線索。在每一則簡短篇幅的散文裡，宋春舫的筆觸冷熱調劑，悲喜交錯，在在顯示一位年輕作家的氣度與才華，也說明本書的文學價值與可讀性。

1932年，年屆不惑的宋春舫進入上海銀行供職。這段期間由他主編的《海光月刊》固定登載其歐遊雜記，後於1933年集結成冊，以《蒙德卡羅》為書名出版。同早年出版的《海外劫灰記》相較，《蒙德卡羅》諧趣不減，唯昔日少年的感時憂國，已被人生歷練之後更為含蓄圓融的雅量所取代。儘管如此，不少年輕時候的心得或體驗，仍然可以在《蒙德卡羅》裡觀察到一些痕跡。例如西方人分不清中國人、日本人，因而給宋春舫帶來的困擾，此事在《海外劫灰記》與《蒙德卡羅》兩書中各有例證。《蒙德卡羅》並非《海外劫灰記》的譯本，也不是根據《海外劫灰記》改寫，而是宋春舫前後15年間思索中西文化差異的進程。《蒙德卡羅》近年重新印行，收入1996年遼寧教育出版社彙編的《歐遊三記》。讀者若將《海》《蒙》兩本遊記對照閱讀，當可讀出不少作家的心路歷程。

值得一提的是，《海外劫灰記》書中的〈我們很嚇人嗎？〉、〈馬賽〉、〈跳舞〉等三篇文章，後以單篇形式分別重刊於1918年7月出刊的不同期《北京政聞報》（*La Politique de Pékin*），歸於宋春舫為該報撰寫的一系列「天朝子民瑣語」（Menus propos d'un Céleste）欄目之下。同一欄目於1918年9月又登載宋春舫所撰〈酷刑〉（La Torture）一文，惟該文並非選自《海外劫灰記》，而是另外寫就的獨立短文。《北京政聞報》每週在北京出版，是當時中、法知識分子與記者之間交流的重要傳媒之一。宋春舫除了以法語書寫之外，有時也以英語撰寫關於當代中國的文章，刊登於中國境內的英語報刊，例如《北京導報》（*The Peking Leader*）曾於1919年2月刊載宋春舫的〈當代中國戲劇〉（Contemporary Chinese Drama）一文。宋春舫親筆實踐民國初期知識分子以外語接軌世界的想像，甚至在返華多年後，還於1921-1922年間為《日內瓦期刊》（*La Revue de Genève*）撰寫過兩篇法語文章，分別題為〈過去與現在的中國戲劇〉（Le Théâtre chinois jadis et aujourd'hui）、〈中國詩歌〉（La Poésie chinoise）。總的來說，宋春舫的法文著作以《海外劫灰記》的流傳相對廣泛。例如法國國家圖書館迄今仍收藏有本書，係1917年上海東方出版社印行的初版。本譯文根據的即為此一版本，為筆者在法國任教期間所查閱。

要特別說明的是，宋春舫固然旁徵博引，見多識廣，但《海外劫灰記》畢竟是散文隨筆，不是學術論文，所以各篇所引述的詩句、典故等，偶有疏漏或訛誤。為保留原作筆觸，本譯文不加更動，但適度以腳註說明。幸賴網路科技發達，讀者身居斗室亦可海天遊蹤，不妨自行進一步考證之。承蒙復旦大學戴燕教授引薦，上海《書城》雜誌曾於2015年陸續分期刊出《海外劫灰記》全書譯文，讓這本清新真摯的少年遊記首度為中文讀者所見。然為求版面清爽與閱讀便利，《書城》刊載《海外劫灰記》時並未附上腳註。2019年再承福建師範大學周雲龍教授盛情，將《海外劫灰記》正文連同筆者腳註，轉載於《細讀》集刊。不過〈猶太人〉一篇因故僅錄題目，未收全文。本次由清華大學出版社出版的正體中文版，既完整收錄《海外劫灰記》原書各篇正文，同時附上筆者腳註，補足了早前幾個版本的缺憾之處。為使讀者更加瞭解《海外劫灰記》出版之後獲得的迴響，筆者特將法語《北京政聞報》所載書評譯出。

《海外劫灰記》並非宋春舫唯一一本法語著作。1918年，宋春舫離開清華學校，轉赴北京大學任教，翌年——亦即五四運動同年——出版第二本法語著作《當代中國文學》。該書出版者為法語《北京新聞》（*Le Journal de Pékin*），係由法國外交部支持，於1911年至1931年間在中國刊行流通的綜合性報刊。書名「當代」一詞所指乃是宋春舫的同時代，從意義上來說較接近吾人今日所理解的「現代」文學之發端。《當代中國文學》全書共收錄23篇文章，將中國文學概分為小說、詩歌、戲劇三大部分，夾敘夾議，且附有部分作品的法語翻譯，通過中西比較文學的筆法，重新檢視清末民初以來的中國文學發展脈絡。《當》書封面的作者名字下方，還特意標注宋春舫的頭銜「北京大學教授」，可見出版者有意凸顯本書內容的可信度與可讀性。

前文述及宋春舫不見得是第一位以法語介紹中國文學的作者，晚清駐法外交官陳季同所撰一系列有關中國文學與文化的著作已是箇中翹楚。然而，如果說陳季同是藉由筆下明快流利且優雅的法語，讓法國讀者見識到中國古典文學之魅力，那麼宋春舫則將目光轉向十九世紀末、二十世紀初的「當代」文學，著重晚清以來白話文學之發展，間接證明了中國文學之活力及其與時俱進的潛能，而非只是供奉於高腳書櫃供西方讀者品味賞玩的精美古代文物。

另一方面，清末以來赴歐留學者固然大有人在，但以法語撰寫的著作主要限於學位論文，如焦菊隱、陳綿、蔣恩鎧、沈寶基、吳益泰、賀師俊、郭麟閣等學者都曾以中國文學的單一文類或單一文本作為學位論文主題，鮮少有人能像宋春舫一樣長期優遊於中西文化之間，持續在法語報刊撰寫有關中國文學的文章。朱家健、張天方、敬隱漁等人未以學術著稱，雖出版有簡介性質的中國文學著作，然篇幅較為短小簡省，在寫作企圖的廣度上來說不比宋春舫。此外，曾仲鳴於1920年代出版過三本以中國文學為主題的論文、翻譯，然僅限於詩歌，未涉及其他文類。1932年，徐仲年出版《中國詩文選》，全書架構自先秦到民初按歷史編年排列，於每章節內又區分為詩歌、戲劇、小說、哲學、歷史等五類分項論之（最後一章論及白話文運動時還增列「散文」類），是一本帶有通論文學史性質的文選。相較於曾仲鳴、徐仲年兩人的詩、文選論，宋春舫的《當代中國文學》不但成書時間較早，不限關注單一文類，且書名點出「當代」角度。這些都是宋春舫《當代中國文學》的特點。

《當代中國文學》書中原附有宋春舫題詞與法國記者那世寶（Albert Nachbaur, 1880-1933）所著簡短序文，雖非宋氏所撰，但生動風趣，在此一併譯出，以饗讀者。那世寶於1916年抵華，約於1918年初起任《北京新聞》主編。宋春舫《當代中國文學》即由《北京新聞》出版，書中部分文章亦曾刊載於該報。另外，本書譯文最後所附參考書目為宋春舫原已羅列。可以看出宋春舫不但注意「當代」文學，也將視角延伸至「當代」的文學研究成果。

本次清華大學出版譯文所根據的《當代中國文學》一書，原藏於北平燕京大學圖書館，現收於北京大學圖書館。筆者特別感謝北京大學孟華教授、北京大學圖書館特藏部張紅揚主任在調閱書籍過程中提供的多方協助，不勝感激。尤其是孟華教授，在筆者為學路上始終給予溫暖而嚴謹的叮嚀、鼓勵和支持，是筆者完成本書的最大動力。《當代中國文學》部分譯文選段曾獲復旦大學戴燕教授引薦，刊載於2018年9月《書城》雜誌，進而得到各界指正與鼓勵，銘感於心。本書在反覆修訂的過程中，承蒙多位先進、學友協助與指點，特別是法國克萊蒙·奧維涅大學（Université Clermont Auvergne）岱旺（Yvan

Daniel）教授、北京外國語大學馬曉冬教授、南京師範大學蕭盈盈教授、復旦大學楊振教授、上海交通大學任軼教授、西南大學徐歡顏教授、北京大學李聲鳳博士、中正大學鍾欣志教授，筆者謹此同表感謝。曾與清華有過一段淵源的宋春舫，其法語著作《海外劫灰記》、《當代中國文學》兩書終於能在二十一世紀的清華園完整出版，不能不說是難得的因緣，更見證了「立德立言，無問西東」的清華精神。

宋春舫的旅行書寫及世界想像：從《海外劫灰記》到《蒙德卡羅》

一、前言

晚清民初域外遊記近年受到學界諸多關注，其中晚清外交人員的使西日記等著作為一研究重點。在中西交流的框架下，外交人員實地接觸西方文明的經驗與感思，通過遊記、日記或其他形式的書面文字轉介，漸次影響時人對於世界的認知、想像與觀感。相關研究成果頗豐，有強調整體文化思維者，[1] 有針對遊記內容選取主題研究者，[2] 亦有專注於單一使西人員之研究。[3] 1912年民國肇建，新文化運動、五四

---

* 本文主要內容原刊於《成大中文學報》67（2019.12），頁185-226。初稿曾以〈從《海外劫灰記》到《蒙德卡羅》：宋春舫與民國初期知識分子的異國遊記及世界想像〉為題，宣讀於2018年12月27-29日國立清華大學舉辦之「近現代文學與文化國際學術研討會：異域、他國與世界想像」，經修訂後完成。2021年8月29日筆者以〈海外歸來話劫灰——宋春舫法語遊記的舊學與新知〉為題，參加馬來亞大學中文系、馬來亞大學中文系研究生協會聯合主辦之「文體和時空：2021近現代文學與文化工作坊」，後將會中發言之內容整合至本文，進一步充實篇幅。謹此特別感謝兩次會議主辦單位，以及顏健富教授、張惠思教授等多位學界先進的建議與指點。

[1] 例如尹德翔，《東海西海之間：晚清使西日記中的文化觀察認證與選擇》（北京：北京大學出版社，2009）。又如陳室如，《晚清海外遊記的物質文化》（臺北：里仁，2014）。尹書主要就斌椿、郭嵩燾、張德彝、曾紀澤、張蔭桓等十餘位晚清外交官的日記做一耙梳，釐清整體脈絡與個別特點。陳書除外交人員以外，亦涉及王韜等旅人，書中著重日常生活衣食、博覽會奇觀物件等物質層面之研究。

[2] 例如羅仕龍，〈《茶花兒》與《天神與貓》：張德彝《述奇》系列兩齣中國題材戲劇新探〉，《中正漢學研究》24（2014.12），頁185-215。

[3] 例如李華川，《晚清一個外交官的文化歷程》（北京：北京大學出版社，2004）。本書

運動等風潮接踵而來，不但刺激文學領域的變革，中西之間的交流亦愈顯頻繁，域外遊記、遊人書寫之出版愈顯興盛。

相較於晚清域外遊記以外交官為撰述主體，參與書寫民國時期域外遊記的群體更顯多元，出版緣由也更多樣化。除了涉外人員之外，亦有留學生、駐外記者、作家、藝術家等，基於不同的原因、筆法或思維角度，將個人旅外經驗撰述成篇。例如身兼記者、出版社編輯且參與政治活動的鄒韜奮（1895-1944），於1933-1934年間因政治緣故寓居歐洲多國，後撰有《萍蹤寄語》、《萍蹤憶語》等遊記，夾敘夾議，有針砭時政之意。又如1935年春，蘇聯於莫斯科舉辦國際影展，邀集各國影星共赴盛會，中央社駐蘇記者戈公振（1890-1935）推薦「電影皇后」胡蝶（1908-1989）參展。影展結束後，胡蝶一行轉赴德、法、英、義等國遊歷考察，返國後出版《歐遊雜記》，轟動一時。[4] 民國初期不少域外遊記、行旅書寫的作者身兼多重身分，遊歷足跡亦廣，不但藉筆鋒一抒心懷，亦見證時代動盪。他們在海外駐留的時間或長或短，見識的事物與觀察的面向多有不同，書寫重點與風格各異：有止於走馬看花者，亦有深入觀察、寄寓家國之思者，以致於在抗戰期間有《名家遊記》之類的書籍出版，蒐集郁達夫、戴季陶、徐志摩、冰心、魯迅、郭沫若、老舍、鄭振鐸等人遊記凡39篇；書前附有編者〈遊記文學（代序）〉一篇，詳述遊記文學之生成背景，並試圖根據作者身分、作品形式、作品內容、寫作態度等不同面向，將遊記類的寫作予以分門別類。[5] 除了紀實的遊記之外，民國作家將個人

主要研究對象為晚清外交官陳季同。陳氏以法語著有《中國人的戲劇》、《巴黎印象記》等多本析論中西文化差異之散文，為翻譯家曾樸之師，堪稱晚清中西文化交流第一人。有關陳季同的專論研究，另可參見陳俊啟，〈晚清現代性開展中首開風氣的先鋒：陳季同（1852-1907）〉，《成大中文學報》36（2012.3），頁75-106。

[4] 該次與胡蝶同行訪蘇的尚有京劇名伶梅蘭芳。胡蝶《歐》書除文字外，尚有60餘頁遊歐期間所攝照片、剪報等資料，圖文並茂。見胡蝶，《歐遊雜記》（上海：良友圖書公司，1935）。

[5] 新綠出版社編，《名家遊記》（上海：中華書局，1943；北京：中國書店影印出版，

行旅經驗融入虛構故事創作，[6] 更拓展了域外題材撰述的可能。

為使研究主題更為明確，本文集中討論紀實類型的遊記。本類型遊記之所以在民國初期蔚然成風，主要原因之一是旅行風氣的盛行與日漸便利，而其中不能不提的就是上海銀行及其熱絡的旅匯業務。1915年，陳光甫（1881-1976）、莊得之於滬上成立上海商業儲蓄銀行。1923年，該行設立旅行部，由朱成章（?-1930）、莊鑄九負責，[7] 專責發售交通票券、辦理遊覽運輸事務等。1927年，旅行部自上海銀行獨立，成立「中國旅行社」，同年春創辦《旅行雜誌》，初為季刊，後改為月刊，直至1954年7月停刊，[8] 其間聘《申報》編輯趙君豪（1902-1966）任主編，刊登各家海內外遊蹤、旅行資訊，銷路暢旺，足見當時讀者對於遊記書寫的喜愛。[9] 本文論述基於民國初期的遊記，討論範圍主要集中在宋春舫（1892-1938）的兩本遊記著作《海外劫灰記》（*Parcourant le monde en flammes : Coups de crayon de voyage*

1988）。

[6] 如老舍《二馬》、巴金《馬賽之夜》、徐仲年《彼美人兮》等，都是基於作者本身的旅外經驗所撰寫的虛構故事，當中夾雜作者個人在異地生活的所見所聞。

[7] 朱成章，〈旅行部緣起〉，《旅行雜誌》1：1（1927年春季號），頁3。朱成章為上海銀行創始人陳光甫的左右手之一，後任旅行部經理。莊鑄九為晚清實業家盛宣懷七女盛愛頤之夫婿。

[8] 時任上海銀行總經理的陳光甫在《旅行雜誌》創刊號撰有發刊辭一篇，說明該刊宗旨與內容取向：「夫足涉全國者，省分之見自消，遍遊世界者，國疆之見漸泯。諺云『百聞不若一見』，蓋旅行不特可以闢眼界，且足以拓思想，其益之大，有如是者。敝行創辦旅行部以來，輒就舟車、旅費、行李方面為商旅謀利益，惟以籌備未周，貢獻甚尠，深引為憾。今者彙編《旅行雜誌》，藉供社會之參考，對於國內外交通之狀況，商業之情形及民情風俗，悉加調查而載錄之。東鱗西爪，固不足以稱商旅之南針，然冀由此引起國人對於旅行上之觀感，以推求其益之普及，此為敝行服務社會之微旨也。謹誌數語以明之。」見陳光甫，〈發刊詞〉，《旅行雜誌》1：1（1927年春季號），頁1。〈發〉文刊登時無標點。以上有關上海銀行旅行部、中國旅行社等資料，亦可參見上海銀行網站「行史館」欄位：https://www.scsb.com.tw/content/about/about08_c_4.jsp（2019年11月10日瀏覽），惟網頁所載陳光甫〈發刊詞〉一文與《旅行雜誌》刊出版本略有細微差異。

[9] 有關趙君豪生平簡介，參見關志昌，〈趙君豪和《旅行雜誌》〉，收入趙君豪採訪、蔡登山編，《民初旅行見聞》（臺北：秀威資訊，2015），頁4-10。

d'un Céleste）與《蒙德卡羅》。[10] 宋春舫曾應陳光甫之邀，長期為上海銀行編輯行內刊物，也於其中刊載個人旅遊文章。可見宋氏的兩本遊記，雖為獨立成冊，但或可作為同時代人的世界想像與文化視野註腳。[11] 準此，本文將從細節切入，分析宋春舫的《海》、《蒙》兩書，除試圖理解宋春舫個人的學思進程之外，並進而推想同時期知識分子的文化知識地圖。值得注意的是，宋春舫兩本遊記分別使用法語、中文撰寫，內容不盡相同，除了可能反映出宋氏在不同時期的關懷與省思，亦可藉由同一作者的多語書寫提供吾人不同的觀察切入點，是民國時期遊記較為特殊的一個研究案例。

二、民國初期留學生遊記展現的想像與文化視野

遊記文類由來已久，多數遊記與日記屬性有相近之處。前文所述晚清外交官使西日記，事實上也可當作遊記閱讀；反之，大多數遊記並非單純描寫景色，而是在行文之間帶入一己所見所思，故亦有個人日記性質。晚清民國時期的中外遊記最特別之處，在於跨文化的相遇。此處所指的跨文化，主要針對中、西兩者之間的衝突、交匯、理解或融合，其衝擊力度之大，影響層面之廣，每多甚於曩昔之遊記。晚清民國遊記書寫者的遊蹤不再只是限於中土，也不再只是蠻荒四夷的奇聞軼事采風，而是在內憂外患的時局裡，無可力抗地被納入

---

[10] 以上兩書分別為Soong Tsung-faung, *Parcourant le monde en flammes: Coups de crayon de voyage d'un Céleste* (Shanghai: La Presse orientale, 1917)；宋春舫，《蒙德卡羅》（上海：中國旅行社，1933）。《海外劫灰記》封面與內文之作者署名拼音採Soong Tsung-faung，以下引用該書時從之。

[11] 唐佩佩、高昌旭，〈一部「世界眼光」的民國遊記〉，《戲劇之家》19（2016），頁15-16。該文主要點出《海外劫灰記》一書藉西方見聞反思中國的家庭觀念、人道主義、人文主義等三方面。然該文篇幅精簡，在概念定義、細節舉證方面仍多有可補充之處。

全球跨文化流動的一部分。在此框架之下，晚清民國遊記往往涉及作者對於世界的想像以及他我形象的認知。比較文學領域學者長期以來有「形象學」（Imagologie）之說，以法國學者巴柔（Daniel-Henri Pageaux, 1939-）、穆哈（Jean-Marc Moura, 1956-）等人為代表，研究「形象」（image）、「想像」（imaginaire）——諸如個人、國家、民族、文化等不同層面的形象與想像——是如何經由各種途徑被不同群體或個體所認識與理解，又是如何在不同時空、歷史或文明語境下被改寫或傳達。誠然，早在形象學一說訴諸理論體系以前，法國漢學界即多有研究中國形象之著作，如柯蒂埃（Henri Cordier, 1849-1925）、艾田蒲（René Étiemble, 1909-2002）等前輩，通過分析文學作品的翻譯與傳播，已對中國形象之生成，乃至西方人對於中國的想像，進行一番耙梳與整理。[12] 反之，中文學界如周寧、孟華等學者亦有相當研究成果，不但從文化主體的角度出發，推論中國形象在西方的生成，[13] 甚至也試圖理解西方觀念或西方人形象在中國語境裡的演變和接受。[14]

以上所言涵蓋甚廣，舉凡小說、詩歌、戲劇等虛構文類，都可見

[12] 見艾田蒲著，許鈞、錢林森譯，《中國之歐洲》（*L'Europe* chinoise）（桂林：廣西師範大學出版社，［1989］2008）。亨利．柯蒂埃（Henri Cordier）著，唐玉清譯，錢林森校，《18世紀法國視野裡的中國》（*La Chine en France au XVIIIe siècle*）（上海：上海書店出版社，2006）。

[13] 例如孟華，《比較文學形象學》（北京：北京大學出版社，2001）。周寧，《跨文化形象學》（上海：復旦大學出版社，2014）。以上兩書較偏重理論、概念的說明。周寧另編有8卷《中國形象：西方的學說與傳說》（北京：學苑出版社，2004），則以歷史進程為綱，斷代為冊，詳述各個時代的中國形象，並附有重要相關之西方文獻中譯文。

[14] 例如孟華，〈從艾儒略到朱自清：遊記與「浪漫法蘭西」形象的生成〉，收入孟華等著，《中國文學中的西方人形象》（合肥：安徽教育出版社，2006），頁364-378。孟華教授在本書序言〈形象學研究要注意總體性與綜合性（代序）〉中，將形象學研究概分為四大向度，包括「想像理論研究」、「詞彙研究」、「華人『自塑形象』研究」、「遊記研究」。本文處理的兩本遊記，也正是建立在作者宋春舫本人關於自我／他人形象與他人／自我想像的論述上。

到中西形象在不同語境下之演變。[15] 相較之下，遊記類型的出版則更有真實性，其取材與切入點也更能直接反映出書寫者的思想、生命經驗、情感體會甚至天然秉性。十九世紀中葉以前，由於法令、語言、地理空間等條件限制，使得不少看似遊記的著作，實際上只是既有材料加上作者本人的想像聯綴而成。[16] 即便清朝被迫開放之後，仍不時有虛構的遊記出版，其中不乏漢學家的著作。[17] 在諸多似真若假的旅遊書寫之中，十九世紀後半期至二十世紀前半期由法國作者撰述的中國遊記最引人注意者之一，當推克洛岱爾（Paul Claudel, 1868-1955）的《認識東方》（*Connaissance de l'Est*）。該書出版於1900年，所記為1895年7月至1899年10月間任駐華外交官時所見所思，見證大清帝國衰敗末局，部分心得可能融入劇作《正午的分界》（*Partage de midi*）。民國時期駐華外交官之中，馬勒侯（André Malraux, 1901-1976）則根據個人所見所聞，將1925年的國共兩黨軍事衝突寫入小說《征服者》（*Les Conquérants*），並於1928年出版。

克洛岱爾、馬勒侯兩人皆為外交官身分，得以在中國有較長時間停留，且其掌握的文化資源、知識水平通常高於一般旅華商賈。然

---

[15] 最有名的例子之一就是《趙氏孤兒》與改編本在中西文化之間的傳播及其形象變異。眾所周知，《趙氏孤兒》在十八世紀經由耶穌會傳教士節譯為法語出版之後，在英、法、義等國衍生出許多不同的改編本，其中最知名者為伏爾泰（Voltaire）改編之《中國孤兒》（*L'Orphelin de la Chine*），劇中極力彰顯中國美德與儒家義理。中日戰爭期間，張若谷將伏爾泰《中國孤兒》回譯為中文，但多有增刪，以集中強調中華民族之德行，以及面對強敵壓境時不屈不撓的氣節。參見陳碩文，〈翻譯異國、想像中國：張若谷譯《中國孤兒》探析〉，《編譯論叢》9：1（2016.3），頁73-98。

[16] 如法國記者兼評論家富爾格（Émile Daurand Forgues）以老尼克（Old Nick）為筆名，於1845年出版的虛構遊記《開放的中華：一個番鬼在大清國》（*La Chine ouverte: aventures d'un Fan-kouei dans le pays de Tsin*）。中譯本見錢林森、蔡宏寧譯，《開放的中華：一個番鬼在大清國》（濟南：山東畫報出版社，2004）。

[17] 如法國女漢學家俞第德（Judith Gautier）於1879年出版的虛構遊記《奇特的人們》（*Les peuples étranges*）。俞第德自幼從中國教師丁敦齡學習漢語，22歲與丁師合譯有中國詩選《白玉詩書》（*Le Livre du jade*），名滿歐洲。俞第德雖然未曾親自造訪中國，但她博覽群書，想像力浪漫奔放，使其得以將既有的中國知識融會貫通並杜撰遊記。

而，如同晚清時期赴西方的中國外交官，法國外交官的旅遊書寫——不論是紀實遊記，抑或是基於旅華經歷所得到的文化觀察心得——不得不受限於他們所接觸的菁英生活圈，事實上仍與一般大眾有一定距離。更何況，克洛岱爾等外交官雖然長居東亞，但不一定能切實掌握當地語言，例如克氏本身的中文只有基本程度。深入的遊歷與觀察，有賴長時間的在地經驗與文化知識水平。在晚清民國時期，較有可能符合上述條件的，除外交官外，就是留學生。不過，限於晚清民國時期的客觀條件，其時前往外國留學的，主要還是中國學生赴歐美日本等國家，而非西方國家學生赴華留學。宋春舫所撰《海外劫灰記》即是此一客觀條件下所產生的遊記。相較於本文前述的諸多民國遊記類別，如記者、明星藝人所撰者，留學生遊記體現較長時間的觀察與體會，有返國後集結成冊者，也有不少是以單篇形式刊載於報刊，作為即時海外通訊，如王禮錫（1901-1939）、陸晶清（1907-1993）在留學倫敦期間，為不同報刊撰述生活心得，並有詩作集結為《去國草》。[18]

民國留學生遊記、日記雖然常有出版者，考其內容，卻又常見留學生群體相濡以沫之記錄，並不一定是專注於西方文化之觀察，而穿雜有不少留學生的生活瑣事與趣味。例如1927年赴法勤工儉學的徐霞村（1907-1986），在其《巴黎遊記》（1930年出版）中多記有留法期間下榻之處、宿舍之事，常與中國學子交遊。[19] 又或像是徐仲年（1904-1981）撰寫的《海外十年》，書中細述留學緣由與過程，多有個人憂思之嘆，且不乏頗為私密的個人慾念之苦。[20] 另外，如季羨林（1911-2009）之《留德十年》，則屬晚年追憶，雖有時局之嘆、

---

[18] 蔡登山，〈訴盡前生不了情——陸晶清的深情無悔〉，《才女多情：「五四」女作家的愛情歷程》（臺北：秀威資訊，2011），頁195。

[19] 徐霞村，《巴黎遊記》（上海：光華書局，1931）。

[20] 徐仲年，《海外十年》（上海：正中書局，1936）。以上徐霞村、徐仲年兩人皆為法國文學專家，著、譯有多本法國文學論述。

山水之遊，但主要仍集中於其學習生活、漢學研究。[21] 相較之下，宋春舫由於並非勤工儉學派送出國，較無中國學生群體生活之記錄，且因宋春舫家境殷實，出入較為寬裕，能接觸到不同文化層面之事物。更重要的是，宋春舫法語能力相當出色，這使得他探索、了解與吸收歐洲文化的觸角更為敏銳，體會也更深刻。事實上，宋春舫一家交遊廣闊，在民國時期有「宋家客廳」之說，可見宋氏留學歐洲之際，並非離群索居之人。下文將論及的遊記中，亦不乏與當地友人或陌生人互動之片段。然因上述種種原因，宋春舫的遊記並非以留學生群體為核心所發展而成，而更多是以留學生眼光關注歐洲當地情況。凡此皆使宋春舫的遊記不同於同時期的留學生書寫，展現出其個人獨特的觀察、氣質與視野。

三、宋春舫《海外劫灰記》、《蒙德卡羅》的寫作與出版

宋春舫為晚清最後一屆科舉考試秀才，舊學根底深厚。然因其時教育環境轉變，改入上海聖約翰大學就讀，學習外國文學。宋氏孫輩宋以朗指出，宋春舫尚未完成聖約翰大學學位，即已於1912年赴巴黎索邦大學就讀，後轉赴瑞士日內瓦大學深造，1915年取得學位，並於1916年回到中國，時年僅24歲。[22] 據宋春舫本人日後回憶，1916年夏

---

[21] 季羨林，《留德十年》（北京：中國人民大學出版社，2004）。《留德十年》書稿於1988年由季羨林整理完成。季羨林於1935年赴德留學，期間適逢二戰，歐洲劫灰餘生。季在此回憶錄中偶亦有自嘲的「優勝記略」。

[22] 宋以朗，《宋淇傳奇：從宋春舫到張愛玲》（香港：牛津大學出版社，2015），頁8-10。除了宋以朗轉述的資料之外，宋春舫本人在1923年首次出版的《宋春舫論劇》序言〈幾句話……〉裡提到，「這本書是我自從一九十六年回國以後，在京滬各日報及雜誌中所發表的論說及演稾〔稿〕」，文後署「一九廿二年十月十六日杭州西湖」，可知宋氏確為1916年返國。見宋春舫，《宋春舫論劇》（上海：中華書局，1923），無標示頁碼。此外，《蒙德卡羅》收錄之〈巴黎（一）〉有言，1912年春宋春舫自馬賽搭車前往巴

天他離開歐洲後，先抵紐約，經檀香山返華。[23] 1917年出版的《海外劫灰記》主要就是以這次歐美經驗為敘事背景，從出發前往歐洲的惴惴不安寫到西行旅途見聞，再從歐洲生活點滴寫到北美遊歷觀察。宋春舫留歐期間雖主修政治經濟，但同時醉心於戲劇，對西方文學多有鑽研，輔以傳統文學的基礎，使得宋氏對中西文學藝術的認識之深、視野之廣，遠超過同時期的大多數中國知識分子，也使得他日後思考中西文化異同之時往往別開生面。自歐返華的宋春舫，歷任上海聖約翰大學、清華大學、北京大學等校教席，常在報刊發表戲劇、文藝評論文章，既有介紹歐美當代文學思潮者，亦有借他山之石反思中國文學本質者，其中尤以戲劇方面用功最深，著力最多。1923年，宋春舫集結新、舊文章，出版《宋春舫論劇》第一集，日後又於1936、1937年出版「論劇」系列第二、三集。此三卷「論劇」堪稱宋春舫最為後世所知之論著；加以他返國後在北京大學任教期間，首開比較文學、西洋戲劇等課程，致使後人主要關注其戲劇研究成就。[24]

宋春舫第一次歐遊以個人留學為目的，第二次歐遊則有政府委任之責。一戰結束後，時任北京大學教授的宋春舫代表民國政府赴歐參加國際會議，同時肩負考察經濟、文化的任務。1920年4月啟程，[25] 抵

黎。見宋春舫，《蒙德卡羅》，頁29。綜上所述，可知宋春舫赴歐留學乃1912至1916年間之事。

[23] 宋春舫於1929年寫道，「民五之夏，全歐戰氛方熾。予自巴黎赴紐約，取道太平洋歸國，舟繫檀香山。」見宋春舫，〈青島特別市觀象臺海洋科成立記〉，《申報》第12版，1929年11月28日。

[24] Lo Shih-Lung, “Le Théâtre français dans la Chine moderne: étude du cas de Song Chunfang,”（現代中國的法國戲劇：以宋春舫為例）in Yvan Daniel, Philippe Grangé, Han Zhuxiang, Guy Martinière, and Martine Raibaud eds., *France-Chine: Les échanges culturels et linguistiques. Histoire, enjeux, perspectives* (Rennes: Presses universitaires de Rennes, 2015), pp. 401-426.

[25] 根據1920年3月17日《北京大學日刊》公告，「宋春舫先生即日往上海，以備赴歐」；該公告並安排了各科代課老師。見〈第一院教務處布告〉，《北京大學日刊》第564號，第2版，1920年3月17日。1920年10月出刊的《東方雜誌》之「海外通訊」欄目刊有宋春舫〈奧國的生活程度〉（8月4日寄）、〈愁城消夏錄〉（8月14日寄）兩篇文章，從發信

歐後於威尼斯上岸；[26] 公務之餘遊歷多國，1921年春夏之際返華。[27] 期間撰寫多篇遊記，是日後《蒙德卡羅》的成書基礎（《蒙》書於1933年出版）。此外，宋春舫亦曾被委派負責青島觀象臺海洋科事務，倡議建立海洋研究所與水族館，「以詩人生活而負科學之使命，亦殊非初料所可及也」。[28] 1934年，宋氏出版經濟研究專書《不景氣之世界》，縱論中西經濟大局；[29] 同時期又受陳光甫委託撰寫《上海商業儲蓄銀行二十年史初稿》（1934年5月完稿，當時因故未出版），[30] 著作類型眾多。凡此種種悠遊於不同領域、地域文化之間的跨領域經

日期可知宋春舫當時已赴歐，且持外交護照。以上〈奧〉、〈愁〉兩文見《東方雜誌》17：20（1920.10.25），頁83-87。

[26] 宋春舫，〈威尼斯〉，《蒙德卡羅》，頁54。有關宋春舫本次赴歐的路線，亦可參考《申報》所載：「北京大學教授宋春舫君，現將赴歐。先至意國，再由意至瑞士某大學演講中國文學，繼續至法國，或再赴美。定於今晨上午十時，偕駐比公使魏注東君乘Innsbruck船出發。」見〈宋春舫赴歐〉，《申報》第14版，1920年4月22日。按魏注東即魏宸組，晚清留比學人，民國建立後曾任職於南京臨時政府內閣、唐紹儀內閣，出任多國公使。

[27] 胡星亮，〈宋春舫：中國現代戲劇理論先驅者〉，《浙江藝術職業學院學報》10：3（2012），頁32。此外，據1921年7月4日刊載於《申報》第15版的〈查明宋春舫素來安分之呈復〉指出，「去年四月，由北京大學派赴歐戰調查文學戲曲，繼任駐歐中國國際聯盟同志會為代表；去年五月三日，由歐回滬，即居於三德里住宅。」〈查〉文主要乃起因於上海警察接獲報案，稱「浙人宋春舫，近自海外回滬」，有圖謀不軌之事，經查證後確知宋氏「平日潛心著作，擇友頗慎，律身極嚴」。文中「去年五月三日」，據上下文推敲，實際所指應為1921年5月3日。宋春舫日後追憶這段經歷時亦明白指出，「民九，予赴中歐一帶，調查大戰後經濟狀況之嬗變，於維也納邂逅昔時日內瓦同學Oxner君。……翌年春，予抵馬賽，乃迂道由蒙乃歌。」見宋春舫，〈青島特別市觀象臺海洋科成立記〉，《申報》第12版，1929年11月28日。文中「蒙乃歌」應該就是今日通稱的摩納哥。綜合以上資料大致可以推論，宋春舫乃1920年春至1921年春夏遊歐，歷時約一年左右。

[28] 宋春舫，〈青島特別市觀象臺海洋科成立記〉，《申報》第12版，1929年11月28日。據文中指出，宋春舫係於1928年11月至1929年6月擔任觀象臺首任海洋科科長之職。在其奠定的基礎之上，後繼者有更進一步之計畫，「如購置海艦、添辦化學試驗所等等。中國破天荒之水族館，亦在積極規畫中，其地址並得青島市政府批准保留」。

[29] 宋春舫，《不景氣之世界》（上海：四社出版部，1934）。

[30] 邢建榕，〈戲劇家宋春舫撰寫的一部銀行史〉，《非常銀行家（民國金融往事）》（上海：東方出版中心，2014），頁121-123。據邢建榕指出，該份未出版的手稿藏於上海市檔案館，是許多學者研究金融史的一部重要參考著作。

歷，讓宋春舫對於旅行、異國文化的接觸與交流皆有一定心得，且多有洞見細微之處。

宋春舫的著作兼有法語、中文出版者。[31] 以遊記而言，有以法語撰寫的《海外劫灰記》，也有以中文撰寫的《蒙德卡羅》，另譯有邁斯特（Xavier de Maistre, 1763-1852）法文原著之《繞室旅行記》（*Voyage autour de ma chambre*）選段。[32]《海外劫灰記》一書之法語標題*Parcourant le monde en flammes: Coups de crayon de voyage d'un Céleste*，可直譯為「涉足遍訪著火的世界：一個天朝子民旅途中的鉛筆速寫」。[33]「海外劫灰記」五字乃該書封面書法所題。「著火」對應「劫灰」，所指即為書成期間飽受一戰戰火蔓延的人世間。「天朝子民」或譯「天朝人」，取自法語常用以指稱中國的Empire céleste一語，可直譯為「天朝帝國」。然實際上法語並無習慣以Céleste一詞指稱中國人。宋氏此語頗有幾分玩笑意味，而「鉛筆速寫」則說明下筆匆匆，讀者切莫過於拘泥認真。

《海外劫灰記》於1917年由上海東方出版社（The Oriental Press）

---

[31] 宋春舫之子宋淇曾在〈毛姆與我的父親〉一文中轉引英國作家毛姆（William Somerset Maugham）之言，說「他（宋春舫）在學校講授的課程是戲劇，最近還用法文寫了一冊有關中國戲劇的書」。宋淇進一步說明，說「我父親一共用法文寫過三本書，一本講中國戲劇，一本是中國文學史，另一本是旅行遊記《海外劫灰記》，當時我自己的法文程度不夠，看不出他文字的功力如何。後來拿了那本遊記給一位法國學者看，據他說，寫得同法國人一樣，看不出來是外國人寫的，連腔調都是純法國味的。大概在見毛姆時，他只出版了第一本，其餘兩本還沒有寫成。」從以上毛姆、宋淇兩人的言談，可見宋氏的法語著作頗被看重，否則不會一再提起，並且請法國人詳閱。見宋淇，〈毛姆與我的父親〉，《純文學》3：1（1968.1），頁4。

[32] 宋春舫譯，《繞室旅行記》（選段），《猛進》5（1925.4.3），頁6-7；《猛進》6（1925.4.10），頁5。《繞室旅行記》寫於1794年，原書有17章，宋春舫僅譯了前兩章。邁斯特是薩瓦依（Savoie）公國的法語作家。

[33] 為求行文簡便，以下引用本書法語標題時，省去副標，僅稱Parcourant le monde en flammes。

出版，[34] 正好是宋春舫返國後不久。該書湮沉多年，[35] 藏本亦不多，2015年始有中文譯本問世。[36]《海》書全書除題辭與作者前言外，共由30篇短文組成，標題分別為：〈在路上〉、〈誤會〉、〈文明人〉、〈馬賽〉、〈柏格森〉、〈日內瓦〉、〈在德國〉、〈文學〉、〈戲劇〉、〈帝制或共和？〉、〈義大利萬歲！〉、〈婚姻〉、〈女人〉、〈猶太人〉、〈我們很嚇人嗎？〉、〈他們比較幸福嗎？〉、〈水都〉、〈跳舞〉、〈決鬥〉、〈時髦〉、〈夜晚〉、〈戰爭〉、〈正義〉、〈人口過剩與人口衰退〉、〈在美國〉、〈假民主〉、〈華人移民海外（I）〉、〈華人移民海外（II）〉、〈在日本〉、

---

[34] 《海》書出版前，部分歐遊雜感已以中文見諸聖約翰大學校刊《約翰聲》，惟內容文字不盡相同。

[35] 《海》書出版當時可見之介紹資訊不多。少數資料可見於上海聖約翰大學之中英雙語校刊《約翰聲》（*St John's Echo*）。如"News Column: *Parcourant le monde en flammes*", *St. John's Echo* 28, no. 5 (1917.6), p. 7; "Pékin. Bibliographie," *La Politique de Pékin*（北京政聞報）, no. 9, Mar. 3, 1918, p. 22.

[36] 宋春舫著，羅仕龍譯，《海外劫灰記》（*Parcourant le monde en flammes*），分期連載於上海出版之文藝期刊《書城》第106-109期（2015年3-6月）：106（2015.3），頁103-111；107（2015.4），頁120-127；108（2015.5），頁121-127；109（2015.6），頁120-127。該中譯本參考的法語本藏於法國國家圖書館總館，館藏編號8-G-9952。法國國家圖書館另有一本藏於表演藝術分館，館藏編號16-EGC-1952。《海外劫灰記》法語原作偶有註腳，例如〈在路上〉一文將神話裡的射手座Sagittaire譯為「風伯」，在註腳裡以漢字標示（見法文版頁12）；中譯本逕依宋春舫，在《書城》刊載譯文以「風伯」名之（見《書城》106期，頁106）。又如〈文明人〉一文引用法國作家法瑞爾（Claude Farrère）所著小說《文明人》（*Les civilisés*）文句，於註腳提供出處（見法文版頁20）；中譯本省卻註腳，而在內文中直接給出作者與書名（見《書城》106期，頁108）。共計《海》書法文版共有8個註腳，皆為提供引述文句出處（例如〈女人〉一文引用英國／愛爾蘭劇作家蕭伯納的文句法譯，宋春舫於註腳提供英文原句）、中文書名（例如〈柏格森〉一文註腳提供《聊齋志異》書名漢字）等。需要說明的是，宋春舫法語原作偶有訛誤，但筆者譯文並未予以更正，以求盡可能保留宋氏原作面貌。例如〈文學〉一文將易卜生歸為「德國寫實主義流派」（見法文版頁38），未明言易氏乃挪威劇作家；中譯本遵照宋氏原文譯出，未做修訂（見《書城》107期，頁121）。綜合上述說明可知，《海》書中譯本考量到《書城》雜誌並非純學術導向，故於該刊連載時將原文註腳信息併入正文，且不另做註腳修正原作引用資料訛誤，凡此皆為便利讀者閱讀。以下筆者引用之《海外劫灰記》內文，係同時參考《海外劫灰記》法語原作以及《書城》刊載譯文，稍作潤飾後而得，並無影響法語原意，且僅有小幅度改動《書城》譯本文句，未改動《書城》譯本原意。《海外劫灰記》全書譯文經筆者再次修潤後，收於本書。

〈錯誤！〉。從各篇標題可略窺本書主題之廣泛：有以地名為題，書寫當地風土人情者；亦有借用中西觀點，思考時局與文化者。時年25歲的宋春舫，藉此法語小書記述他出國期間的所見所感。全書法語流利通暢，毫無生澀之感，且筆鋒常帶語言趣味，讀者乍看之下或許很難想像全書出自一位年輕中國作者手筆。

然而，為何一位年輕中國作者選擇在中國以法語出版遊記？[37] 宋春舫本人對此並未特別說明。從宋春舫流暢的法語看來，不無可能是以法語作為鍛字鍊句、琢磨文筆的工具，同時又可藉此寄託他對法國的情感。值得一提的是，《海外劫灰記》書中有三篇文章，後以單篇形式重刊於1918年7月7日、14日、28日出刊的《北京政聞報》（*La Politique de Pékin*），分別是〈我們很嚇人嗎？〉、〈馬賽記憶〉、〈跳舞〉。[38]《北京政聞報》每週出版，是當時中、法之間的知識分子與記者之間交流的重要傳媒之一。前述三篇原收於《海外劫灰記》的文章，在《北京政聞報》刊載時，是收於宋春舫一系列「天朝子民瑣語」（Menus propos d'un Céleste）欄目之下；同一欄目於1918年9月還登載宋春舫所撰〈酷刑〉（La Torture）一文，惟該文並非選自《海外劫灰記》，而是另外寫就的獨立短文。事實上，《海外劫灰記》以及《北京政聞報》刊載者，並非宋春舫在中國本地唯一出版的法語著作。1919年，亦即《海外劫灰記》出版後兩年，宋又以法語撰寫《當代中國文學》（*La Littérature chinoise contemporaine*）一書，由《北

---

[37] 十九世紀後半期至二十世紀前半期之間多有中國作者以法語著述出版，如晚清外交官陳季同，或是民國留歐學生、旅法文人等，但除了宋春舫的法語著作是在中國本地出版之外，其他作者的法語著作多數是在歐洲出版，同時期居於中國的讀者不一定有機會讀到。近年學界對民國初期中國作者的法語著作漸有關注，參見羅仕龍，〈從繼承傳統到開創新局——二十世紀前半期法語世界的中國戲劇研究〉，《漢風》2（2018.1），頁84-97。該文論及的中國作者以留法學生為主，其中陳綿、蔣恩鎧、焦菊隱、徐仲年等人的法語著作都是在法國出版。

[38] 〈馬賽記憶〉即《海外劫灰記》書中所收〈馬賽〉一文。內容相同，只是標題稍加更動。

京新聞》（*Journal de Pékin*）報社出版。《北京新聞》是由法國外交部支持的法語報刊，1911年至1931年於中國出版與流通。[39] 不論宋春舫基於什麼動機以法語撰寫《海外劫灰記》等系列文章，其目標讀者必定是通曉法語者，其中或以法國讀者佔大多數。雖然宋春舫寫作時可能只是隨興悠遊於不同語言之間，但《海外劫灰記》出版之後又選錄多篇刊於法語報刊，可見宋春舫應是有意與法語讀者對話，或至少是希望與法語圈人士維持一定程度的往來與知識交流。除此之外，晚清民國時期的確也有一群通曉外語的中國知識分子，以外語作為彼此交流的工具之一，[40] 讓身處中國的他們與想像中的「世界」維持一定的聯繫；知識分子以外語書寫，既可讓西方「讀」到中國，也可以讓中國接軌「世界」。宋春舫除了以法語書寫之外，有時也以英語撰寫關於當代中國的文章，刊登於中國境內的英語報刊（例如《北京導報》*The Peking Leader*），[41] 甚至返華多年後仍在瑞士法語報刊刊登文章，[42] 可說是親筆實踐其時知識分子以外語接軌世界的想像。在此前提之下，宋春舫法語遊記《海外劫灰記》所選題材、觀點、陳述方式等，便格外值得關注。宋春舫既以中國遊人的視角寫下他所觀察到的「著火」西方，又在中西文化的對望之間映照出他心中的「劫灰」中華。該書既讓通曉法語的中國知識分子可以想像西方旅程，又讓法國

---

[39] 瓦格納（Rudolf G. Wagner）著，崔潔瑩譯，〈跨越間隔！——晚清與民國時期的外語報刊〉，收入耿幼壯、楊慧林主編，《世界漢學》（北京：中國人民大學出版社，2015），卷15，頁103。

[40] 例如張若谷就曾在《異國情調》、《珈琲座談》等文集裡記載他在法租界堅持使用法語，或聽聞友人使用法語便心生欣喜的軼聞。見張若谷，〈忒珈欽谷小坐記〉，《異國情調》（上海：世界書局，1928），頁5-6；張若谷，〈關於藝術三家言〉，《珈琲座談》（上海：真美善書店，1929），頁75。

[41] Soong Tsung-faung, "Contemporary Chinese Drama," *The Peking Leader*, Special Anniversary Supplement, Feb. 12, 1919, pp. 124-127.

[42] 例如Soong Tsung-faung, "Le Théâtre chinois jadis et aujourd'hui," *La Revue de Genève*, vol. 2 (1921), pp. 121-127; Soong Tsung-faung, "La Poésie chinoise," *La Revue de Genève*, vol. 4 (1922), pp. 497-502. 以上兩篇文章刊登於1921年、1922年的《日內瓦評論》。

讀者見識中國子民心緒，堪稱民初遊記群像之中少見的一道風景。

宋春舫另一本遊記《蒙德卡羅》則以中文寫成，1933年4月由中國旅行社出版發行。《蒙德卡羅》書名取自書中收錄首篇〈蒙德卡羅〉，[43] 所記遊歷地點包括歐洲與中國。《蒙德卡羅》與《海外劫灰記》不同的是，《海》書各篇所記大致依循宋春舫的旅行路線，從啟航、西亞、歐洲到取徑北美返國，而《蒙》書則為已刊散稿收集而成，頗有集行旅趣聞於一書之意味，並非依循固定的旅遊路線或時間線。

前文曾略述中國旅行社自上海商業儲蓄銀行獨立以及《旅行雜誌》創辦之緣由，然《蒙德卡羅》之成書則與另一本期刊較有直接關聯。據宋春舫自撰《蒙德卡羅・序》指出，1932年10月宋入上海銀行任職，12月起編輯《海光》月刊，「輒寫遊記，以實篇幅。友人以為在遊記中自成一格，慫恿付梓。乃並搜羅十餘年前舊作，彙為一冊」。[44]《海光》月刊係上海銀行內部發行之綜合刊物，內容包括政經、時事、藝文等，主要係為提供銀行同仁一吸收新知與交流之園地。宋氏序言所說「輒寫遊記」，自然是指《海光》刊載者；至於「十餘年前舊作」為何，則可從書中各篇文章所署日期得知。需要指出的是，《蒙德卡羅》所收文章雖多出於《海光》月刊，然《海光》月刊所刊宋氏旅行方面文字並未全部收錄進《蒙德卡羅》。[45] 另外，《蒙德卡羅・序》前空白頁說明，書中所收〈英絲勃羅克〉一文，原

---

[43] 據趙君豪指出，1933年中國旅行社收齊宋春舫稿件預備發行時，「因為這是些散文體的紀述，沒有適當的書名，宋先生便來問我，我說這裡第一篇文章不是〈蒙德卡羅〉麼，何妨就以此為名；宋先生欣然同意」。見趙君豪，〈追懷宋春舫先生〉（下篇），《旅光》2：3（1940.3），頁14。另可參見〈宋春舫著《蒙德卡羅》〉，《申報》第12版，1933年6月8日。該文亦指出《蒙》書是以首篇為書名。

[44] 宋春舫，《蒙德卡羅》，頁1。

[45] 例如宋春舫，〈通濟隆〉，《海光》6：11（1934.11），頁1-3。該文寫通濟隆（Travelex）公司創始人托默戈克如何結合旅遊與旅客金錢需求，發展匯兌事業。雖與旅遊有關，但文章屬性偏向經濟考察。

題〈愁城消夏雜刊〉，刊於《東方雜誌》。經筆者查考，該文原題實為〈愁城消夏錄〉，收於《東方雜誌》之「海外通訊」欄。宋春舫僅指出〈英絲勃羅克〉一文，但事實上《蒙德卡羅》書中所收各文多有自他處轉載，或轉載至他處者。[46] 需要提醒的是，宋春舫二度赴歐期間偶在中國報刊發表行旅文字，有些文章日後並未收入《蒙德卡羅》。[47] 以下根據《蒙》書每篇文章所署日期製表，以便本文讀者參考。

表1：宋春舫《蒙德卡羅》收錄文章說明

《蒙德卡羅》目錄之國家/地區分類	文章篇名	文章末尾所署日期
法國	蒙德卡羅[48]	1933年3月15日
	巴黎（一）	1933年2月15日
	巴黎（二）	1933年3月16日
義大利	威尼斯[49]	1920年9月10日
奧地利	英絲勃羅克	1921年8月14日
	石爾子堡	1921年6月14日
匈牙利	蒲達配司脫	1921年8月19日
瑞士	日內瓦（一）	1921年6月24日
	日內瓦（二）	1932年7月29日
中國	北平	1933年3月11日
	杭州（一）	1921年9月14日
	杭州（二）[50]	1933年1月15日

[46] 例如《蒙》書的〈巴黎（一）〉一文，原刊於《海光》5：2（1933.2），頁9-10。《蒙》書出版後，該文改題轉載於林語堂主編的《宇宙風》。見宋春舫，〈到巴黎去〉，《宇宙風》62（1938. 3），頁42-43。〈到巴黎去〉文字內容實與〈巴黎（一）〉無二致。

[47] 例如刊載於《申報》的〈宋春舫遊記（六）〉寫香港之事，〈宋春舫遊記（七）〉寫新加坡，皆未收入《蒙德卡羅》或其他專著。以上兩篇文章見宋春舫，〈宋春舫遊記（六）〉，《申報》第14版，1920年10月6日；宋春舫，〈宋春舫遊記（七）〉，《申報》第14版，1920年10月7日。

[48] 「蒙德卡羅」即蒙地卡羅（Monte Carlo），係摩納哥大公國首府。摩納哥係獨立國家，全境北、西、東皆為法國圍繞。〈蒙德卡羅〉一文開篇即指出「蒙那哥……是受法國保

從以上表列資料可看出，《蒙》書所收12篇文章，有6篇寫於1920年至1921年間（即宋春舫言「十餘年前舊作」），另有6篇寫於1932年7月至1933年3月，而《蒙德卡羅》全書則是在1933年4月問世。前文已詳細說明宋春舫兩次歐遊的經歷，可知《蒙》書收錄之1932年後所撰各篇皆為回憶舊日之作，例如〈巴黎（一）〉所記為1912年初赴巴黎之不安，〈日內瓦（二）〉記大戰前後歐洲流行舞蹈之演變。至於與歐遊無關的〈杭州（二）〉，則寫1917年間與妻同遊杭州卻屢被員警查房之事。[51] 此外，前引《申報》等資料言及宋春舫於1920年春至1921年春夏赴中歐調查一戰後經濟狀況云云，可知〈威尼斯〉、〈英絲勃羅克〉、〈石爾子堡〉、〈蒲達配司脫〉四篇文章乃該次歐遊之

護的一個君主國」。宋春舫將〈蒙〉文置於法國項下，應為便宜行事，非混淆地理。「石爾子堡」即薩爾茲堡（Salzburg）。「蒲達配司脫」即布達佩斯（Budapest）。為避免混淆，本文論及相關城市時，盡量採用宋春舫的譯名，僅在註腳說明現今較為通用的譯名。

[49] 收錄於《蒙德卡羅》的〈威尼斯〉寫於1920年9月10日，而同年10月2日至5日，《申報》第14版連續四天刊出四篇以「宋春舫遊記」為題的文章。考其內容，實與〈威尼斯〉相近，但文字與語氣略有出入。以下抄錄10月5日《申報》刊出的〈宋春舫遊記（一）〉與〈威尼斯〉首段文字以比較之：

> 〈宋春舫遊記（一）〉：「『Venezia』維乃聚雅，有人說是意國的蘇州。吾說蘇州哪裡比得上維乃聚雅。除了花生糖、西瓜子以外，蘇州是絲毫價值也沒有。吾說了這句話，人家一定要說我是一個初出茅廬的留學生，外國人放一個屁也是香的。不曉得我是反對蘇州，並不是崇拜維乃聚雅。你看小小的一個無錫，不到十幾年功夫，發達到這樣一個地步；偌大的一個蘇州，倒反烟消火滅起來。」

> 〈威尼斯〉：「世人往往以蘇州來比威尼斯，這未免太不倫不類了。蘇州哪裡比得上威尼斯，除了松子糖、玫瑰瓜子以外，蘇州對於人類是絲毫沒有貢獻！聽了吾這句話，人家一定不服氣，說『你們留學生醉心歐化』，卻不曉得我是反對蘇州，並不是崇拜威尼斯。你看小小的一個無錫城，不到十年，便發達到這樣地步，居然有人稱它為中國之壁支盤葛；偌大一個蘇州，現在倒反烟消火滅起來。」

按壁支盤葛即今日通稱之匹茲堡。〈宋春舫遊記〉之（一）到（四）篇刊完之後，10月6日至7日《申報》刊載的則是〈宋春舫遊記〉（六）與（七）。全系列〈宋春舫遊記〉並無第（五）篇。

[50] 寫於1933年1月15日的〈杭州（二）〉，原題〈杭遊雜感〉，初發表於《旅行雜誌》7：2（1933.2），頁33-35。隨即收於1933年4月出版的《蒙德卡羅》。

[51] 根據該篇內容記述，杭州警員為杜絕私娼，三番兩次入室詢問宋春舫與其妻室之關係。宋於答話中向警察表示自己行年卅五。按宋生於1892年，故可推知此事約發生在1917年前後，亦即宋春舫返國後不久。

紀實。不過，同樣寫於該次歐遊期間的〈日內瓦（一）〉則是追憶初次赴歐學習期間所見之事，而〈杭州（一）〉雖以杭州為題，實際上卻是比較杭州、日內瓦、義大利三地的古蹟保存。《蒙德卡羅》雖然清楚標註各別篇章撰寫日期，編排時卻似乎有意打亂文章次序與遊歷順序，而以城市或國家為單位對照東西文化。

換言之，《海》、《蒙》兩書雖然成書時代、行腳足跡、使用語言不盡相同，但不妨可視為一體兩面的旅行書寫，綜合考察一介民初知識分子的世界想像。從《海外劫灰記》到《蒙德卡羅》，一法一中兩本遊記，記錄宋春舫從弱冠少年乃至三十而立的海內外遊歷，反映個人所見所聞，見證1910年代至1930年代的世局變遷。其中部分批判觀點固然有延續性質，但就文章書寫風格來說，《海外劫灰記》裡時時可聞的慨然嘆息，到了《蒙德卡羅》裡卻更見機鋒明裡來、暗裡去；批判力度不減，但讀之更覺諷喻之妙。直至1938年過世前夕，宋春舫仍在報刊發表旅行文字。[52] 宋春舫或因晚年身體健康狀況不佳，長期療養之餘不免遙想早年四處行旅之悅，但亦可見宋氏一生為文心繫行旅主題，而其中最關鍵的原因還是出於他對跨國、跨文化交流的興趣與志業。

四、《海外劫灰記》：戰火下的中西文化行旅

（一）何來劫灰？——以中法書名對照為旅行的起點

宋春舫以法語寫作遊記《海外劫灰記》，標題自然也以法語寫

[52] 宋春舫，〈避暑的精神〉，《青年界》10：1（1936.6），「暑期生活特輯」，頁81。該刊物係北新書局出版，「暑期生活特輯」邀集全國文化界九十名家如老舍、臧克家、柯靈、穆木天、施蟄存執筆。

就。然而何故中文書名以「劫灰」為題？

「劫灰」一詞原出佛典，在晚清民初乃常用詞彙，報刊亦經常用以形容兵燹之禍，且有以劫灰為題之小說連載。需要指出的是，宋春舫另一本法語著作《當代中國文學》並未特別標註中文標題。由此，或可推測宋春舫在《海外劫灰記》的中文書名一事有所尋思。

「劫灰」兩字就文學作品的使用來說，古典詩詞、戲曲多已有之。晚清直接以「劫灰」作為文學作品標題的，今日我們最熟知者當推梁啟超（1873-1929）所做《劫灰夢傳奇》。在這篇只寫了開頭的劇本裡，梁啟超以悲憤之筆，寫西方軍事力量入侵中華大地、國將不國的情況之下，期望能借重通俗文學之力，仿效法國文豪伏爾泰（1694-1778），「做了許多小說戲本，竟把一國的人，從睡夢中喚起來了」。《劫灰夢傳奇》體現梁啟超的一貫想法，試圖以小說戲劇作為改良社會工具。劇中表現出作者極度不齒國內守舊之人以及辦理洋務之人，「更有那婢膝奴顏流亞，趁風潮，便找定他的飯碗根芽；官房繙繹大名家，洋行通事龍門價。領約卡拉，口啣雪茄；見鬼唱喏，對人磨牙」。《劫灰夢傳奇》固然鼓吹效法西方文藝以強國，但同時嘲諷那些徒事皮毛，專以逢迎拍馬為務之買辦。

非文學類的作品之中，晚清民初歷史學家鄧實（1877-1951）校勘的《國粹叢書》收有馮甦（1628-1692）所撰《劫灰錄》，副標「珠江寓舫偶記」，寫南明永曆帝事，並附有「亡國諸人事考」。[53] 該書跋文有言：

> 往在海上得劫灰錄一帙，紙色黝晦，古香鬱然。審其鈐，識為吾吳舊家鈔藏精本。……其文敘述甚工，好表彰節義事，用意尤深遠，與諸凡野史不同。故每浪遊數千里，襆被之

---

[53] 馮甦，《劫灰錄》，收入《中國野史集成》編委會、四川大學圖書館編，《中國野史集成》（成都：巴蜀書社，1993），冊34，頁318-346。

> 外，必攜是書與俱。每過廢墟殘壘，風景不殊，山河斯異，聽父老話桑海舊事，則開卷讀之，與相印證，未嘗不淚潸潸下也。竊意其人必有心君子，身遭亡國之痛，目覩南疆禍變之慘，故記載其事，以存殘局於不朽。[54]

綜上所述，「劫灰」在晚清民初的文學和非文學著作中，多仍作為戰火的代稱。從現有的史料來看，無法確知宋春舫是否閱讀過梁啟超《劫灰夢傳奇》或鄧實《國粹叢書》收錄的《劫灰記》，故而難以斷言宋春舫之所以用《海外劫灰記》作為中文書名，究竟是有意呼應時局變遷下的知識分子慨嘆，抑或只是巧合。不過，鄧實早年隨父居住於上海製造局，讀遍局中所譯西文書，後辦《國粹學報》，發揚國學精粹，其橫跨中西文化的背景與宋春舫或有相近之處。從「劫灰」兩字的普遍程度來看，也許宋春舫正是有意借用該詞彙在晚清民初語境之下所寄寓的憂國憂民之思，另一方面則又將其代入外語出版的著作，以中國作者為主體，藉其遊歷西方、看見西方的遊記文體，反轉「劫灰」在前人著作中的意涵。亦即，過去的「劫灰」多陳述中華大地之飽受戰火蹂躪，然而宋春舫卻將視角擴及「海外」的「著火」，世界的「劫灰」。

晚清外交官員的使西日記中，不乏有述及西方戰爭者。張德彝（1847-1918）一系列使西日記中的《三述奇》即為一例，書中記述他在歐洲時親眼所見普法戰爭。宋春舫筆下的戰亂，既不限於中國亦不限於西方，而展現了其世界眼光。就晚清民初的遊記來說，《海外劫灰記》拓展了寫作的廣度，也將中國通過遊記為連結，將中國置入全球化的脈絡之下。

比對法語標題「著火的世界」和中文標題的「劫灰」，從烈火到灰燼，不免有些悲涼之感，似乎一切遊歷只為理解萬事終將成灰。

---

[54] 馮甦，《劫灰錄》，頁346。

《海外劫灰記》全書雖以法語寫成，但書前附有三首中文題詩，出版時未附法語翻譯，或許稍可說明其心緒。宋春舫友人蔡振華有〈題海外劫灰記〉兩首。其一：

> 頻年奔走天南北，海外歸來話劫灰。國自興亡人自醉，不平都付掌中杯。

其二：

> 他鄉久客淒涼慣，大地經秋感慨多。檢點平生惆悵事，著書容易奈愁何。

此外，還有宋春舫〈自題〉一首：

> 去國曾為汗漫遊，人間無地寄浮鷗。病春病酒年年事，聽雨聽風處處秋。花草三生餘舊夢，管弦一夕是長愁。征衫涕淚琳琅遍，悔著新書付校讎。

這三首詩作都呈現出一種歷劫歸來、漂泊無依滿懷愁緒的感受。其中宋春舫〈自題〉重刊於1934年的《海光》月刊，詩題改為〈自題《海外劫灰記》〉，內容基本與〈自題〉相同，僅弦字改為絃、著字改為箸。[55]《海光》月刊是宋春舫1932年進入上海銀行就職後為銀行所編的內部刊物。有意思的是，〈自題《海外劫灰記》〉一詩並非刊於文藝專欄，而是穿插在一篇由行員錢成新所寫的〈龍游紙業之產銷情形及龍游地方銀行籌設溪口辦事處之經過〉文章之中，騰出小小一方欄位放入宋春舫的年少詩作。[56] 詩的內容和主題與錢成新文章毫無關聯，

---

55 宋春舫，〈自題《海外劫灰記》〉，《海光》6：2（1934），頁5。

56 錢成新曾任職上海銀行霞飛路分行儲蓄部門（見《海光》第2卷第12期之〈行務紀要：霞飛路分行開幕以後〉），曾為《銀行週報》、《海光》等刊物撰寫過多篇談論國內外金融情況的專業文章。

反而有種高度的情感反差。雖然在晚清民國甚至今日的報刊中，為填充版面而加入文章並不是特別罕見之事，但宋春舫身為主編做了如此安排，究竟是為了排版需求而翻箱倒櫃找出一首舊作，抑或另有他意，不得而知。不過宋春舫在《海外劫灰記》出版後，也做過類似的版面遊戲。1918年7月到9月出版的法語《北京政聞報》有一系列名為「天朝子民瑣語」的專欄，主題為中國文化觀察。7月7日刊出的〈我們很嚇人嗎？〉一文，文章旁刊登有宋春舫本人的西裝照。[57] 該文原出自《海外劫灰記》同名文章，內容主要是談論中西審美觀的不同，而西方人之所以覺得中國人不好看，主要原因是由於鴉片戕害健康，且國民衛生和運動習慣都不好。雖然通篇文章是用法語談整個中華民族的問題以及西方人的偏見，但宋春舫放上自己的照片，使得文章排版與內容之間產生尖刻又略帶自嘲的對比效果，且體現了宋春舫的幽默感。順著這條思路，不禁令人揣測，是否《海光》所刊〈自題《海外劫灰記》〉一詩也有自嘲的意味？從當年海外歸來時所歷經的「劫灰」，到眼前蒸蒸日上的金融業務，兩相對照，人生旅途豈不多變？

考量到《海外劫灰記》出版已是1917年之事，距1934年的《海光》月刊出版已有17年之久，且因《海》書以法語撰寫，究竟中文讀者知悉此書者有多少？上海銀行內部員工知悉者又有多少？宋春舫重刊此詩，究竟預設讀者是誰？凡此皆難以求證。不過，宋春舫另一本遊記《蒙德卡羅》甫於1933年由上海中國旅行社出版，而中國旅行社原為上海銀行的旅行部，1927年才從上海銀行獨立。宋春舫藉〈自題《海外劫灰記》〉一詩，究竟是指涉《蒙德卡羅》的出版，有「悔著新書付校讎」之感？抑或有撫今追昔之嘆？無論如何，宋春舫一前一後、一法語一中文的兩本遊記，似乎通過報刊與出版，呈現出不斷流動的遷移感。

---

[57] Soong Tson-faung, “(Menus propos d’un Céleste) Sommes-nous affreux?” *La Politique de Pékin*, no. 27, Jul. 7, 1918, p. 225. 宋春舫本文署名與其一般所署之“Soong Tsung-faung”略有不同。

（二）「旅途中的鉛筆速寫」：形式的承繼，語言的拓展

《海外劫灰記》全書除題辭與作者前言外，共有30篇各自獨立的短文。從標題大致可以看出宋春舫的遊記路線，亦即從中國啟程，途經地中海至法國登陸上岸，而後遊歷瑞士、德國、義大利等地，最後由歐赴美，再由美國橫跨太平洋經日本返國，可說是環繞世界一週。從內容上來看，則並非純為記錄旅途景象，而更多是個人對於民族心理、社會制度、性別權力、經濟問題等面向的思索。宋春舫在字裡行間流露出憂慮的同時，又每每以詼諧或諷刺的筆調帶過。對照《海外劫灰記》副標題「一個天朝子民在旅途中的鉛筆速寫」，頗能點明全書「意所至，筆亦所至」的風格。

這樣的遊記撰寫方式，不免讓人聯想到晚清域外遊記《漫遊隨錄》及其作者王韜（1828-1897）。《漫》書輯錄王韜一生遊歷中西各地的心得，是王韜晚年返回上海定居後，追憶其旅途點滴所成。從「漫」、「隨」兩字所蘊含之意味，固然可知王韜有意表現的隨興，但若思及王韜赴歐協助理雅各（James Legge, 1815-1897）翻譯中國經典、受邀至牛津大學以華語演講，遊歷多國返華後於報刊發表《法國志略》、《普法戰記》等系列文章並彙編成書，便不能不注意到王、宋兩人的海外遊蹤與心志之相似。當然，目前並沒有證據說明宋春舫在撰寫《海外劫灰記》時受到王韜《漫遊隨錄》的直接影響。筆者所欲指出的是，儘管宋春舫以法語撰寫遊記，但亦未嘗不能將其聯繫到中國近現代域外遊記的發展脈絡下考察。

另一方面來說，王韜《漫遊隨錄》的寫作其實亦有所本。根據王韜在《弢園著述總目》提及《漫遊隨錄》時指出，「此為餘生平紀錄旅遊之作，大致略仿《鴻雪因緣》」。[58] 按《鴻》書乃清初文人麟

---

[58] 王韜藏編，《弢園著述總目》，清光緒十五年（1889）鉛印本，收入李萬健、鄧詠秋編，《清代私家藏書目錄題跋叢刊》（北京：國家圖書館，2010，影印本），冊8，頁558。

慶（1791-1846）所作，書中「探二水三山之名勝，搜六朝五季之遺聞」。如果說王韜是將漫遊與隨錄的眼光從中國延伸到了域外，那麼宋春舫則又藉語言工具之變，開拓了遊記文體的更多可能。王韜《漫遊隨錄》是他結束歐遊旅程多年後才於1887年起在通俗刊物《點石齋畫報》連載，1890年上海點石齋書局石印出版《漫遊隨錄圖記》。宋春舫將自己返華後出版的遊記名之為「鉛筆速寫」，又豈能不讓人聯想到他是以石墨之筆，隨寫一幅幅遊歷世界的圖像。

（三）從個體、家庭團體到民族群體

《海外劫灰記》寫於旅途與異國，所記所聞卻不限於市井風光，而更多是中西文化的比較心得。歐洲學成返國之初，宋春舫嘗於聖約翰大學校刊《約翰聲》發表數篇文字，如〈歐遊隨筆〉、〈遊羅城堡記〉、〈極乃武遊記〉等，[59] 又曾於《申報》發表〈梅花落中之跳舞譚〉等，[60] 兼談中西時局與文化。諸如此類的行旅見聞文短意賅，已可一窺《海外劫灰記》的析論精神。前引1917年出版《海》書，正文前收有友人蔡振華作〈題海外劫灰記〉七言詩二首，以及宋春舫〈自題〉七言詩一首。[61] 蔡言「頻年奔走天南北，海外歸來話劫灰」，宋語「征衫涕淚琳琅遍，悔著新書付校讎」云云，大抵都有人生行旅唏噓蒼茫，海外孤鴻歷劫歸來之感。[62] 書名標題之下引用義大利詩人劇作家賈科薩（Giuseppe Giacosa, 1847-1906）劇本台詞，「省城里沿

---

[59] 宋春舫，〈歐遊隨筆〉，《約翰聲》27：7（1916.10），頁32-33。宋春舫，〈遊羅城堡記〉，《約翰聲》27：9（1916.12），頁20-21。宋春舫，〈極乃武遊記〉，《約翰聲》28：4（1917.5），頁1-3。羅城堡即盧森堡，極乃武即日內瓦。

[60] 宋春舫，〈梅花落中之跳舞譚〉，《申報》第15版，1917年1月5日。

[61] 宋春舫，〈自題《海外劫灰記》〉，《海光》6：2（1934.2），頁5。該詩既刊於《海光》，又述及《海外劫灰記》，可見當時一般讀者即使無法閱讀宋氏法語著作，但或仍有機會得知此書。蔡振華即蔡瑩，為曲學大師吳梅弟子，曾任教於聖約翰大學國文系。

[62] 宋春舫在大戰爆發之初即對戰爭時局發表意見，顯見他在《海外劫灰記》的感想或非一時所起。見宋春舫，〈歐遊漫錄〉（收於「遊記」欄目），《民權素》1（1914.3），頁15-17。宋春舫，〈歐洲今日之戰禍論〉，《約翰聲》25：7（1914.10），頁32-33。

街叫賣的小販，舉目所見比你環遊世界看到的還多」，[63] 似有強調用心觀察之意。中西詩句戲詞並陳，顯見宋春舫不但在內容上要觀照中西，就連形式上也細心鋪排。全書正文前另有〈前言〉一篇，自剖寫作心跡。宋氏將國際戰事娓娓道來，從辛亥革命、義土戰爭、第一次世界大戰乃至美墨軍事衝突，[64]「這一場又一場的兵燹人禍，足以證明這本小書的標題，而且也說明了它寫作的環境」。[65] 宋在同一文中強調，這些反覆修改的文字時而嚴肅、時而玩笑，原先並非為同胞而寫，也不是寫給旅居中國的歐洲人士閱讀[66] ——在中國的歐洲人讀之，恐怕得把自己當成欺凌別人的惡棍而深切反省；中國讀者讀之，則不見得能認同其時而激進、時而保守的政治觀點。那麼，究竟這本書預設的讀者是誰？寫作目的又是什麼呢？前文已略述民國作家以外

---

[63] 賈科薩曾為浦契尼（Giacomo Puccini, 1858-1924）的《波希米亞人》、《托斯卡》、《蝴蝶夫人》等三齣歌劇作品填寫台詞。此處宋春舫引文出自賈科薩劇本《如樹葉一般》（*Comme les feuilles*）。該段劇本較完整之台詞為：「省城里沿街叫賣的小販，舉目所見比你環遊世界看到的還多。你總抱怨什麼國家都一樣，可你卻沒發現每個人各自不同。」按《如樹葉一般》義大利文版寫於1900年，法文版翻譯初刊於於1909年的《戲劇畫報》（*L'Illustration théâtrale*）。由此可推知，宋春舫當時相當積極注意歐洲新近出版的劇本。以上賈科薩劇本中譯文為本文作者自譯。法譯版本資料見法國國家圖書館書目檢索：http://catalogue.bnf.fr（2019年11月10日瀏覽）

[64] 義土戰爭（1910年9至10月）係義大利為爭奪鄂圖曼土耳其帝國所屬北非領土之戰。美墨軍事衝突則指1916至1917年間美國派兵介入墨西哥革命之事。

[65] Soong Tsung-faung, "Avant-Propos," *Parcourant le monde en flammes*, p. 7.

[66] 即便如此，或許宋春舫附於法文版原作的部分註腳仍可提供一些線索。例如〈猶太人〉一文指出猶太人外觀易於辨認，尤其猶太人的鼻子騙不了人，可謂該民族的「queue du renard」，直譯為中文即「狐狸尾巴」（法文版頁60）。宋春舫以簡短註腳說明queue du renard乃是「Expression chinoise」（中文表達方法）。由此或可推知，《海》書預設的目標讀者應非通曉中文的中國讀者，而更可能是對於中國不甚了解但有興趣的外國（西方）讀者。反過來說，有些註腳其實對於不懂中文的讀者來說並無多大助益。例如〈人口過剩與人口衰退〉一文引用孟子之言，指出「Le plus grand crime qu'on puisse commettre contre la piété filiale, est de n'avoir point d'enfant」（見法文版頁92），字面上直譯的意思是說人們不符合孝道而犯下的最大罪過，就是沒有孩子。宋春舫在法文版註腳僅以漢字「不孝有三無後為大」八字標註，未作其他說明。不諳中文的讀者或許勉強可以推測此為引述來源，但實際上對增進全文理解無甚助益。由此可見，《海》書或許也不見得就是針對完全不懂中文的讀者。以上可茲佐證之資料有限，筆者不敢妄言，僅於此概略推論，提供讀者參考。

語書寫的策略與可能原因。從內容論理的角度來說，宋春舫此處字裡行間看似閃躲，實際上是在迴避種種非此即彼的批判。尤其此書內容涉及中國時政與文化對比，宋氏褒貶皆有之。或許其吸引讀者之處正如宋氏在文末所說，「書中片段皆為我一時心血來潮所記。意所至，筆亦所至，坦白到有些段落甚至顯得太過隨興」。[67] 此言可視為《海外劫灰記》全書基調，反映其時一介青年學子之思。有意思的是，在看似正經八百對政治歷史反思的語氣中、在自省下筆太過草率的言談間，宋春舫突然又來一記回馬槍，說道「我骨子裡那股喜愛裝腔作勢的本性，大概很難原諒這本書」，自己幽了自己一默。

《海外劫灰記》各篇沒有明確標示寫作日期，雖大致按照旅途順序編列，內容實則混合記遊、回憶與現時所感，主要可概分為社會議題思考、中西文藝評論、中西民族性差異等三種類型。每篇取材雖有不同，但幾乎篇篇涉及中西文化比較視角。以首篇〈在路上〉為例，宋於前半部分論及自己離華赴歐之際的中國動蕩時局，以經濟角度理解中國革命的原因，並且將之與法國大革命相比較，繼而談到辛亥革命帶來的好處寥寥無幾，話鋒一轉又為西方漢學家感嘆，說中國人辮子一剪，連典型中國性格也被消泯殆盡。如此輾轉切換於中西觀點之間，以瑣碎小事呼應時局大變，堪稱宋氏最擅長的記遊筆法。

〈在〉文後半部分則以印度洋、紅海途中所見風土人情為出發點，思考不同地區人類之命運。宋春舫一面喟惜人性脆弱虛浮，一面讚嘆古代遺跡之壯闊神祕，乃至西亞環境之艱險。再一次，宋春舫筆鋒一轉，論及帝國主義所向披靡，卻唯獨不能不在熱帶地區仰賴亞洲勞力以支撐其事業。通篇讀來，雖然中國與亞洲在宋春舫筆下動蕩不安，且環境凶惡、文明高深難解，但西方帝國主義既不可能竟其全功，且所謂漢學家也有見識淺薄之處。宋春舫《海外劫灰記》雖立足

[67] *Ibid.*, p. 7.

歐美，但時時以中國文化之自尊為念；雖寫海外，實則藉他人之眼光重新檢視自身。這是《海外劫灰記》最顯著的特點，在一定程度上延續了晚清外交官使西日記的觀點，但在筆法上卻更為靈活與趣味。例如〈在〉文以亞洲人的勞動密集使西方帝國主義無法任意恣行，而在〈時髦〉一文裡卻寫中國以大量人力虛擲於精細的文化。宋以養狗賞鳥為例，指出大清亡後，宮內官員空有一身養狗技能卻無事可做，若知美國人愛狗，必爭先恐後將養狗發展成民族工業；另一方面，若是將養鳥的功夫用在教育上，當可培育更多民族幼苗。[68] 此言既嘆閒暇文化之精細，卻又暗指勞動力的導向。宋春舫以親身留歐的經歷比較中西民族，談性格差異，[69] 談政治經濟制度差異，[70] 談中西文藝發展與國力強弱之結合，[71] 談中西時尚與日夜享樂。如果說宋春舫通過這些觀察讓自己悠遊於文化樂趣之中，他同時也注意到文化差異所造成的衝突——小至個體之間的誤解，大至民族國家之間的反目，都因差異而起。也因此，他在《海》書末篇結語指出，「雖然當今的大戰與種族問題無甚關聯，但種族問題過去曾是、現在也是普天之下政治發展

---

[68] Soong Tsung-faung, “La Mode,” *Parcourant le monde en flammes*, p. 80.

[69] 例如〈日內瓦〉一文寫歐洲冬季滑雪運動，指出冬季運動不為中國人所熟知，原因是中國人不喜耗盡心力之事物，「因為中國人還不明白，危險是生命不可或缺的因素」，暗指中國的民族性缺乏接受挑戰的勇氣。見宋春舫著，羅仕龍譯，〈日內瓦〉，《海外劫灰記》，本書頁137。

[70] 例如〈在德國〉一文實乃德國各個城市之巡禮。宋春舫比較法、德國家治理之不同，注意到「在法國，巴黎就是一切，……在德國，所有城市都很迷人。……德國是個地方分權的國家」。同文又引大學城波昂過橋付費之制度，認為「口袋空空的中國政府，倒是該實施這個好辦法」。見宋春舫著，羅仕龍譯，〈在德國〉，《海外劫灰記》，本書頁頁138。

[71] 例如〈文學〉一文指出，「德國的經濟擴張，直接影響其民族的文學發展，……物質主義扼殺了文學創作天分」；至於中國文學，「自從它開始與西方國家接觸以來，已經完全喪失其獨特性。……今天的中國，只有譯者！再見了，才華洋溢的詩人和作家們，雖然中國過去曾是孕育他們的搖籃。政治的衰頹，是否也呼應了文學的衰頹？」見宋春舫著，羅仕龍譯，〈文學〉，《海外劫灰記》，本書頁140-141。有意思的是，宋春舫「只有譯者」一言或許並非貶意，而可能是贊許譯者在文學衰頹之際的堅持。宋氏筆法少有斬釘截鐵論斷黑白，此又為一例。

與成形最重要的因素」。[72]

在國族、種族，乃至政治體制比較的視野之下，宋常以「身體」角度為出發點，上述辮子與膚色即為一例。如〈誤會〉文中記有留德中國學生軼事一則，事發於一戰爆發後不久。原本德國民眾期待日本加入其陣營並肩作戰，不分青紅皂白將某中國學生誤以為是日本人，百般追捧，盡以酒肉美饌饜之。孰料後來日本加入反方，德國民眾遂把氣出在這名中國學生頭上，即便他百般辯駁自己並非日本人亦無人相信。宋春舫於文末指出，西方人判斷中國人、日本人之不同，端視有無辮子而定，然而一旦剪去辮子，兩者之間「不過就只是可可豆跟巧克力的差別罷了」。[73] 宋春舫以膚色、髮式等身體特質，作為中國特點之建立，期待有朝一日可以回過頭來看西方人要「猴戲」（singerie）。按舊時西方通俗報刊常把中國人與猴子連結在一起，而宋春舫則反過來暗示道，中國人去髮剃辮的文明進程，是否可以把西人看作是毛髮興旺的猴崽。

〈誤會〉不僅論及東西方人的膚色毛髮，還以女子裸露身體一事窺見中西風俗之不同。宋春舫以羅浮宮展示的藝術名畫為出發點，表示自己看到畫面中那些羅衫半褪的女子，實在無法猜詳她是要穿還是要脫，因而感嘆，「女人啊，實在是神祕難解的一道題！」[74] 宋指出，中國人見女子全裸感到不自在，而西方人卻是在美術館見到半裸不裸才覺得驚世駭俗；然而中國人若依循這套審美標準，在歌劇院見香肩微露的女子時不免要感到疑惑，而更驚訝的是聽聞女子們紛紛抱怨，乃是因為家裡沒有像樣的成套衣服可穿。宋因而評論道，「中國人聽到這話，實在是忍不住要跟朋友們告解，說他無論如何就是參

---

72 Soong Tsung-faung, “L’Erreur!,” *Parcourant le monde en flammes*, p. 120.

73 Soong Tsung-faung, “Les Malentendus,” *Parcourant le monde en flammes*, p. 17.

74 *Ibid.*, p. 15.

不透歐洲」。[75] 從男子的髮膚到女子的身體，宋春舫數度表明無法理解——西方人分不出東方人的相貌差異，一如中國男人不理解歐美女子的審美標準——然而卻是字字透露細節趣味。宋春舫並非是從膚淺的道德層面切入，而是將他對西方世界的觀察落實到身體，延續前文〈在路上〉的國體之變，談到〈誤會〉的身體之辯。

民國旅法遊記不乏文字關注西方女子之體態姣好，遐想西方女子之身形曼妙，特別是半裸未露的描述。[76] 宋春舫的視線或許停留在女子身上，但筆下帶出的卻是以此窺見的文化風貌：女子與女體僅是比喻，通過中國年輕男性作者為主體的觀看，同時借用西方語言作為其陳述工具，似有翻轉東西話語權力的意味。綜觀《海外劫灰記》全書，多有以女子串起的文化評述。例如〈日內瓦〉將瑞士比擬為旅人的天堂，將日內瓦比擬為「氣定神閒的女人，有種獨特的魅力與自然散發的優雅」；文末述及一流亡至歐洲的中國人與日內瓦女子通婚，婚後經營茶葉生意，又開設一家中國商店，閒暇之餘就躲進這一方異國小天地。宋春舫將中西文化的閒情雅趣通過男女婚配連結起來，堪稱韻味十足。其他各篇亦處處可見女性，或以名詞衍異談女權演進，[77] 或以經濟社會期許談兩性地位，[78] 間或穿插各國女性現況，甚至引用《聊齋》的毛狐故事，借用當時流行的柏格森理論解讀，以動物本能／人類智能對比女子／男子之異。[79] 除此之外，還有一篇專以〈女人〉為題，從易卜生、蕭伯納、史特林堡等人的文學創作看女性的關鍵角色，又談到中西對看的異國情調，論中國男子之心儀西方女子、

---

[75] *Ibid.*, p. 15.

[76] 例如張若谷遊法期間有文字記述，「每到舞場空氣緊張的當兒，男人可以把領帶解下，女人可以把頭髮分散。在那裡雖沒有投擲共歡蒂（Confetti），也沒有裸體的誘惑，只有露胸袒背的媚女人，和那野蠻的薩克松風的音樂，可以使人回復到原始人類幸福的境界」。見張若谷，《遊歐獵奇印象》（上海：中華書局，1936），頁156。

[77] Soong Tsung-faung, "La Littérature," *Parcourant le monde en flammes*, pp. 38-39.

[78] Soong Tsung-faung, "La Fausse démocratie," *Parcourant le monde en flammes*, pp. 99-101.

[79] Soong Tsung-faung, "Bergson," *Parcourant le monde en flammes*, pp. 28-29.

西方女子陶醉東方浪漫，皆為不切實際。凡此關於女性的種種，皆可說是《海外劫灰記》的特殊視角。[80]

從個人談到家國，從西方反思中國，是《海外劫灰記》的整體思考架構。〈文明人〉思考進步與文明所需付出的代價，認為「文明的腳步是跟著個人主義走的」，[81] 中國人的家庭則建立在利他主義的基礎上；然而，正因為利他主義的中國「家」庭歷久不衰，致使強調個人與利己主義的西方文明人終得拿下中國的當「家」主權。此言看似肯定中國家庭價值，然而在〈戲劇〉一文裡卻又借易卜生之劇本，指出：「娜拉拋夫棄子，義無反顧出走，毫不後悔。……從此，我們的社會就只能眼巴巴地把各種傳統包袱綑綁在男人身上，讓男人永遠成為社會的奴隸。這到底是進化，還是革命呢？」「在中國，一切都要恪遵祖訓。個人的事情家庭說了算，故鄉的事情社會說了算。我們只能一個字都不吭聲，靜靜看著奴隸的脖子裝上枷鎖。」[82] 宋春舫對家庭制度的反覆詰問，或因年少時受家中安排婚姻之故。[83] 宋由家庭延伸出來討論政治制度，在〈帝制或共和？〉一文裡，指出共和思想之所以未在中國歷史長河中出現，「恐怕還是得從中國家庭說起。過去中國的家庭影響力甚大，擴及日常生活每個層面，而且也是一切政治、社會與宗教機制的基礎」。然而，宋春舫並不僅侷限在家庭父權與國家君權的結合上，而更注意共和肇建以來的發展。他指出，辛亥革命以後，皇權煙消雲散，但「家庭體制撐了過來，跟革命前一樣沒什麼變，跟四千年前也一樣沒什麼變」；問題在於，「既然治國與齊家互為一體兩面，那麼為什麼政制和家法之間，竟有如此顯著的衝突

---

[80] 以上論及女性身體之段落，部分靈感來自清華大學中文系研究所課程「現代文學與跨文化實踐」的課堂討論，謹此感謝修課同學們的建議與啟發。

[81] Soong Tsung-faung, "Les civilisés," *Parcourant le monde en flammes*, p. 20.

[82] Soong Tsung-faung, "Le Théâtre," *Parcourant le monde en flammes*, p. 42.

[83] 見宋以朗，《宋淇傳奇：從宋春舫到張愛玲》，頁8。不過，宋春舫本人著作中從未直接談到他對家中安排婚姻的不滿，且《蒙德卡羅》書中述及夫妻恩愛出遊之事。考量到《宋淇傳奇》一書係由孫輩執筆撰述祖父往事，或有可進一步考證之處。

呢？要怎樣才能調和這兩套扞格不入的價值觀呢」？[84]

從家族個體延伸到民族群體，《海外劫灰記》另有一關注重點是海外華人之現況，藉此推想中國在世界的地位及與世界各國之競合關係。前述〈日內瓦〉、〈時髦〉等文中稍有觸及此議題，而更多評論集中在〈華人移民海外〉（I）、（II）兩篇文章。宋春舫直陳西方人的種族優越感導致社會爭端，指出各民族、國家的先天物質與地理條件不同，發展各異，且審美觀涉及文化背景等，不可一概而論。此二觀察可與〈我們很嚇人嗎？〉、〈他們比較幸福嗎？〉兩文互為參照。[85] 年輕的宋春舫雖然遊歷各國，但在此兩文中卻是反對移民的。主要原因有以下幾項：一是中國國力尚待發展，難以給予海外移民充分保護，二是海外移民受限於物質與文化條件，不見得能代表該民族。其中第二項係以義大利移民為例，然涉及宋春舫貫穿書中關注的形象問題，頗有暗指海外移民影響中國形象之意。順著上述第兩項原因，宋春舫直指「中國唯一的良藥，就是停止向海外移民」。[86] 接著宋春舫續提出第三項理由，從經濟面著眼，指出新興的中國有鐵路待修築，有礦業待開採，有工業待發展，而這一切非充裕人力不能盡全功，是以人力當藏於國內，不當外流。反之，一旦中國實業興旺，則天性安土重遷的華人必不再離散，甚至可以充實國防。〈華人移民海外（II）〉基本亦是從勞動生產為切入點，指出中國發展需要充裕人力，且海外華人受盡欺凌與歧視，實無需寄人籬下。

宋春舫赴歐學習的是政治經濟，以上推論自然未免過於武斷。事實上，上述推論顯然與書中另一篇文章〈人口過剩與人口衰退〉互相

---

[84] Soong Tsung-faung, "Monarchie ou République?" *Parcourant le monde en flammes*, pp. 46-47.

[85] 〈我〉文指出中國相貌之「醜」乃是因為國力衰頹、鴉片毒害之故，但西方人之俊美不過只有短暫光景，衰老甚快。〈他〉文則指出歐洲貧富差距之大，且因大戰波及，經濟衰頹；相較之下，中國賦稅較輕，且生活步調亦較輕鬆。宋於此兩文中各舉中西優劣，雖不刻意抬高中國現況，卻也未特意醜化西方國家。

[86] Soong Tsung-faung, "L'Émigration chinoise," *Parcourant le monde en flammes*, pp. 105-106.

矛盾，因為該文的擔憂正是中國人口過多，只要傳統家庭制度延續下去，「那麼人口過剩就始終會是中國最嚴重的問題之一，沒有解藥可尋」。[87] 宋春舫既批判家庭之束縛，又推論人口之過剩。凡此皆可見宋春舫擺盪於理性與感性之間，也可見一年輕知識分子對於時局的認識與家國的憂心。所幸，宋春舫早在書中序言即已明言，此書只是旅途上的鉛筆速寫，不需過度當真。

（四）從遊記到書評：文體之間的對話

《海外劫灰記》雖然以記遊為主題，但書中不乏論及文學之章節。例如〈柏格森〉一文述及法國哲學家思索的人類智能與動物本能問題，而文章大部分篇幅是譯介自《聊齋志異》所載農民馬天榮與毛狐的故事，以此聯繫到柏格森的論點以反思之。除此之外，宋春舫在許多篇文章裡則會不時引用西方文學作品摘句，例如〈馬賽〉一文講到夫妻吻別之事，引用史畢斯（Henri Spiess, 1876-1940）的詩句，〈婚姻〉一文講到中國婚姻時，引用小仲馬（Alexandre Dumas *fils*, 1824-1895）的小說《半上流社會》之言等等。最直接涉及文學的篇章，則有〈文學〉、〈戲劇〉兩篇。〈文學〉將國家發展與文學成就連結在一起，列舉德國、英國、義大利、法國等歐洲國家的小說家、劇作家與詩人，文末總結思及中國文學現況，思忖究竟政治的衰頹是否呼應文學的衰頹。〈戲劇〉一文則指出二十世紀文學以戲劇為大眾所熟知，遠勝詩歌所造成的迴響。宋春舫在列舉易卜生（Henrik Ibsen, 1828-1906）等歐洲劇作家時，比較了中西戲劇的地位，認為「中國戲曲在社會上或文學領域裡，都沒扮演什麼舉足輕重的角色。不過西方戲劇，因為有了易卜生的緣故，所以差不多可以說在整個歐洲掀起了一場革命」。[88]《海外劫灰記》雖然並非專論文學，但在中西旅途的實

---

[87] Soong Tsung-faung, “Surpopulation et Dépopulation,” *Parcourant le monde en flammes*, p. 93.

[88] Soong Tsung-faung, “Le Théâtre,” *Parcourant le monde en flammes*, p. 41.

踐過程裡，卻展現出宋春舫比較中西文學、關注世界文學與現代文學等心理。

宋春舫對於世界文學的關注，在他赴歐留學前發表於《清華學報》的〈文學上之世界觀念〉一文已可見一斑。文中指出：

> 國運之升降，殆與文學之盛衰，有密切之關係存焉？……吾國今日之文學家，當以興起世界觀念Vision mondiale littéraire為己任。世界觀念既發達，然後從事文學者，知所棄就，獨立思想，漸能輸入吾人腦筋中，而後吾國之文章，方能自成一家，不拾他人牙慧耳。提倡世界觀念果從何入手乎？曰提倡世界現代之文學。予素蔑視古代文學，讀古代文學，無裨於實際。讀當世名人著作，不僅能知現代文學潮流之趨向已也，且能洞悉其國人之心理嗜好，兼及其風俗，較之讀古人書，豈不稍勝一籌。[89]

以上引文所列諸端，不但見於《海外劫灰記》，日後也將在《當代中國文學》一書中出現。然而，宋春舫是否確實「蔑視古代文學」？這恐怕倒也未必。一方面，他本人曾是晚清最後一屆科舉考試秀才，有一定的舊學根柢；另一方面，從他後來對於元代戲曲的大為讚揚，且在五四風潮之中提倡保留舊劇等作為來看，或許宋春舫的「古代文學」有其特定對象。不過至少可以肯定的是，宋春舫在新文學根基尚未穩固之際，先後以中文、法語宣揚其世界文學理念，肯定現當代文學的價值，甚至將中西戲劇的地位相提並論，這些都是宋春舫一貫的文學立場。更值得注意的是，何以宋春舫在中文文章論述之外，要不厭其煩在法語著述裡闡述這些觀念呢？或許，正是通過這樣的書寫實踐，將現當代中國文學推向所謂世界文學的舞台，讓中國文學通過外

---

[89] 宋春舫，〈文學上之世界觀念〉，《清華學報》3：2（1911），頁100-101。

語的闡釋，直接進入世界文學的對話場域之中。從文體的角度來說，宋春舫是以外語介入了所謂中國文學的生產條件，語言則未必是唯一框架國族文學的載體。[90]

而這樣以語言載體介入文學作品的生產，使得宋春舫法語遊記很快便參與了他所謂的「vision mondiale littéraire」（世界文學視界），並且與之產生對話。1918年3月出版的《北京政聞報》刊載了一則《海外劫灰記》的短評，文中盛讚宋春舫的經歷與文采，並從書名標題著手點評本書主題與寫作方向。該評論實際引述的文字來自《海外劫灰記》所收〈文學〉與〈在德國〉兩篇文章，而以出自〈文學〉篇章者較多——引用〈在德國〉篇章或許主要是因為法、德兩國交戰，故有意藉此評論德國。

該篇評論強調宋春舫的世界文學觀點，「這也許是第一次，我們看到一位中國人致力於世界文學的問題。他提出的個人觀察，通常還頗為公道，卻也總是一針見血」。接著，評論直接引用宋春舫〈文學〉篇章所言：

> 我們可以在書中找到許多嶄新的觀點。其中之一就是讓我們相信，對中國人來說，研讀西方古典文學還真是一件耗盡心力的人間慘劇。「但丁、莎士比亞、拉辛，還有高乃依，他們同時代的人怎麼想，就算我們知道了，又有什麼意思呢？對我們來說更要緊的，是認識我們當代的文學，藉此足以瞭解到這些民族的各種思想、心理，以及不同的偏好。他們的物質文明，可是遠遠超過我們呀！」瞧這觀點多麼中肯。對

---

[90] 關於這個觀點，筆者主要是參考鍾欣志教授近年主張的晚清民初文學「交會區」（contact zone，亦可譯為「接觸區」）概念。鍾欣志教授引用紐約大學普拉特（Mary Louise Pratt）教授的文化研究理論，進而認為晚清民初有一批中國作家以外語書寫，其作品超越了一般常見的國族文學史或單一語言文學史的框架。見鍾欣志，〈宋春舫戲劇譯介工作的多樣性與當代性（1919-1937）〉，《政大中文學報》32（2019.12），頁87-128。筆者此處則主要著眼於宋春舫的外語書寫出版與其他媒介之間的互動。

> 我們來說，如果研讀所謂的古典文學是不可或缺之事，足以讓我們追溯歐洲語言的源頭，追溯那些由品味與和諧所規範的形式，那麼對於一個中國人來說，這還真不是什麼要緊的事情。對中國人來說，首要之務是要浸潤在現代主義以及仍然通用的語言之中，因為現時流通的語言才能承載現代思想，並且精確表達當前生活之中千絲萬縷的思維。[91]

上述評論完全呼應宋春舫的文學主張，並且直接引用《海外劫灰記》的文句，甚至連「對中國人來說，研讀西方古典文學還真是一件耗盡心力的人間慘劇」這句未直接標註引用的句子，實際上都是脫胎自宋春舫原文。就筆者目前所知，二十世紀前半期其他中國作者所出版的遊記之中，似乎還沒有類似的例子，能像《海外劫灰記》一樣，在出版後迅速與外語媒體之間產生互動。這一方面固然歸功於晚清民初中國境內的特殊環境致使多種外語報刊風行，提供本地作者發表空間，也提供讀者藉由不同語言與中國本地出版事務進行對話。另一方面，或許也是因為宋春舫本人親身以外語書寫實踐他的中西文學交流志業。正是在這樣的「語際旅行」過程裡，讓遊記文類的「旅行」不只是內容上的，也是文體上的創新，其中涉及當代文學以及文學未來的想像。可惜的是，宋春舫在1910年代的跨語際書寫實踐，很快就因為個人生涯的變動而未能繼續。

在五四新文學行將開展之初，曾經接受過傳統與西式教育的宋春舫，對文學與文體的演變有著敏銳的意識。1919年出版的《當代中國文學》所收〈中國小說的特點〉一文指出，「比起上個世紀的人來說，這一代人在現代文明的壓力下，耐心要少得多了。這個現象甚至可以充分解釋為何現代文學乃抒情詩歌（poésie lyrique）、短篇故事（histoire courte）、獨幕戲劇（pièce d'un seul acte）的天下，勢力遠

[91] Anonymous, "Pékin. Bibliographie," *La Politique de Pékin*, no. 9, Mar. 3, 1918, p. 22.

勝過其他各種文類」。[92] 宋春舫以「文類」（genre littéraire）一詞指稱獨幕戲劇、短篇故事等作品類別。事實上，我們也可以將獨幕戲劇視為戲劇文類之中的一種文體，將短篇故事視為小說文類之中的一種文體。宋春舫《當代中國文學》自然並非嚴格定義的學術書籍，然而其對文體的概念卻直接落實到他個人的創作。宋春舫創作的喜劇《一幅喜神》、《原來是夢》皆為獨幕劇，即便如號稱三幕劇的《五里霧中》，實際篇幅與獨幕劇相去不遠。回過頭來說，宋春舫的文體意識早已反映在1917年出版的《海外劫灰記》一書。若從「劫灰」、「鉛筆速寫」等關鍵詞切入，並引用同時期的書評作為對照閱讀文本，可以明顯看出宋春舫的中西文體之辨，如何通過跨語際方法產生互動，實踐他本人對文體的想像。

五、《蒙德卡羅》：歐洲社會在中國的現實折射

《海外劫灰記》與《蒙德卡羅》出版時間相差近二十年，但思維與筆法不時有互通或相近之處。例如《海外劫灰記》的〈水都〉與《蒙德卡羅》的〈蒙德卡羅〉兩篇，雖內容主題與描寫景致不盡相同，但都論及設立公立賭場以充實國庫。在〈蒙德卡羅〉文中，宋春舫詳述蒙德卡羅別具特色的賭場，將其與上海大世界遊藝場相比較，繼而說明蒙德卡羅賭場遊戲的主要種類，以及賭博贏錢機率之計算等等。隨之筆鋒一轉，說到蒙德卡羅賭場裡有一類人是上海所無，那便是苦心計算賭博勝率的數學教授。宋春舫先講在賭場親見普恩加賚的親身經驗，[93] 隨即引用裘而羅曼（Jules Romain, 1885-1972）劇本

---

[92] Soong Tsung-faung, "Les Traits caractéristiques du roman chinois," *La Littérature chinoise contemporaine* (Pékin: Journal de Pékin, 1919), p. 15.

[93] 宋春舫原文未附姓名拼音，但根據發音可知即為法國數學家龐加萊（Henri Poincaré），

《脫巴多先生落入浪蕩女子之手》（*Monsieur Le Troubadec saisi par la débauche*）選段，[94] 由宋春舫本人譯出，是宋春舫少數親譯的法文戲劇作品之一。[95] 該劇劇情大致是說脫巴多教授為滿足年輕嬌妻之物欲，在蒙德卡羅賭場通過計算賭盤機率小贏一筆，最終卻在賭場老闆高明話術影響之下而把贏來的錢全又賠了進去。〈蒙德卡羅〉全文看似散漫無旨，但揉合時事偶感、地理風光、趣味知識、文學選段的寫法，使得宋氏遊記風格獨樹一幟。宋春舫鉅細靡遺描述摩納哥公立賭場入場方式與金額、遊戲方式等，看似浪蕩子的行遊賭場指南，但另一方面卻又正經八百分析「歐洲這樣的文明國家，政府何以肯擔任聚賭抽頭的惡名？我以為總比日暮途窮，專靠借債過日子的政府好一點」。[96] 此言固然是針對摩納哥的經濟模式而言，另一方面也未嘗不是提供中國政府一條可行之路，尤其宋春舫曾於1922至1923年間出任國府財政部長，對此議題或更有所感。有意思的是，〈蒙德卡羅〉顯然成功引發同時代讀者興趣。張若谷便寫過一篇〈蒙德卡羅賭城〉，文中詳述蒙德卡羅的地理環境、賭場結構與設施、參觀賭場的條件等，並且詳細譯錄當地主管部門於1928年頒行的十一條賭博章程、賭博規則與技巧，還附帶介紹蒙德卡羅的夜色之美。張若谷雖然鉅細靡遺地介紹賭博方式，但自陳不是在編什麼「賭經」，不過是因為讀了宋春舫的〈蒙德卡羅〉之後認為疑點甚多，不禁懷疑宋春舫根本沒進去過蒙德卡羅賭場，以致於宋文談到輪盤之處，「很巧妙地用『盡人皆知，不

最著名的理論包括「三體問題」、「龐加萊猜想」（Poincaré conjecture）等。龐加萊1912年7月17日病逝於巴黎自宅。宋春舫則於1911年赴瑞士留學。兩人是否確於蒙德卡羅賭場錯身，待考。

[94] 宋春舫原文未附劇本標題，此處標題係筆者根據宋引劇情自行歸納得知。《脫》劇為五幕喜劇，1923年3月14日首演於巴黎香榭麗舍喜劇院（Comédie des Champs-Elysées），由知名劇場、電影演員朱維（Louis Jouvet）演出並導演。

[95] 宋春舫所著《論劇》三冊力倡翻譯西方劇本之重要，尤其應翻譯法國劇作家司克里布（Eugène Scribe）之佳構劇以供中國戲劇發展參考。不過，宋氏並未出版過翻譯劇本專書，只在報刊、《論劇》等著作裡穿插譯作，且並非每篇皆為法國劇本。

[96] 宋春舫，〈蒙德卡羅〉，《蒙德卡羅》，頁2-3。

必贅述』一筆抹過去了」。[97] 宋春舫《蒙德卡羅》於1933年4月出版，張若谷則是在1933年夏天參觀蒙德卡羅賭場，可見宋春舫撰寫的遊記在當時確有一定程度知名度與影響力。只不過，若是將《蒙》書純粹看作旅遊趣聞記事，顯然是低估宋春舫藉由旅行所體現的文化反省能力。

不管是通過中國看西方，或是通過西方看中國，《蒙德卡羅》一如宋春舫在撰述《海外劫灰記》或三冊《論劇》系列文論時的視野，悠遊於兩種文化之間。然而《海》書裡初次赴歐的徬徨少年，事隔二十年後重新追憶舊時歐遊體驗，自不可同日而語。〈巴黎（一）〉即為一例。此文雖寫於1933年，但所記述內容乃1912年宋氏從搭乘火車往巴黎之事。當時這位少年在車廂中愁眉不展，「心靈上最感覺到痛苦的，便是被人家誤認作日本人。但是！即使你滿身都是嘴，也分辯不過來」。[98] 宋春舫直言歐洲人的錯誤印象，以為亞洲只有中國人和日本人，穿了西裝的必為日本人，拖著辮子的就是中國人。若僅從這一點看來，宋春舫在《蒙德卡羅》裡對於自我中國形象的焦慮，或許不下於《海外劫灰記》裡的〈我們很嚇人嗎？〉等文。事實上，不管是五官容貌或衣著打扮，宋春舫對自身呈現出來的中國形象始終有相當敏銳的注意。例如寫於1921年奧國之旅期間的〈石爾子堡〉，文中宋春舫「帶了一柄在上海先施公司買的愛國紙傘」，[99] 為避雨而隨身攜帶，讓他無論走到何處都被當地人尾隨，舉凡女學生、孩童、古玩鋪掌櫃、知名演員都得知他有一把中國紙傘，既懷抱對中國的好奇，也蘊藏對中國物品／人物的賞玩心態。宋春舫對於被作為觀看的奇景是否感到不悅與不耐呢？或許並不盡然。〈石〉文結尾寫道德國知名演員登門拜訪，意圖借傘；宋春舫質問其理由，方知這名

---

[97] 張若谷，《遊歐獵奇印象》，頁172。

[98] 宋春舫，〈巴黎（一）〉，《蒙德卡羅》，頁29。

[99] 宋春舫，〈石爾子堡〉，《蒙德卡羅》，頁71。

至奧國巡演的演員當晚在戲院請客，想把宋春舫的傘張開放在包廂上。文章在演員懇求的問句中軋然而止，宋春舫給所有讀著賣了一個關子，卻難掩他樂在其中的心情，顯然是預備落落大方地出借他的中國傘，大張旗鼓於戲院。從整體行文脈絡看來，寫於1933年的〈巴黎（一）〉，其敘事口吻委實較《海外劫灰記》成書時期多了幾分泰然與詼諧：文章以愁眉不展的裙屐少年起首，旋即一句「——豈敢——這少年便是我！」；[100] 及至結尾處述及巴黎的凶險，「巴黎如此的可怕！而我又是初次到此，法語操得極不自然，身入重圍，荊天棘地，如何是好？幸虧當時我還沒有看過亞森路賓，否則恐怕性命也急得沒有了，這真是不幸中的大幸呀！」[101] 年已不惑、兩度遊歐的宋春舫，隔著時間距離回想起過去初初面對西方文明的惴惴不安，似乎已能引領著讀者一笑置之。

前文述及宋春舫1920年至1921年間赴歐的目的。此行所記故而多了些對於歐洲現況的思考，特別是戰後歐陸經濟的疲弱不振以及民生物價之波動。例如〈威尼斯〉一文，宋春舫一一陳述馬車索價過高、治安不彰、海關索賄、火車嚴重誤點等問題，因而在文中屢屢問道：「是不是馬夫想敲外人的竹槓呢？還是歐洲生活程度突然增高的緣故？」「是不是政府不能維持威信，所以人民目無法紀呢？還是人民受了政府的壓迫，便時時刻刻想起來反抗？」「難道大戰以後，歐洲果這樣的腐敗麼？上了火車，同一個意〔義〕國人談起這件事，他反埋怨我少見多怪！」如此云云，以致宋春舫在〈威尼斯〉文末總結道，「到此我纔信管子說的『倉廩實則知禮節，衣食足則知榮辱』兩句話。」[102] 戰爭戕害之大，莫甚於此，而宋春舫竟可以中國古人之言，驗證西方現時之衰敗。

---

[100] 宋春舫，〈巴黎（一）〉，《蒙德卡羅》，頁29。

[101] 出處同上，頁35-36。文中「亞森路賓」即今日通稱之怪盜「亞森羅蘋」（Arsène Lupin）。

[102] 宋春舫，〈威尼斯〉，《蒙德卡羅》，頁59。

又如前引原載於《東方雜誌》的〈英絲勃羅克〉一文刊出時，同期同一欄位還刊有宋春舫〈奧國的生活程度〉，主要記錄並分析當地民生物價飛漲，甚至連中國遊客到奧地利都不覺貴。兩文皆為1920年8月自奧地利發出，10月份刊登於《東方雜誌》。[103]〈奧〉文為報刊散稿，日後未收於其他專書文集。收於《蒙德卡羅》的〈英〉文感嘆更深。宋春舫指出，此城原為避暑勝地，工商亦發達。[104] 然大戰過後，外來遊客銳減，昔日旅店榮景不再，移作他用。影響所及，連義、奧邊界山區小城也不例外，深受匯差波動影響。宋春舫山居兩週，不時與車站人員閒談國事，「但是說來說去，他（車站人員）總說『我們奧國人，現在走的路，是山窮水盡了』」。[105] 宋比較中、奧兩國現況，指出中國雖然處於軍閥混戰局面，但百姓無不期望內戰停止後便可回復正常生活軌道，「可是現在的奧國，不論男女老幼，都顯出垂頭喪氣的樣子，以為國事到了如此地步，他們還有什麼希望？」[106] 宋春舫引用德國詩人席勒的詩句「Noch im Grabe, gibt er nicht die Hoffnung auf」（意即「人已經葬在墳墓裡面，還眼巴巴地希望活轉來」），指出「天下的人，最可怕的是把『希望』兩字完全失掉」。[107] 因此，原題〈愁城消夏錄〉的本文，愁的並非旅行者本人，而是敘事者宋春舫「有時同此間居民談天，就不知不覺地替他們發

---

[103] 宋春舫，〈奧國的生活程度〉、〈愁城消夏錄〉，《東方雜誌》17：20（1920.10.25），頁83-87。據《東方雜誌》所收兩文刊頭，〈奧國的生活程度〉係「八月四日自Innsbruck寄」，〈愁城消夏錄〉則係「八月十四日自Stainach Tyrol寄」。按Innsbruck即英絲勃羅克（今多譯為因斯布魯克），為奧地利大城，自十九世紀中葉起為奧地利西部Tyrol地區首府。Stainach小城則位於奧地利東南部Steiermark。Tyrol與Innsbruck兩城相距近400公里。

[104] 宋春舫曾於1912年來訪此城，故於1920年發表的本文中說，「八年前，我曾經來過一次，那時燈紅酒綠，暮管朝絃，現在卻成了『崔護重來，桃花人面』了。」見宋春舫，《蒙德卡羅》，頁63。

[105] 宋春舫，〈英絲勃羅克〉，《蒙德卡羅》，頁69。

[106] 出處同上，頁62。

[107] 出處同上，頁61。

愁」。[108] 短短數年之間，奧國榮景不再。宋春舫一方面惋惜，另一方面卻非以祖國為尊，重點在於強調「希望」之不可失，而這正是宋春舫《蒙德卡羅》看歐洲時最核心的關懷之一，也是他歷經「劫灰」之後的樂觀。

關於歐洲政經變局的描述，尚可見於匈牙利首都〈蒲達配司脫〉一文。[109] 不同於〈英絲勃羅克〉的直陳筆法，宋春舫在〈蒲〉文中是以1921年8月的旅館經歷側寫親身感受。文中指出，原本託友人代訂當地最有名的旅館之一，窗外可遠眺多瑙河美景。無奈戰前許多匈牙利人遷回祖國，戰後被迫留下，又因經濟衰退，對外國人（包括中國人）而言消費低廉，故全城旅館多已客滿。宋氏友人勉強為他找到一家候補待位的高級旅館，陳設亦稱精緻。誰知宋氏才闔眼躺下，便被枕邊「蠕蠕在那裡動著」的臭蟲驚醒，「趕緊開了電燈一看，枕套、褥單、絨毯上的空隙，都被臭蟲佔去了，牆上呢，爬來爬去，恍惚像螞蟻搬家一般」。[110] 宋春舫憶起多年前在津浦車站被臭蟲咬了一夜，輾轉難眠，餘悸猶存，所以趕緊召來旅館經理，氣急敗壞指責。但見經理忙不迭表示，因同年三、四月間該國「貢伯拉氏（Bela Kohn）過激政府」統治之下，大旅館悉數開放給農工居住，臭蟲即是當時帶進的「紀念品」。貢氏政府雖被推翻，但臭蟲已難驅除。經理悠悠道來，「……可是他們已經根深蒂固了。我們雖天天澆些殺蟲消毒藥水，卻還沒有發生十分效力。我們對於先生固然十分抱歉，但要請先生原諒，因為這是政治變遷的結果，我們是絕對無從為力的」。[111] 而一旁整理床鋪的侍者則心不甘情不願地咕噥，抱怨宋春舫少見多怪，小題大作。

---

[108] 出處同上，頁61。

[109] 宋春舫，〈蒲達配司脫〉，收入《歐遊附掌錄》之一節，《論語》14（1933.4.1），頁478-479。

[110] 宋春舫，〈蒲達配司脫〉，《蒙德卡羅》，頁80。

[111] 出處同上，頁82。

此段文字表面上不過就是宋春舫記錄他在旅館難以入眠的投訴經過，筆調輕鬆自然且帶有幽默；過程穿插宋氏、經理、侍者的對話，有如場景再現，充滿戲劇效果。不同於一般的遊記，宋春舫不寫匈牙利山水風光，也不寫民俗奇趣；宋春舫以人來人往的旅館為敘事場景，實則寄寓微觀市井之意。若細心推敲何以至此？則戰禍固為遠因，但貢伯拉氏的過激政府統治引來工農進駐，才是臭蟲橫行的主要原因。此處宋氏所謂「過激政府」，事實上就是貢伯拉領導的共黨政權。宋春舫發表此文之前不久，中國共產黨甫於同年7月1日在上海成立。宋雖未對此事直接做出評論，但從他所描述的匈牙利旅館經歷，或多或少可窺知他對激進左翼政治的懷疑。然而，宋春舫似乎也並非對庶民群眾不屑一顧。從他描寫的侍者身上可以看到庶民心理與舊派品味之間的差異，而這樣的身分、文化差異才是宋春舫最關心的。例如前引〈威尼斯〉一文，起首便以蘇州比威尼斯，又言此種比擬之「不倫不類」，因為「蘇州哪裡比得上威尼斯，除了松子糖、玫瑰瓜子以外，蘇州對於人類是絲毫沒有貢獻！」宋氏筆法每有出人意表之比較，而比較之結果卻又令人驚奇，堪稱是宋春舫旅遊筆記裡最特別的視角。

以〈北平〉、〈杭州（一）〉兩篇為題的文章，恰好與書名《蒙德卡羅》之間展現出中西比較的意味。尤有深意的是，杭州是宋春舫宅邸所在，[112] 北平則是宋春舫自歐歸國任教之處，各自寄託個人生命經驗最重要的一部分。雙城一北一南，其實共同談論重點之一即為中國社會生活的吵雜。〈北平〉一文以喪禮為起點，表明人死最可怕之處不是未知的鬼，而是活人世界刻意製造的喧鬧。宋氏行筆如運鏡，從喪禮一路帶到餐館、賭場麻將、街頭留聲機廣播，皆是鬧烘烘

[112] 宋春舫與友人朱潤生在杭州西湖建有寓所，一名「春廬」，一名「潤廬」，合稱「春潤廬」。北京大學教授赴杭州者，如蔡元培等，多有機會借住春潤廬。其他諸多各界學者、文化名人亦曾下榻過春潤廬。見張學勤，〈春潤廬重回人間〉，《杭州師範學院學報（社會科學版）》2002年6期（2002.11），頁116-117。

一片。〈杭州（一）〉則從西湖寫起，批評湖上摩托車與湖畔別墅的電器引擎聲響，繼而暢想未來交通發達，湖上飛機、汽車熙熙攘攘，「那個時節，纔是機械戰勝人工的時代，吾們或者不致再與鬼為鄰了」。[113]〈北平〉言中國街坊「喜歡熱鬧」，[114]〈杭州（一）〉亦言瑞士湖畔「到了夏季，卻熱鬧非常」。[115] 然而此熱鬧非彼熱鬧。日內瓦湖上「帆船、小艇、渡船、汽油船，往來絡繹不絕，還有日內瓦輪船公司的幾條船，每日自湖南開往湖北，七八小時，可以來回。船上備有音樂隊，歡迎乘客跳舞」。[116] 相較於西湖上的車來船往，何以更為繁華的日內瓦湖反不令人生厭呢？一如宋氏其他多數散文，文中幾乎從不立場鮮明直評問題之所在，而是左右各寫一筆，讓讀者自行對比推敲。以〈北平〉、〈杭州（一）〉為例，宋春舫所指無他，審美品味與歷史自信而已。在杭州、日內瓦兩處湖畔景象記遊之後，宋春舫話鋒一轉，漫談杭州古蹟保存問題。他以義大利古蹟為例，套用「未來派」毀棄歷史的觀點，想像「未來派」要求法國人毀棄羅浮宮藏品，以致與巴黎民眾「打得不亦樂乎而散」。[117] 又說「未來派」其實「對症下藥，在他們也有說不出的苦衷」，因為「意〔義〕大利年來就不曉得吃了歷史多少的虧。意〔義〕國人的腦筋，對於新潮流是格格不入」，以致於不見古物則已，一見古物如教堂等，「所有各種思想，都被那一類『千古不死』的老怪物吸收去了」。[118] 反觀中國，在竭力求進步的同時，選擇與歐洲不同的舉措。〈杭州（一）〉一文以交通發明、古蹟遺存雙線寫之；進步與歷史，究竟孰為貴？宋春舫在文末語帶嘲諷指出，在中國的確需要克服萬難、竭力提倡保存古蹟，

---

[113] 宋春舫，〈杭州（一）〉，《蒙德卡羅》，頁119-120。
[114] 宋春舫，〈北平〉，《蒙德卡羅》，頁117。
[115] 宋春舫，〈杭州（一）〉，《蒙德卡羅》，頁121。
[116] 出處同上，頁121。
[117] 出處同上，頁124。
[118] 出處同上，頁124-125。

只是「對於保存西湖上的古蹟——我並不是來袒護康聖人——有些懷疑」。[119] 宋春舫接著語帶詼諧說道，「西湖十景不是都帶些君主臭味麼？幾張御碑，如『柳浪聞鶯』、『曲院風荷』，都是空空洞洞騙人的東西，有何稀罕？」此處「康聖人」乃指康有為（1858-1927），晚清保皇立憲人士，反對民國之共和體制。1921年，康有為築室杭州西湖「一天園」，因該處位於西湖十八景的「蕉石鳴琴」，遭浙江省議員鄭邁批評，質疑掘毀古蹟，並向省長沈金鑑提出質問。[120] 宋春舫在談論技術發展、新舊保存、文化傳統等議題時，不忘以詼諧筆法諷刺時人：這壁廂是民國議員倡議保存前朝庭園遺緒，那壁廂是帝國遺臣拆毀滿清古蹟以享現世風雅。宋春舫在字裡行間隱晦流露個人對於古蹟維護的立場，但又同時對拆、存雙方幽了一默，而這也正是宋氏常見的筆法。

值得注意的是，《海外劫灰記》、《蒙德卡羅》兩書雖然都有部分篇章論及中國，然而物換星移，心情到底有所不同。《海外劫灰記》時期的宋春舫去國懷鄉，及至返國之初，不免仍有寄望中國急起直追歐美之意，而關注焦點首在於硬體建設。例如1919年宋春舫在

---

[119] 出處同上，頁126。

[120] 枕石，〈舊事新談・康有為與西湖勝蹟〉，《小說日報》第2頁，1941年1月23日。據該篇文章指出，鄭姓議員提告後，康有為致函沈省長，不認毀掘，且指該景乃雍正時期媚臣李衛所留，不配稱為古蹟，並把鄭姓議員罵得體無完膚。另可參見《民國日報》1921年的議會質詢報導，文中指出康有為因此案關說經過：「……鄭云，本席對於康南海掘毀西湖古蹟焦石鳴琴一案，提出質問後，省長已派王知事會同林技正實地丈勘。詎事後先有張姓其人，途遇本席，問康氏派人往詰閣下，曾晤面否。答云無之。前日又有候補人員王某來寓造謁，言及斯事，謂康氏願以金錢為條件，意在彌縫。本席答以議會既經提出，不能以人情破壞法律，諷以如有餽贈，不方送諸官廳。不料今日又有溫州同鄉陳某，（在通志局供職）來訪本席，意義與王氏相同。見本席詞色不妙，遂改言康氏心甚焦急，其家人見其憂慮，出而斡旋，並非出於本意，並云金錢之外，未始無交換品，若公慕其書法，亦可作為贈品。鄭云，南海書法果佳，但此時未便要求，並謂此意若果出諸康氏，則未免輕視議員人格云云。合將經過情形報告大會，請同仁注意。」見〈浙江省議會議事紀（五）〉，《民國日報》第2張第6版，1921年5月29日。

《申報》發表的兩篇〈歸鄉雜感〉，[121] 直接指出中國最需積極發展下水道工程以改善衛生，並且應該促進陸上交通之建設。雖然〈歸〉文裡頭亦有穿插對於同胞的不滿，[122] 但總體來說，此時的宋春舫對於國家與同胞毋寧說帶有些悲憫，而在《海外劫灰記》裡將矛頭對準帝國主義與戰火的侵略，將現況之問題歸咎於東西方文化權力的不對等關係。返國多年之後出版《蒙德卡羅》的宋春舫，對於中國國民之劣根性或許是無奈多於同情：〈北平〉、〈杭州（一）〉兩篇文章都以譏諷之口吻，藉文字嘲弄中國國民的喧嘩成性；而在〈杭州（二）〉裡說到杭州私娼氾濫，但警察並非嫌賣淫地點太遠懶得前往取締，只是因為不想得罪西方人，況且「中國人祇要有錢可拿，南非洲豬仔都肯去幹，那一些路算什麼」。[123] 有意思的是，宋春舫在《海外劫灰記》裡力倡中國發展實業，停止向海外移民，「因為中國人比世界上任何一個民族都更安土重遷。海外華人發財以後每每返回中國，就是最好的例證」。[124] 兩相比對之下，宋春舫對國民、對中國與世界的認知，不能不說沒有差異。

《蒙德卡羅》生動趣味的書寫方式，使其成為中國旅行社的三大暢銷書之一，「文筆清妙，自成一路」。[125] 時人對《蒙德卡羅》

---

[121] 宋春舫，〈歸鄉雜感（一）〉，《申報》第14版，1919年3月23日。宋春舫，〈歸鄉雜感（二）〉，《申報》第14版，1919年3月24日。

[122] 例如宋春舫指出，江浙一帶的船舶運輸，船體構造落後，令人搭乘起來頗不舒適，「至於船中之汙穢，旅客之不顧公德，隨處吐溺，毫不為恥。夜間隔艙之高談闊論，幾不能入睡鄉，真所謂行路難也」。不過，宋春舫似乎也不盡然是滿懷惡意地批評。他話鋒一轉，流露出另一番諒解，似乎略有不好意思地說，「然吾輩旅歐美有年，屢以西人之眼光評中國，處處皆覺其苦，而吾國人則方以為樂也」。見宋春舫，〈歸鄉雜感（二）〉，《申報》第14版，1919年3月24日。

[123] 宋春舫，〈杭州（二）〉，《蒙德卡羅》，頁137。

[124] 宋春舫著，羅仕龍譯，〈華人移民海外（I）〉，《海外劫灰記》，本書頁180。

[125] 〈三大名著之暢銷〉，《申報》第12版，1933年9月29日。另外兩本是褚民誼《歐遊追憶錄》、張恨水《似水流年》。1934年初，中國旅行社更在《申報》刊登促銷廣告，凡預定全年《旅行雜誌》者，「特贈送宋春舫先生名著《蒙德卡羅》一部（實售每部洋捌角）及《西子湖》一部（實售每部洋四角），藉答愛閱本誌諸君之盛意」。見〈優待直

一書頗有好評，大抵注意到他的文字造詣，贊其「蓮花生妙筆，出以白話，曲折寫來，處處引人入勝，而讀之者至不忍釋手」；[126]「所有各地之風土景物，均以生動雋妙之筆，曲曲寫出，手此一編，不啻臥遊」；[127]「文筆清新，思想活潑，……寫得娓娓動人，有時字裡行間，也帶著不少的幽默風趣」云云。[128] 1935年，林語堂主編的《人間世》半月刊邀集當時多位文人、作家撰稿，由他們自行評選五十年來的現代中國百部佳作。[129] 其中，詩人甘永柏便把《蒙德卡羅》列入，認為其優點在於「語簡味深」。[130] 反倒是與宋春舫熟識的趙少侯，雖然肯定其自成一格，但也不免流露出些許失望，認為「大部分都是一鱗片爪的回憶之記述，關於民情古蹟，很少論列。……他所擅長的是文學的烘托與煊〔渲〕染，故雖多憑幻想，描寫失實，而其所作猶可視為一種怡情養性的讀物」。[131] 趙少侯強調，此書「不可當作旅行指南用的」，只可供居家泡茶，「慢慢兒把這幾篇輕描淡寫的文字讀完，倒也覺得《桃花源記》並不專美於前」。[132] 事實上，宋春舫本無意將本書寫成旅遊指南，從他早期出版《海外劫灰記》等著作的風格即可知其側重世情之筆法。趙少侯的評論雖不見得公允，倒也從另一個面向點出《蒙德卡羅》作為民國遊記之殊異。

接定戶〉，《申報》第4版，1934年1月27日。按《西子湖》由中國旅行社於1929年出版，係為首屆西湖博覽會印製，書中含諸多西湖照片與遊覽地圖。

[126] 乃一，〈蒙德卡羅〉，《天津商報畫刊》8：40（1933.7.11），頁2。

[127] 了之，〈宋春舫之新著：遊記體裁之《蒙德卡羅》〉，《天津商報畫刊》8：31（1933.6.20），頁3。

[128] 津津，〈讀《蒙德卡羅》雜記〉，《天津商報畫刊》9：9（1933.8.24），頁2。

[129] 〈五十年來百部佳作特輯：弁言〉，《人間世》38（1935.10.20），頁40。按《人間世》於1935年2月發起徵選活動，刊登〈人間世社徵選現代中國百部佳作啟事〉，至同年10月活動才告一段落。系列文章則陸續刊登在《人間世》32期至39期。值得一提的是，宋春舫也應邀撰寫一篇。

[130] 甘永柏，〈百部佳作散稿〉，《人間世》32（1935.7.20），頁45。

[131] 趙少侯，〈宋春舫的《蒙德卡羅》〉，《圖書評論》2：2（1933.10），頁43。

[132] 出處同上，頁44。

六、小結

宋春舫《海外劫灰記》、《蒙德卡羅》兩本行旅見聞分別以法語、中文寫成，各於1917年、1932年於上海出版。書中所記以西歐見聞為主，旁及中國南北現況，既有孺慕西方之情，又有批評中西文化不對等之處。宋春舫以嫻熟的中、法語言陳述技巧，傳遞他獨有的海外經驗與觀察視角。本文以部分選段為例，說明宋春舫的思路與觀點，且特別注意宋氏法語著作的內文細節，期能添補當前研究民國文人旅遊書寫的空缺。宋春舫兩本著作使用語言雖有不同，內容實有可參照閱讀之處，也使吾人更進一步理解宋春舫所認識與想像的世界。然而，宋氏《海外劫灰記》是否只是民國文人以法語書寫遊記的孤例？宋春舫期望藉由此書得到與實際得到的反饋又是如何？凡此尚需進一步的史料以求解答。可以肯定的是，宋春舫基於旅居法、瑞多年，且兩次來往中、歐兩地的經驗，因而完成的《海》、《蒙》兩書，對於中西文化的理解更多地流露在人情義理的體會中，即便是在處理經濟、博奕議題時，亦不忘引用趣味掌故甚或文學戲劇作品以為佐證，並且注意到族群遷徙的問題，可說是開同時代先聲，使其超越了一般風光記遊、制度考察，而有了更深層的文化意義。

文學的時代感：宋春舫《當代中國文學》的文學史觀與知識建立

一、前言：具有時代感的「文學史」

對於晚清民初的知識分子而言，何謂「中國『文學』」？何謂「中國『文學史』」？這首先便牽涉到「文學」的定義問題。關於中文的「文學」一詞，究竟如何從晚清以來逐漸與英文的「literature」、日文的「文学」等外來詞彙與概念相互對應，近年已有諸多學者先進為文闡述。[1] 大抵言之，舉凡經史、詞章等學問，陸續在晚清以降被納入「文學」的範疇，而這一套知識建構的過程又與文學史的書寫、大學體制下的文學學科設置等議題之間有著千絲萬縷的關係。陳廣宏在《中國文學史之成立》一書中指出，「中國文學」在晚清民初成為新的概念，「是在民族、國家觀念下對傳統文學的重新建構，傳統文

---

* 本文引用的法語及英語資料，如未特別說明，皆為筆者自行根據原文譯出。

** 本文部分內容出自科技部補助專題研究計畫「中西眼光，現代視角：宋春舫的中國文學史書寫及編選策略」（編號：MOST 107-2410-H-007-056）、教育部補助教學實踐研究計畫「疆界與流動：現代中國文學裡的跨文化實踐」（編號：PHA107084）之研究成果。謹此致謝。

[1] 例如余來明，〈「文學」譯名的誕生〉，《「文學」概念史》（北京：人民文學出版社，2016），頁60-89。

學自此有一統一納入的框架，有如當今所說的國家形象」。[2] 與此緊密相連的「文學史」概念，則「作為具有某種體系性的專史體制，不僅僅關乎文章之學源流正變的重新建構，更關乎敘述者於此知識體系目標、路徑的自覺體認，在當時尤其受到一種進化論史觀的影響」。[3] 從上述簡要的定義可以看出，晚清民初的「文學」、「中國文學」、「中國文學史」等詞彙的定義與內涵都正處於初始形成的狀態，而重在知識範圍的界定與建構。不論是普遍被視為中國第一本中國文學史的《京師大學堂國文講義：中國文學史》（林傳甲編著，1902年），或是以特定類別與年代框定的《宋元戲曲史》（王國維著，1915年）、《現代中國文學史》（錢基博著，1930年完稿，1933年上海世界書局出版）等，甚至是由英國學者翟理斯（Herbert Allen Giles, 1845-1935）撰述的《中國文學史》（*A History of Chinese Literature*，1901年）等著作，都或多或少參與了晚清民初的中國文學知識建構進程，因而逐步形塑二十世紀以降的「中國文學」樣貌。

既然文學史在文學知識建構過程中扮演重要角色，那麼晚清民初出版的中國文學史究竟有哪些書寫的可能性呢？十九世紀晚期到二十世紀初期，以中、外文撰寫的中國文學史之中，又有哪些著作的書寫方式與內容特別值得注意呢？在此前提之下，早期出版的「中國文學史」便成為探勘的重點，以致近年學界不乏有「第一本中國文學史」的論爭。李明濱教授在本世紀初為文指出，俄國漢學家王西里（Vassili Pavlovitch Vasiliev / Василий Павлович Васильев, 1818-1900）於1880年出版的《中國文學史綱要》（*Очерк истории китайской литературы*）是世界第一部中國文學史，遠早於英人翟理斯之作。[4] 此說在方維規教授的研究中得到進一步修正，認為西

---

[2] 陳廣宏，《中國文學史之成立》（上海：上海古籍出版社，2016），頁41。

[3] 出處同上，頁41。

[4] 李明濱，〈世界第一部中國文學史的發現〉，《北京大學學報（哲學社會科學版）》39：1（2002.1），頁92-95。所謂翟理斯《中國文學史》是世界上第一本中國文學史之

方人編寫中國文學史的時間可以再上溯至德國漢學家肖特（Wilhelm Schott, 1802-1889）的《中國文學論綱》（*Entwurf einer beschreibung der chinesischen litteratur*，1854年出版）。[5] 筆者此處並無意斷定哪一本中國文學史才是後世同類著作之祖，而更想強調的是，當中國文學史的書寫尚處於發展之初，各種史料、觀念未定於一尊之際，十九、二十世紀西方學者所嘗試撰寫的中國文學史未必有「史」之名，然而事實上可能已初具備「文學史」的精神與思維。即以法國漢學家莫朗（George Soulié de Morant, 1878-1955）於1912年出版的《中國文學論集》（*Essai sur la littérature chinoise*）為例。[6] 此書雖無「文學史」之名，卻在章節編排時隱約呈現中國文學史的架構。全書根據文類與發展順序分為十二個章節，分別是：史前文明的中國、中國文字書寫、從古代到西元前六世紀、哲學、哲學末期、歷史、初期的筆記與小說、詩歌、哲學的復興、戲曲與小說、選輯，以及新聞事業。全書寫作夾敘夾議，有時附有莫朗所論作品的片段翻譯，每一章節最後則列出與該章節主題相關的作品書目。究其寫作方式，實則與俄國漢學家王西里的《中國文學史綱要》有相近之處，且具有一定的文學史意識，只不過書名並未以「史」之名冠之。又如中國留法學生徐仲年在1932年出版《中國詩文選》（*Anthologie de la littérature chinoise, des origines à nos jours*），[7] 書中選文內容自先秦至明清，對作家、作品進行評述，亦可視為一本無史之名、有史之實的文選暨文論。全書分為「簡介」與「文選」兩大部分，按時代先後順序並根據文類選譯作品

說，出自鄭振鐸《插圖本：中國文學史》。該書由北平樸社於1932年出版，自此影響許多學者對於「世界第一本中國文學史」的認知。

[5] 方維規，〈世界第一部中國文學史的「藍本」：兩部中國書籍《索引》〉，《世界漢學》12（2013），頁126。

[6] George Soulié de Morant, *Essai sur la littérature chinoise* (Paris: Editions Mercure de France, [1912] 1924).

[7] Sung-Nien Hsu, *Anthologie de la littérature chinoise, des origines à nos jours* (Paris: Librairie Delagrave, 1932).

片段，以闡釋中國文學特點。在「簡介」部分，徐仲年從先秦兩漢開始，至晚清民國為止，分章說明不同朝代的文學發展情形與作家風格樣貌，不啻為一份簡要的中國文學史講義。全書第二部分的「文選」則讓讀者對中國文學的形式與內容有更清晰的概念，以作品譯介輔助說明中國文學究竟為何，由此印證書中第一部分的文學史流變。

以上關於晚清民初諸多中、外文撰述的中國文學與中國文學史著作，近年學者研究頗豐。有著重爬梳觀念之建立者與知識權力運作者，[8] 亦有按書各別立論，藉以建立文學史的編纂歷史者。[9] 即便以外語撰寫且出版於二十世紀前半期的中國文學史，也陸續有譯為中文出版者。除了前文所引英國漢學家翟理斯的《中國文學史》之外，[10] 歐洲傳教士文寶峰（Henri van Boven, 1877-1964）在1946年以法語撰寫的《現代中國文學史》（*Histoire de la Littérature chinoise moderne*）也已出版中譯全文。[11] 值得注意的是，文寶峰所撰寫的這本《現代中國文學史》在譯者筆下成為《新文學運動史》。或許是因為原文中的「現代」不符合今日學界習慣——現今多以1919年至1949年為「現代文學」之斷代，而文寶峰書中不僅有涉及晚清的章節，且因出版年份之故，未及涵蓋1946-1949年間的文學，諸如此類的原因似乎都使這本著作不足以成為今日學界所認定的「現代文學史」。

其實有關「現代」的定義原本就有許多可能，且往往涉及論者所處的時空背景與學術脈絡。大陸學者季劍青指出，所謂「現代文學」的概念在二十世紀上半葉尚未通行，「個別以『現代文學』或『現代

---

8 例如陳國球，《文學史書寫型態與文化政治》（北京：北京大學出版社，2004）。戴燕，《文學史的權力》（北京：北京大學出版社，2018，二版）。

9 例如黃修己，《中國新文學史編纂史》（北京：北京大學出版社，2007，二版）。陳岸峰，《文學史的書寫及其不滿》（香港：中華書局，2014）。

10 翟理斯著，劉帥譯，《中國文學史》（北京：首都師範大學出版社，2017）。

11 文寶峰著，李佩紋譯，《新文學運動史》（臺北：秀威資訊，2021）。該書原為北平聖母聖心會於1946年出版。按文寶峰為比利時籍聖母聖心會傳教士，該會主要在中國北方與西北一帶傳教。二十世紀中葉後在臺灣亦有活動。

中國文學』命名的著作，並未將其作為明確的概念來使用，主要是在『現時代』、『近代』的時間意義上理解『現代』的涵意」。[12] 以前文所引錢基博的《現代中國文學史》為例，作者指出「吾書之所為題『現代』，詳於民國以來而略推跡往古者，此物此志也」。[13] 全書分為上、下兩編，分別闡論魏晉以降的「古文學」，以及起自梁啟超的「新文學」。從今天的眼光看來，這本著作所談論的「現代文學」，事實上僅涵括了非常小的一部分民國初期文學，主要僅侷限在康有為、梁啟超為首的「新民體」，嚴復為首的「邏輯文」，以及胡適為首的「白話文」，以寥寥數語點評魯迅、徐志摩、郭沫若等人作品。筆者此處並非要深入研析錢基博的著作，而是希望藉此指出，民國初期的「現代文學」不但有諸多定義，甚至在撰寫「現代文學史」時，也未必僅集中在嚴格定義的「現代文學」。這固然是涉及學科概念與建制問題，且現代文學尚在發展之初，論者對於「現代」的想像各自不同，不過這倒也提醒我們，正因為當時關於「現代文學」乃至「現代」或「文學」的知識及想像都還在建構階段，是故二十世紀前半期以「現代文學」為論述主體的文學史甚至「類文學史」著作，都還存在許多可以探討的空間。

二十世紀前半期以「現代文學」為關注焦點的文學史著作，今人較熟知的主要有胡適《五十年來中國之文學》（1922年）、朱自清《中國新文學研究綱要》（1929-1932年）、周作人《中國新文學的源流》（1932年）等。其中，朱自清《中國新文學研究綱要》乃是他受清華大學文學院院長兼中文系主任楊振聲的請託，在清華中文系開設「中國新文學研究」課程的講義。該書不難見於今日坊間出版的《朱自清全集》，[14] 但2021年春季上海嘉禾藝術品拍賣會上的一份「朱自

---

[12] 季劍青，〈什麼是「現代文學」的「現代」？——中國現代文學起點問題的歷史考察和再思考〉，《文學評論》4（2015），頁57。

[13] 錢基博，《現代中國文學史》（上海：上海書店，2007），頁7-8。

[14] 朱自清，《中國新文學研究綱要》，收入朱喬森編，《朱自清全集．第8卷．學術論著

清《中國新文學研究綱要》手稿」則使這本書再次引起轟動。綜合拍賣目錄以及同一期間的媒體報導，可知該份手稿為朱自清1929年在北平女子學校講授「中國新文學研究」課程的講義底稿，而其所本即為同年稍早在清華大學講授同門課程時所使用的講義稿。如果我們按現今學界一般說法，將1919年五四運動視為新文學的發端，那麼朱自清的這份《中國新文學研究綱要》無異展現出他對此前十年間的新文學的高度關注，也是對晚清以降新文體、白話文學運動的總回顧，是有意識地記錄並詮釋正在成形的「現代文學」進行式，[15] 將詩歌、小說、戲劇與散文等文類皆納入。我們甚至可以將朱自清的「新文學研究」理解為他所處時代的「當代文學」研究。

由此出發，便不能不注意到晚清民初知識分子宋春舫（1892-1938）以法語撰寫的《當代中國文學》（*La Littérature chinoise contemporaine*，1919年出版）一書。此書以「當代」之姿出版於五四新文學前後，究竟關注的是什麼樣的「當代」，又是如何「當代」？身為中國文人的宋春舫，為何選擇以法語撰寫一本《當代中國文學》專著？這些都是令人好奇且頗值得玩味的問題。筆者主要關注的方向有二：其一是晚清民初之「當代文學」的書寫與研究，另一則是晚清民初跨語際實踐脈絡下的文學史思考。前者特別關乎新文學、白話文學發展過程中，究竟什麼樣主題或類型的「當代」作品會被納入「文學」的範疇思考？而站在新文學的風尖浪頭之上，又是如何定義傳統譜系裡的文學作品？從傳統到當代，究竟是如何銜接抑或如何斷裂？至於後者所述之跨語際實踐，則牽涉到二十世紀前半期在中國或境外出版，以論述中國文學為題之外語著作。[16] 過去這一類型的著作，常

編》（南京：江蘇教育出版社，1996），頁73-122。

[15] 楊寶寶，〈《中國新文學研究綱要》手稿：朱自清對新文學「進行時」思考〉，《澎湃新聞》，2021年7月20日，刊於https://www.thepaper.cn/newsDetail_forward_13656675（2021年9月4日瀏覽）。

[16] 鍾欣志教授對於此一時期的「多語書寫」有詳盡的論述，筆者從中獲得諸多啟發，謹此

被放在「（域外）漢學」的框架下研究，例如前段所引的翟理斯《中國文學史》一書便屬於其中。然而，同一時期的中國作者事實上也出版過不少的外語著作。這些中國作者以外語論述中國文學的著作並不一定都是直接譯自中文，其中所提出的觀點也未必可以在渠等中文著作中找到。那麼，何以這些中國作者要以外語論述中國文學呢？如果不是像晚清外交官陳季同（Tcheng Ki-tong, 1851-1907）那樣藉由外語著作宣傳中國文學與文化價值，那麼究竟還有什麼其他可能的緣由，導致作者使用外語撰述呢？如果我們將跨語際、跨文化研究的理念聯繫到多元文化與世界文學的發展，那麼，這些以外語書寫出版的中國（當代）文學論述，是否可能在中國新文學逐步形成的期間，同時參與了二十世紀世界文學的發展，或是參與了西方「漢學」對於中國文學的理解與認識呢？

在中國與西方之間，在當代與古代之間，宋春舫所處的時空環境似乎使他不得不去反覆思索上述這些問題。早在宋春舫赴歐留學前，他便在《清華學報》發表〈文學上之世界觀念〉一文，不僅強調文學的時代性，同時更揭示他對「世界」的關注。雖然這篇文章刊載時，宋春舫年未弱冠，但其中提出的幾個觀點，日後仍可在宋氏其他著作中見到，構成其一貫的關懷核心。正因如此，更顯示這篇文章之重要。〈文學上之世界觀念〉文中指出：

> 國運之升降，殆與文學之盛衰，有密切之關係存焉？……吾國今日之文學家，當以興起世界觀念Vision mondiale littéraire為己任。世界觀念既發達，然後從事文學者，知所棄就，獨立思想，漸能輸入吾人腦筋中，而後吾國之文章，方能自成一家，不拾他人牙慧耳。提倡世界觀念果從何入手乎？曰提

致謝。可參見鍾欣志，〈宋春舫的多語書寫與民國初年交會區的知識互換〉，《戲劇研究》29（2022.1），頁37-70。

> 倡世界現代之文學。予素蔑視古代文學，讀古代文學，無裨於實際。讀當世名人著作，不僅能知現代文學潮流之趨向已也，且能洞悉其國人之心理嗜好，兼及其風俗，較之讀古人書，豈不稍勝一籌。[17]

從較寬泛的定義來說，「現代」是相對於「古代」的時間段，所指稱的是我們此時此刻所處的當下。宋春舫不但力倡關注此時此刻正在進行的文學，並且將現代性與世界性直接連結在一起，認為中國文學若要振衰起弊，就要建立「Vision mondiale littéraire」（直譯為「文學的世界觀」、「文學上的世界視角」）；而若想建立世界觀，就必須要從閱讀當下的文學入手。按宋春舫的說法推論，如果文學之興衰繫於世界觀，那麼西方文學之興是否意味著西方文學展示了世界觀念呢？如果中國文學必須通過世界觀之建立藉以生生不息，那麼世界文學是否也將因此有中國文學的一席之地呢？中國文學，特別是二十世紀的中國文學，是否也在世界文學舞台上共構所謂「文學的世界視角」呢？通過法語撰寫當代中國的文學，是否正是為了「文學的世界觀」呢？當二十世紀初期法語仍然是國際主流語言時（特別在政治外交、學術交流等場域），宋春舫以法語出版《當代中國文學》，是否正是使中國文學成為世界文學的一分子，進入文學世界觀的舞台，與西方文學平起平坐呢？這些問題涉及層面甚廣，或許需要更多個案研究的積累，才足以窺見與歸納全貌。1929年，當楊振聲、朱自清在清華大學中國文學系「一方面注意研究我們的舊文學，一方面更參考外國的現代文學」，以求「新舊文學的貫通與中外文學的融會」時，[18] 或許正與宋春舫在《清華學報》所提出的觀點有可對話之處。限於篇幅，

---

[17] 宋春舫，〈文學上之世界觀念〉，《清華學報》3：2（1911），頁100-101。

[18] 以上兩段引文出自楊振聲撰於1948年的〈為追悼朱自清先生講到中國文學系〉一文。關於楊振聲、朱自清如何以現代中國為立足點，進而與傳統接流、與世界交流，可參閱陳國球，〈文學批評作為中國文學研究的方法——兼談朱自清的文學批評研究〉，《政大中文學報》20（2013.12），頁1-36。

本文雖無法對上述議題深究之，但藉由重讀宋春舫以法語撰述的《當代中國文學》一書，或許不失為一個重新思考的起點。

二、宋春舫早期學思以及兩本法語著作出版情形之考辨

在分析宋春舫的《當代中國文學》一書之前，需先大致回顧宋春舫早期的學思歷程。[19] 除了可將《當代中國文學》一書置於民國初期的文學研究脈絡下理解之外，亦可起到對照之功效。尤其因為宋春舫的著作有以中文出版者，且亦不乏以英、法語出版者，若能盡可能通盤考察，或有助於釐清作者思路與其對於當代中國文學的核心關懷何在。

過去關於宋春舫的研究，多半集中在他對中國現代戲劇的推動以及西方戲劇的譯介，且研究成果主要涉及他所著述的三冊「宋春舫論劇」。這三冊以「論劇」為題的著作，分別為《宋春舫論劇》（上海中華書局1923年初版，今較通行之版本為1930年4月第三版）、《宋春舫論劇二集》（上海文學出版社，1936年）、《宋春舫論劇第三集——凱撒大帝登臺》（上海商務印書館，1937年），其中既收錄有劇論、雜感，亦有翻譯劇本，部分文章原刊於《東方》、《新青年》、《清華學報》、《人間世》、《宇宙風》等期刊，可說是宋春舫中、西戲劇研究心得之集成，也是今人了解宋春舫學術成果最主要的依據。[20] 由此延伸而出的研究還包括宋春舫個人創作的劇本《宋春

---

[19] 有關宋春舫早年留學與教學經驗，現有資料較不齊全。較容易找到的資料可參見關國煊，〈宋春舫〉，收入劉紹唐編，《民國人物小傳》（臺北：傳記文學出版社，1980），冊3，頁45-46。

[20] 為行文簡便，以下本文論及這三冊著作時以《宋春舫論劇第一集》、《宋春舫論劇第二集》、《宋春舫論劇第三集》稱之。近年出版的宋春舫選輯如《從莎士比亞說到梅蘭芳》（北京：海豚出版社，2011），主要收錄的文章即多取自上述三本「論劇」。該書

舫戲曲集》（上海商務印書館，1937年），當中收錄三齣宋氏本人所寫的喜劇，[21] 堪稱民國初期現代戲劇舞台上的珠玉精品。這些戲劇論著與創作，既展現宋春舫對西方戲劇的熟稔與愛好，同時也流露出他的中國傳統戲曲底蘊，以及對於中國現代戲劇發展的關注。此一「現代」固然可以是目前學界常用來指稱「現代文學」的五四以降時期，同時也用以對比於戲曲形式的戲劇演出。總體來說，宋春舫之所以不厭其煩闡述他所見所聞的中西戲劇，反映出他對正在進行與發展的事物的興趣，也就是他對「當代」的關注。此處所說的「當代」，自然不是專指目前學界常用來指稱1949年以後文學的「當代」，而是指其同時代之意。近年，即有學者嘗試全面考察宋春舫的戲劇譯介工作，指出此一戲劇知識建構過程所展示的「當代性」，[22] 其意正在於此；重點並不是否定宋春舫戲劇論述在現代性知識地圖所佔據的位置，而更是強調宋春舫在引介西方戲劇知識時所展現的時代感，凸顯當時中國戲劇參與世界戲劇進程、世界戲劇介入中國戲劇發展的雙向甚至多向流動。延續上述思維，宋春舫《當代中國文學》之所以以「當代」命名，對照書中內容可知「當代」實為指稱宋春舫同時代之意，體現出宋氏對於此刻與當下的關心。需要特別指出的是，有些學者偏好以「現代中國文學」作為宋春舫《當代中國文學》一書的中譯名，指出「無論在中國或是在西方，1919年出版的《現代中國文學》作為第一部以『現代』命名的文學史著作，都具有開創性的意義」。[23] 此說雖

由陳子善教授主編，書末收錄有宋春舫之子宋淇所撰的〈毛姆與我的父親〉一文，文中有關宋春舫法語著作之事多有可供推敲之處，詳見下文。

[21] 包括《一幅喜神》、《五里霧中》、《原來是夢》等三齣喜劇。

[22] 鍾欣志，〈宋春舫戲劇譯介工作的多樣性與當代性（1919-1937）〉，《政大中文學報》32（2019.12），頁87-128。

[23] 郭彥娜，〈宋春舫：中國現代文學域外譯介的發軔者〉，《新文學史料》2（2021），頁109。郭彥娜文中註釋指出（見同文頁111），自民國初期的趙景深乃至當代大陸的陳子善等學者，皆將《當代中國文學》一書譯為《現代中國文學》，故郭文從之。此外郭彥娜認為，宋春舫並非簡單陳述二十世紀初的中國文壇概貌，而是要突出中國傳統文學的現代轉型，因此書名譯為「現代」更為適宜。筆者認為這些論點主要還是從今人的角度切

然有其論證依據，但筆者認為以今人界定的文學史概念框定宋春舫的論述，或許有待商榷；且宋春舫如果要以「現代」命名的話，大可直接使用「la littérature moderne」一詞，而未必要用「la littérature contemporaine」。

除了戲劇方面的成就之外，宋春舫對其他文類的中西文學亦多有涉獵。且不論是否樣樣皆有專攻，然其開放的世界胸懷、廣闊的中西視野自成格局，而這都必須歸功於他在晚清民初時局變革中的獨特教育背景，以及他長期旅居歐洲、多次赴歐的經歷。出身晚清最後一屆科舉考試秀才的宋春舫，舊學根底不在話下。後因大環境變遷，改入上海聖約翰大學學習外國文學，旋於1912年赴歐學習政治經濟，1916年返華，並於1917年在上海東方出版社出版個人第一本法語專著《海外劫灰記》（*Parcourant le monde en flammes : coups de crayon de voyage d'un Céleste*），將他的遊歐旅途與異地見聞以幽默的筆調、流利生動的法語，靈活巧妙呈現在讀者眼前。[24] 此書在出版近百年後，終於在2015年首度由筆者全譯為中文，經復旦大學戴燕教授推薦，刊載於上海出版的文學雜誌《書城》；2019年又經福建師範大學周雲龍教授推薦，轉載於該校出版的《細讀》集刊。[25] 承蒙諸位師友指教，拙譯有幸在藝文界、學術界引起一些關注，也算是在前人研究基礎之上，稍加補充了有關宋春舫的認識。

入，因此筆者更傾向直譯為「當代」。至於此處「當代」一詞究竟是體現了「現代性」或「當代性」，則不妨可以由讀者自行判斷。

[24] 關於《海外劫灰記》一書之研究，見本書〈宋春舫的旅行書寫及世界想像：從《海外劫灰記》到《蒙德卡羅》〉。

[25] 宋春舫著，羅仕龍譯，《海外劫灰記》（*Parcourant le monde en flammes*），收入上海出版之文藝期刊《書城》第106-109期（2015年3-6月）：106（2015.3），頁103-111；107（2015.4），頁120-127；108（2015.5），頁121-127；109（2015.6），頁120-127。後題為〈宋春舫及其遊記《海外劫灰記》〉，轉載於福建師範大學文學院出版之《細讀》2019年第2輯，頁77-124。不過，《細讀》轉載的版本未刊《海外劫灰記》原書所錄之〈猶太人〉一文內容，僅留其目。《海外劫灰記》全書譯文經筆者再次修潤後，收於本書頁123-187。

《海外劫灰記》的文名早在1968年就已經由宋春舫之子宋淇披露於當代文壇。他在〈毛姆與我的父親〉一文裡，述及乃父與英國作家毛姆（William Somerset Maugham, 1874-1965）於1919-1920年間會面之事，順便提到了宋春舫的外語著作。那是二十世紀初，毛姆正訪華遊歷，順道拜會在北京大學任教的宋春舫，閒聊之間交換彼此對於文藝的想法。毛姆將此事寫入〈一名戲劇學生〉（A Student of the Drama）一文，收錄於《在中國屏風上》（*On a Chinese Screen*，1922年出版）。[26] 毛姆在文中提到，宋春舫遞給他的名片上印著「Professor of Comparative Modern Literature」（現代比較文學教授）的頭銜。部分中文譯本因而將毛姆此文譯為〈戲劇學者〉，或許是誤解毛姆文中反諷的語氣。毛姆在文章一開頭就鉅細靡遺說明宋春舫的名片、頭銜、學者穿著打扮等等，接下來在與宋春舫討論的過程中，無論毛姆問到文學、哲學等話題，宋春舫都表示他所知不多，只懂戲劇。宋春舫對於西方戲劇有他自己的評價與品味，不斷詢問毛姆是否讀過某篇劇作、是否嘗試寫劇本等等，而對於毛姆讚賞的易卜生等劇作家，則只淡淡地回答說會再多進行了解。毛姆因此在文中說，「要和一個好為人師者爭論，那是白費力氣，……我索性讓自己跟著聊起戲劇。我的這位教授啊，對戲劇文學的技術面著實感到興趣，似乎覺得這套技術既複雜又深奧，於是他還真的要為此主題準備講一門課哩。」（It is useless to argue with a pedagogue, ... and I resigned myself to discuss the drama. My professor was interested in its technique and indeed was preparing a course of lectures on the subject, which he seemed to think both complicated and abstruse.）從這一段你來我往的紀錄便可以想像宋春舫對戲劇的投入，且不難看出毛姆面對一位侃侃而談西方戲劇的中國學者，心中恐怕是不耐多於推崇，所以語帶反諷地將文章標題定為〈一名戲劇學

---

[26] William Somerset Maugham, "A Student of the Drama," *On a Chinese Screen* (London: Heinemann, 1922), pp. 188-192.

生〉，意指連他自己這位大英帝國的子民，都不得不在中國學者面前乖乖聽講西方戲劇課。

不過，毛姆這一段略帶挖苦的文字並沒有出現在宋淇的文章裡。宋淇引用的是毛姆另一段話，說宋春舫「在學校講授的課程是戲劇，最近還用法文寫了一冊有關中國戲劇的書」。宋淇進一步解釋，說「我父親一共用法文寫過三本書，一本講中國戲劇，一本是中國文學史，另一本是旅行遊記《海外劫灰記》，當時我自己的法文程度不夠，看不出他文字的功力如何。後來拿了那本遊記給一位法國學者看，據他說，寫得同法國人一樣，看不出來是外國人寫的，連腔調都是純法國味的。大概在見毛姆時，他只出版了第一本，其餘兩本還沒有寫成。」[27] 毛姆、宋淇兩人各自的文章裡，都提到宋春舫用法語寫過關於中國戲劇的書籍。不過，若細究毛姆原文述及宋春舫著作之處，其實語氣是略帶保留地說，「似乎他講授戲劇文學課程，且最近有份用法語寫的中國戲劇著作」（It appeared that he lectured on the drama and he had lately written, in French, a work on the Chinese theatre.）。[28] 毛姆話說得曲折，只說宋春舫有些關於中國戲劇的成果，寫是寫了，但有沒有出版倒不確定，且也不一定是本專書。總之，毛姆該文僅為旅途散記，可參考但未必能盡信；全文主要是強調宋春舫好為人師，專聊戲劇，故而標題略帶諷刺地取作「戲劇學生」，用來指稱毛姆自己在宋春舫面前像個學生似的，而不見得是用來讚賞宋春舫的戲劇學者成就。

就筆者目前所見，宋春舫僅出版過兩本法語書籍，其中之一便是宋淇提到的《海外劫灰記》。至於宋淇推測宋春舫在會見毛姆時只出版了一本法文書，此說恐怕有誤。根據毛姆在華時間推算，當時宋春舫已經出版了兩本法文書，一本是《海外劫灰記》無疑，另一本就

[27] 宋淇，〈毛姆與我的父親〉，《純文學》3：1（1968.1），頁4。

[28] William Somerset Maugham, “A Student of the Drama,” p. 188.

是宋淇口中的「中國文學史」，亦即本文所論的《當代中國文學》。有意思的是，宋淇以「文學史」來指稱宋春舫的《當代中國文學》一書，恰巧與本文的觀點頗有相近之處。至於《海外劫灰記》一書，則因出版品項與資料明確，基本較無爭議。[29] 自2015年中譯首度問世以來，有論者認為宋氏該書體現了「世界眼光」，[30] 亦有論者指出該書「常常以帶有趣味性的飲食男女平凡瑣事為導引，著眼點卻落於社會政治問題的分析或是中西文明的比較。宋春舫的遊記別具一格，趣味性與知識性兼具，同時也特別耐讀」。[31] 凡此，皆說明《海外劫灰記》的出版價值。

《海外劫灰記》是宋春舫學成返國後出版的首部專書。不以中文出版，而以法語出版；不向國人介紹西方見聞，卻向一群讀得懂法語的讀者分享自己的中西文化觀察，箇中緣由頗值得玩味。從外在條件來看，出版《海外劫灰記》的「東方出版社」原本就與旅遊書籍有些關聯。該出版社法語為La Presse orientale，有時使用全稱Imprimerie de la Presse orientale，直譯為「東方出版社印書局」，英語則為The Oriental Press。[32] 東方出版社成立於1898年，1940年停業，所出版書籍皆為法語，類型主要包括法國作者的旅遊見聞、中國各地地圖及附加旅行資訊、中國的諭令法條等等。東方出版社成立同年亦在上海開辦法語週報*L'Echo de Chine*（中文刊名《中法新彙報》標於頭版），副標「Journal des intérêts français en Extrême-Orient」，意指該報乃是為

---

[29] 《海外劫灰記》法語標題可直譯為「漫遊於著火的世界」，意指寫作期間陷於一戰戰火的時局。「海外劫灰記」乃正式出版的中文標題，以漢字書於該書封面。但是，1919年出版的*La Littérature chinoise contemporaine*卻未於封面或書中加註中文標題。筆者根據字面通用意義直譯為《當代中國文學》。

[30] 唐佩佩、高昌旭，〈一部「世界眼光」的民國遊記〉，《戲劇之家》19（2016），頁15-16。

[31] 史建國，〈「貴族作家」宋春舫的歐洲遊記〉，《香港文學》總第437期（2021.5），頁94。

[32] 東方出版社的英、法語社名時有混用。例如宋春舫《海外劫灰記》的版權頁將出版社標示為The Oriental Press。

了法國在遠東的利益而發聲。簡而言之，東方出版社及其旗下所屬報刊提供了一個法語的訊息交流空間，讓晚清民國的涉華知識與意見得以在法語圈有效流傳。為此，東方出版社與《中法新彙報》未必只刊載法國作者的著作。中國作者的著作只要是符合閱讀市場興趣的，經翻譯後也有機會獲得東方出版社青睞，例如張之洞《勸學篇》、溥儀在清末最後兩年的諭令等，也都在東方出版社以法語出版。[33] 反過來說，倘若能以法語書寫的中國作者，其著作也未必需要假手他人翻譯才能在東方出版社亮相。曾任晚清駐法公使的陳季同，其獨幕輕喜劇 *L'Amour héroïque*（中文直譯為《英勇的愛》）即於1904年在上海由東方出版社出版。而陳季同早在個人著作出版前幾年，也曾獲邀為法國作家拉奎茲（Alfred Raquez, 1865-1907）原著、上海東方出版社出版的《在寶塔的國度》（*Au pays des pagodes*，1900年）一書作序。陳季同以法語撰寫的序言坦言，「四海之內人心同，如果有人能把我們原原本本的樣子給介紹出去，相信我們的西方弟兄們肯定終將發覺我們重要的優點。……在我看來，一部真心誠意的遊記，絕對勝過一紙全面停戰的協議，或是一場和平會議」。[34] 此番言論除了展現陳季同面對中西文化交流不卑不亢的態度之外，或亦可同時提醒我們注意到，上海東方出版社雖然以服務在華法國（法語）讀者為宗旨，但基於對中國當地事務的興趣或利益，很自然與熟諳法語的中國人士來往。陳季同如是，宋春舫也不例外。「遊記」是連結中、西交流的第一步，而《海外劫灰記》是宋春舫返華後，站穩滬上文化圈的第一步。

北京的中法文化圈也注意到宋春舫的《海外劫灰錄》。1918年3月3日出版的法語《北京政聞報》（*La Politique de Pékin*）以宋春舫為封面人物，內頁有〈畫傳：清華學校法文教授宋春舫先生〉（以下

---

33 Mathilde Kang, *Francophonie and the Orient: French-Asian Transcultural Crossings (1840-1940)*, trans. Martin Munro (Amsterdam: Amsterdam University Press, 2018), p. 89.

34 Tcheng Ki-tong, "Préface," Alfred Raquez, *Au pays des pagodes* (Shanghai: Imprimerie de la Presse orientale, 1900), p. VI.

簡稱〈畫傳〉）一文介紹其出身背景、早慧文采、寫作出版、世界遊蹤與學思歷程。[35]《北京政聞報》是當時在華發行的重要法語報刊之一，下文將另行詳述之，此處先論〈畫傳〉一文。在這篇短文中，我們已經可以看出宋春舫同時跨足中、西文學領域的形象。文中指出，宋春舫雖然赴歐攻讀政治與社會研究，但未曾忘情於文學，「本報現正刊出的〈歐洲現代文學〉（littérature moderne en Europe）系列文章足以為證」。[36] 藉由該文，亦可得知宋春舫在抵達日內瓦後不久，旋即於同年（1914）起在當地教授中國語言及文學，並自翌年起為《日內瓦論壇報》（*Tribune de Genève*）撰稿，後赴美國，文章見於美、日報刊，「身為通曉多語的記者，個人生涯大為成功」。[37]〈畫傳〉一文接著歷敘宋春舫返華後的工作，包括在上海聖約翰大學講授當代文學（littérature contemporaine），並同時充任《日本廣報》（*The Japan Advertiser*）、《日內瓦論壇報》等報刊的通訊記者。[38]〈畫傳〉還提到宋春舫新近出版的《海外劫灰記》，說到該書第一版於1917年3月出版，第二版則甫於1918年2月問世。在提到宋春舫同時為《北京政聞報》、《密勒氏評論報》（*Millard's Review*）等報刊撰稿的同時，〈畫傳〉預告宋春舫即將完成「一部關於當代文學的著作」（un ouvrage sur la littérature contemporaine），且「與清華學校的祖克（A. E. Zucker）博士合撰另一本英文書，題為《中國戲劇的發展》（*The Development of Chinese Drama*）」。[39] 文末，則是對宋春舫才情稟賦

---

[35] Anonymous, "Portraits biographiques. M. Soong Tsung-faung. Professeur de français au Tsing Hua College," *La Politique de Pékin*, no. 9, Mar. 3, 1918, p. 6.

[36] *Ibid.*

[37] *Ibid.*

[38] 《日本廣報》（*The Japan Advertiser*），1890年創刊於橫濱，是日本第一份英文報紙。1940年併入《日本時報》（*The Japan Times*），合稱《日本廣時報》（*Japan Times & Advertiser*）。以上關於兩份日本英語報刊的時代資料參考《日本時報》官方數位檔案庫：https://www.eastview.com/wp-content/uploads/2019/05/JapanAdvertiser-pamphlet_English.pdf（2021年9月15日瀏覽）。

[39] Anonymous, "Portraits biographiques. M. Soong Tsung-faung. Professeur de français au Tsing

的總結，盛讚「宋先生有開放的精神，兼容並蓄，面對新事物求知若渴，除此之外，更是天生文采粲然。作為一位文學家，宋先生面前有的是光明璀璨的未來」。

〈畫傳〉一文刊行之時，宋春舫仍在清華學校擔任教席，但同年即將赴北大任教。此文雖短，卻有幾個重點值得提出來說明。首先要注意的是《北京政聞報》既為在華法語報刊，故而在論及宋春舫時，更關注或更容易取得資料的，顯然偏向報刊出版或外語著作。對於現今的宋春舫研究來說，不失為一條可供追索的方向，可以補充宋春舫在專書與中文期刊之外的撰述。其次，該文在談到宋春舫對於所謂「現代」、「當代」文學著述時，在用字上仍稍有區分，不失為我們閱讀宋春舫法語著作時的判斷參考。此外，文中還提到宋春舫與祖克合寫的英文著作《中國戲劇的發展》。這應當就是前文所引宋淇認為的三本「法文書」之一。從《北京政聞報》的這則短文可知，宋春舫至少有兩本法語著作，而關於中國戲劇的「法文書」，據報導是宋春舫與他的清華同事祖克以英文撰寫。這本宋春舫與祖克合寫的書籍現已不易查找，但祖克則於1925年出版個人英文專著《中國戲劇》（*The Chinese Theatre*）。《中國戲劇》著作者雖然未署宋春舫之名，但該書實際上與宋春舫以及宋春舫的《當代中國文學》頗有淵源，下文另詳述之。此處先繼續說明宋春舫的文學事業進程。

在宋春舫積極忙於法語出版時，他先後任教於上海聖約翰大學、清華學校（今清華大學前身）、北京大學，是民國早期首位在大學開設比較文學的學者。[40] 據鍾欣志引用《北京大學日刊》等中西文資料指出，宋春舫於1918年應北大邀請擔任的教席在當時被稱為「比較近

Hua College," *La Politique de Pékin*, no. 9, Mar. 3, 1918, p. 6.

[40] 關於宋春舫的學術養成以及任教歷程，本文主要參考鍾欣志，〈宋春舫戲劇譯介工作的多樣性與當代性（1919-1937）〉，《政大中文學報》32（2019.12），頁87-128。

世文學（Comparative Modern Literature）」。[41] 而「近世」一詞，恰好又可見於宋春舫1918年發表在《新青年》的〈近世名戲百種目〉一文標題。此文原係以英文寫成，含序文與世界名劇書單，發表在中國本地出版的英文報刊《北京導報》（*Peking Leader*），原題為“China and the World’s Hundred Best Plays”。英文文章所列之部分書單譯為中文後，刊於《新青年》；至於完整譯出的序文與書單，則刊載於其他報刊，後又收入《宋春舫論劇》，題為〈世界名劇談〉。[42] 該文的英文原標題並未見到意指「近世」的詞彙，而《新青年》刊登的〈近世名戲百種目〉其實只有節錄。從“China and the World’s Hundred Best Plays”到〈近世名戲百種目〉再到〈世界名劇談〉，出於同一根源的文章歷經多次刊載後，標題亦數度變動。筆者此處並非要細究「近世」是否能對應「Modern」一詞，因為即便是英文的Modern一詞，在不同語境下亦有不同的指涉對象，不宜直接將其等同於現今一般文學史所定義的「現代」文學。宋春舫的原意可能只是要介紹一百齣他心目中的世界名劇，而未必有個先入為主的時間段。正因如此，在分析宋春舫的外語著作時，更需要回歸到外語書寫的語境下來思考。

繼多所大學任教之後，宋春舫陸續供職於國民政府、青島觀象臺（天文臺）、上海商業儲蓄銀行等單位，出版著作除文學、旅遊主題之外，還包括經濟研究著作《宋春舫經濟論集》（合併宋春舫著《不景氣之世界》，以及海光銀行《海光經濟論文集》中由宋氏撰寫的文章，1935年出版），並受陳光甫委託撰寫《上海商業儲蓄銀行二十年史初稿》（1934年5月完稿，當時因故未出版），[43] 興趣廣泛，著作種

---

[41] 出處同上，頁94。鍾欣志提出的宋氏職稱正好與本文所引毛姆拿到的名片頭銜相同。

[42] 出處同上，頁95-96。

[43] 據邢建榕指出，「宋春舫為上海銀行撰寫行史，大概是學者撰寫現代企業史的第一人。但不知為何，該書最後沒有出版。原稿一直存於上海商業儲蓄銀行檔案內，成為後來許多學者研究金融史的一部重要參考著作。」見邢建榕，〈戲劇家宋春舫撰寫的一部銀行史〉，《非常銀行家：民國金融往事》（上海：東方出版中心，2014），頁119。宋春舫等編纂的《上海商業儲蓄銀行二十年史初稿》，收入何品、宣剛編注，《上海商業儲蓄

類眾多。然此皆為五四以後之事，與《當代中國文學》之出版關聯較低，此不贅言。以下的討論主要還是集中在宋春舫早年的中、西文著述。

三、《北京新聞》與《北京政聞報》：兩份和《當代中國文學》出版密切相關的法語報刊

1919年，《北京新聞》（*Le Journal de Pékin*）出版宋春舫第二本法語專書，題為《當代中國代文學》（*La Littérature chinoise contemporain*）。[44] 書籍封面的作者名字下方，特意標註宋春舫的頭銜「北京大學教授」（Professeur à l'université de Pékin），可見出版社有意凸顯本書內容的可信度與可讀性。《北京新聞》是由法國外交部支持，1911至1931年間在中國出版的一份法語報刊。[45] 該報刊標題可直譯為「北京報」，而「北京新聞」四字則是見於該報刊首頁的正式中文名稱。[46] 在宋春舫出版《當代中國文學》期間，《北京新聞》是由

銀行》（上海：上海遠東出版社，2015），頁1-66。

[44] Soong Tsung-faung, *La Littérature chinoise contemporaine* (Pékin: Journal de Pékin, 1919). 本書現存數量不多。筆者特別感謝北京大學孟華教授、北京大學圖書館特藏部張紅揚主任慷慨提供閱覽以及其他所有相關協助。

[45] 瓦格納（Rudolf G. Wagner）著，崔潔瑩譯，〈跨越間隔！晚清與民國時期的外語報刊〉，收入賴芊曄等譯，《晚清的媒體圖像與文化出版事業》（臺北：傳記文學出版社，2019），頁302。

[46] 雷強根據1920年代至1930年代的中文出版紀錄（如《實用北京指南》、《北京便覽》、《最新北平指南》、《北京市工商業指南》），指出該法語報刊有多種譯名，例如《北京法文日報》、《北京法文報》或《北京法文新聞報》。見雷強，〈那世寶：報人、社會活動家、出版商〉，《國際漢學》總第9期（2016年第4期），頁150。「那世寶」是當時通用的譯名。筆者根據該報刊本身採用的《北京新聞》一詞指稱之。法文《北京新聞》部分卷期可於法國國家圖書館（BnF）數位報刊資料庫查閱，固定網址：https://gallica.bnf.fr/

那世寶（Albert Nachbaur, 1880-1933）主事，而那世寶也為《當代中國文學》一書做序。那世寶生於法國巴黎市區東郊馬恩河谷省（Val-de-Marne）的馬恩河畔諾讓市（Nogent-sur-Marne），1916年來華，1933年卒於北平。那世寶有時使用筆名「邁克斯納爾」（Max Nar）撰稿，來華前即已從事報刊工作，擔任《諾讓回聲報》（*L'Écho nogentais*）總監。[47]《北京新聞》之所以出版宋春舫的《當代中國文學》，除了基於宋氏在教育文化界的知名度之外，或許也跟那世寶對中國的興趣有關。那世寶本人抵華未幾，即以法語出版《我的中國紀事》（*Mon carnet de Chine*，1919年）。其後陸續為中國作者及其個人出版過多本與中國文化有關的著作，例如1927年出版朱家健（Tchou-Kia-Kien）撰寫的《中國戲談》（*Le Théâtre chinois*）；[48] 1929年重新編排、節錄翻譯出版清代內務府麟慶所撰《鴻雪因緣圖記》，書中附有26幀取自原書的木刻畫；1931年以「Na Che Pao」為獨立出版社之名，出版他與王恩榮（Wâng Ngen Joûng）合編的《民間之圖像》（*Les Images populaires chinoises*，中文書名附於扉頁）等等。

根據中國國家圖書館雷強先生的檔案資料研究指出，那世寶活躍於中、法社交圈，1919年被選為法華協會（Le Cercle Sino-Français）主席，1922年獲北洋政府頒授三等嘉禾章。[49] 正因為那世寶個人交遊與興趣，其所主事的《北京新聞》在相當程度上扮演著中、法人士交流的意見平台。就政治層面來說，雷強以1919年該報刊載山東事件時評為例，指出該篇評論引起北洋政府官員重視，甚至去信外交部代理

---

[47] 以上有關那世寶生平事要，見法國國家圖書館所建立之作者條目：https://data.bnf.fr/fr/12683341/albert_nachbaur/（2021年9月15日瀏覽）。

[48] 按朱家健此書1922年在巴黎由Michel de Brunoff出版社出版，書中附有俄國畫家雅可萊夫（Alexandre Jacovleff，中文名字「雅闊福」）繪製的中國劇場、演員、劇院等題材圖畫，隨即於同年譯為英文，書名*The Chinese Theatre*，由倫敦John Lane the Bodley Head出版。1927年北京出版的朱家健《中國戲談》一書雖然書名與1922年巴黎出版者相同，但內容所附圖畫不同。

[49] 雷強，〈那世寶：報人、社會活動家、出版商〉，頁152。

總長陳籙說明外媒觀點。雷強因而歸結道，《北京新聞》「儘管採用法語，但其閱讀群並不侷限於旅居北京的法國人。……那世寶並沒有將報紙內容侷限於與法國有關之人事，亦會關注中國國內外的熱點問題，並提出自己的觀點與建議，而且這些社論以維護中國利益為出發點，頗能為國人所認同」。[50] 且不論那世寶與《北京新聞》是否意在維護中國利益，但至少《北京新聞》所刊載的中國新聞頗受注意，這與我們今天的外交官員注意外文媒體報導，甚至投書外文媒體，頗有相似之處。實際翻閱《北京新聞》，可以注意到除了刊載中國新聞之外，也定時彙編中文報刊的新聞，譯為法語提供讀者閱讀。另外，報刊不時可見那世寶本人著作出版的廣告、中國格言諺語介紹，甚至還有中文家教的廣告，提供在華外國人學習語言機會。從廣告、雜文等內容編排可以很明白看出，《北京新聞》除了在政治、經濟等國家大事層面上表達意見，同時更是多方面的在華生活指南。例如，1921年7月30日星期六的《北京新聞》在休閒運動的正文版面上，刊載北京開明戲院暨第一舞台的電影播映廣告。廣告所列的兩部影片是*Grand Théâtre de Pékin*（中文片名待考，直譯為《北京大劇院》，下附拼音*Shi Tchéou Sze K'ou*）與*Sultane d'Amour*（直譯為《蘇丹愛妃》）。[51] *Sultane d'Amour*可能就是1919年法國出品的彩色無聲電影*La Sultane de l'amour*，導演為布爾傑（Charles Burguet, 1872-1957）與勒松提耶（René Le Somptier, 1884-1950），劇本改編自法國作家杜桑（Franz Toussaint, 1879-1955）以《一千零一夜》為底本而撰寫的小說。可以想像的是，在一份以北京生活為內容取向的法語報刊上刊登了中、法電影放映啟事，而其中的法國電影則又是取材自東方文學，這樣一種在京城瀰漫的文化交流氛圍勢必讓不少中外人士醉心，而宋春舫或許不會是例外。

---

[50] 出處同上，頁151。

[51] *Journal de Pékin*, Jul. 30, 1921, p. 5。

宋春舫《當代中國文學》雖然由《北京新聞》出版，但書中所收錄的文章卻跟另一份在華法語報刊《北京政聞報》有密切關聯。[52] 從《北京政聞報》內頁所載資訊可知，該報刊於1914年創刊，每週日出刊，每期約24頁，一份售價0.5元，1940年停刊。從報刊刊載的文章作者名字看起來，中、外（包含日本）作者皆有。有時有外電報導，有些文章未署名，有些是中文報刊選譯，有些是介紹中國知識，如政職或軍銜、政經局勢與外交事務、各類趣事軼聞等，也會介紹民俗信仰、中國語言、法語在華教學情況等等，內容包羅萬象，並不僅限於「政聞」。前文曾述及《北京政聞報》在1918年3月刊載的〈畫傳〉一文概論宋春舫早期教學與著作，文中同時提到宋春舫在該報撰寫介紹歐洲現代文學的文章。事實上，宋春舫在《北京政聞報》撰寫的文章不僅於此，還有多篇是直接關於中國文學。法國學者安必諾（Angel Pino）近年彙編有《中文現代文學作品法譯總書目》（*Bibliographie générale des œuvres littéraires modernes d'expression chinoise traduites en français*，以下簡稱「安必諾《書目》」），[53] 書中除了列出宋春舫兩本法語專書之外，也羅列了宋春舫於1918至1922年間以法語發表的期刊文章。這些期刊文章分別刊登於在華出版的《北京政聞報》以及瑞士出版的《日內瓦評論》（*La Revue de Genève*）。[54] 以下按文章發表

---

[52] 《北京政聞報》自稱為「中國政府的半官方報紙」，與旗下兩個增刊《北京社會生活》（*La Vie sociale de Pékin*）、《北京諷刺詩》（*Le Satire de Pékin*）等報刊共同在其時中國知識分子、學者與記者圈內建立龐大關係網絡。見瓦格納著，崔潔瑩譯：〈跨越間隔！晚清與民國時期的外語報刊〉，頁301-302。崔潔瑩譯文原作「北京政聞週報」，筆者則根據該刊封面所示之中文標題「北京政聞報」稱之。筆者引用的《北京政聞報》卷期與文章內容，是根據法國巴黎國立東方語文學院（Inalco）圖書館所藏，書目編號：BIULO PER.621。

[53] Angel Pino, *Bibliographie générale des œuvres littéraires modernes d'expression chinoise traduites en français* (Paris: You-feng, 2014). 安必諾彙編目錄雖以「法譯」為題，但也收入部分中國境內法語期刊上由中國作家（如宋春舫）直接以法語撰寫的中國文學相關論著，並非完全是翻譯為法語的中文作品。

[54] 《日內瓦評論》全名《日內瓦評論：歐洲菁英的期刊》（*La Revue de Genève : revue de l'élite européenne*），1920年7月創刊，1924年11月停刊，共出版53期。

先後次序，將安必諾整理的資料以表格說明。另為本文前後參照之便利，筆者自行在表1每篇文章前編列序號。後文若有引用，則以表格編號加文章編號表示之，例如「1.1」表示本表格內的〈中國戲劇的起源〉一文，依此類推。

表1：宋春舫發表於《北京政聞報》與《日內瓦評論》的法語文章（根據安必諾《書目》整理）

<table>
<tr><th>編號</th><th>文章署名</th><th>文章法語標題</th><th>標題中譯</th><th>刊載卷期與頁碼</th><th>備註</th></tr>
<tr><td>1</td><td>Soong, Tsung-faung et A[dolphe?]. E[duard?]. Zucker</td><td>L’Origine du théâtre chinois</td><td>中國戲劇的起源</td><td>La Politique de Pékin, n° 11, 17 mars 1918, pp. 8-9; n° 12, 24 mars 1918, p. 6; n° 21, 26 mai 1918, pp. 83-84.</td><td></td></tr>
<tr><td>2</td><td>Soong, Tson-faung</td><td>(Menus propos d’un Céleste) Sommes-nous affreux ?</td><td>（天朝子民瑣語）我們很嚇人嗎？</td><td>La Politique de Pékin, n° 27, 7 juillet 1918, p. 225.</td><td rowspan="3">取自1917年出版之《海外劫灰記》同名文章。惟〈憶馬賽〉一文在《海外劫灰記》中題為〈馬賽〉。</td></tr>
<tr><td>3</td><td>Soong, Tson-faung</td><td>(Menus propos d’un Céleste) Un souvenir de Marseille</td><td>（天朝子民瑣語）憶馬賽</td><td>La Politique de Pékin, n° 28, 14 juillet 1918, p. 253.</td></tr>
<tr><td>4</td><td>Soong, Tson-faung</td><td>(Menus propos d’un Céleste) La Danse</td><td>（天朝子民瑣語）跳舞</td><td>La Politique de Pékin, n° 30, 28 juillet 1918, p. 301.</td></tr>
<tr><td>5</td><td>Soong, Tsong-fong et T. H. T’sai</td><td>La Littérature chinoise contemporaine</td><td>當代中國文學</td><td>La Politique de Pékin, n° 30, 28 juillet 1918, p. 315; n° 31, 4 août 1918, p. 330.</td><td></td></tr>
</table>

編號	文章署名	文章法語標題	標題中譯	刊載卷期與頁碼	備註
6	Soong, Tsung-faung	(Menus propos d'un Céleste) La Torture	（天朝子民瑣語）酷刑	*La Politique de Pékin*, n° 39, 29 septembre 1918, p. 538.	未收入《海外劫灰記》
7	Soong, Tsung-faung	(Études critiques) Le Roman chinois	（批判研究）中國小說	*La Politique de Pékin*, n° 52, 29 [décembre] 1918, pp. 872-873.	
8	Soong, Tsung-faung	Trois revues chinoises iconoclastes, compte rendu (à propos de *Critique hebdomadaire*, *Nouvelle Jeunesse* et *Nouvelle Marée*)	評三本破除舊習的中國期刊（關於《每週評論》、《新青年》與《新潮》）	*La Politique de Pékin*, n° 1, 12 janvier 1919, p. 5.	
9	Soong, Tsung-faung	*Éléments d'histoire de la philosophie chinoise*, par Hu Shih, compte rendu	評胡適《中國哲學史大綱》	*La Politique de Pékin*, n° 14, 13 avril 1919, pp. 325-326.	
10	Soon, Tsong-faun	La nouvelle poésie chinoise	中國新詩	*La Politique de Pékin*, n° 23, 15 juin 1919, p. 542; n° 24, 22 juin 1919, pp. 562-563.	

編號	文章署名	文章法語標題	標題中譯	刊載卷期與頁碼	備註
11	Soong, Tsong-faun	De la poésie chinoise	論中國的詩歌	*La Politique de Pékin*, n° 25, 29 juin 1919, pp. 588-589.	
12	Soong, Tsong-faun	Du théâtre chinois	論中國的戲劇	*La Politique de Pékin*, n° 27, 13 juillet 1919, p. 634.	
13	Soong, Tsong-faun	Le Théâtre chinois contemporain	當代中國戲劇	*La Politique de Pékin*, n° 28, 20 juillet 1919, pp. 661-662.	
14	Soong, Tsung-faung	Le Théâtre chinois jadis et aujourd'hui	中國戲劇今昔	*La Revue de Genève*, 1921, t. 2, pp. 121-127.	本文為《當代中國文學》一書收錄的〈中國戲劇的起源〉、〈現代中國戲劇的演進〉兩篇文章合併。
15	Soong, Tsung-faung	La Poésie chinoise	中國的詩歌	*La Revue de Genève*, 1922, t. 4, pp. 497-502.	原刊於1919年《北京政聞報》，見本表1.11。

從上表可以看出，宋春舫在《北京政聞報》發表文章所署姓名拼法並不總是相同，但在《日內瓦評論》則固定使用Soong Tsung-faung，而這也是他在《海外劫灰記》、《當代中國文學》兩本法語著作所使用的姓名拼法。表內列出之部分文章並非宋氏一人獨力完成：〈中國戲劇的起源〉與祖克（A. E. Zucker, 1890-1971）共同掛名，

〈當代中國文學〉則與T. H. T'sai共同掛名。T. H. T'sai極有可能是蔡振華（1895-1952），即蔡瑩，畢業於上海聖約翰大學，與宋春舫同為浙江吳興人士。1917年出版的法語《海外劫灰記》正文前，即有中文署名蔡振華所作〈題海外劫灰記〉七絕兩首。[55]

表1列出的文章之中，有三篇係直接取自《海外劫灰記》內文重刊，收入名為「天朝子民瑣語」（Menus propos d'un Céleste）的專欄，主題為中國文化觀察。在〈我們很嚇人嗎？〉這篇文章欄位裡，除文字外還刊登有宋春舫本人的西裝照。該文內容主要是談論中西審美觀的不同，而西方人之所以覺得中國人不好看，主要原因是由於鴉片戕害健康，且國民衛生和運動習慣都不好。雖然是用法語談整個中華民族的問題，但宋春舫放上自己的照片，使得文章排版與內容之間產生尖刻又略帶自嘲的對比效果，且體現了宋春舫的幽默感。「天朝子民瑣語」專欄系列還有一篇題為〈酷刑〉的文章，但該文並未收錄於《海外劫灰記》。要特別說明的是，「天朝子民瑣語」專欄並非只有宋春舫的文章，有時也會刊載其他具名或佚名作者的文章。表1除了與《海外劫灰記》有關的幾篇文章之外，還有一大部分文章的標題與《當代中國文學》書中章節有相同或相近之處。這些文章涉及小說、詩歌、戲劇、文學刊物介紹、書評等主題，其中〈中國戲劇的起源〉、〈當代中國文學〉、〈中國小說〉三篇文章皆發表於1919年以前，雖然篇目名稱可見於《當代中國文學》一書，但內容不盡相同，下文將另述之。至於《日內瓦評論》於1921-1922年所刊登的文章（即表1之1.14和1.15），則是取自《當代中國文學》篇章，更改標題後重刊。

[55] 蔡振華（1895-1952），即蔡瑩，字正華，又作振華，號小安樂窩主人，又號味逸軒琴客、味逸軒主人等。1917年畢業於上海聖約翰大學，曲學大師吳梅的弟子，中外文造詣皆佳，留校任教後歷任聖約翰大學國文系講師、國文系主任、國學系主任。關於蔡振華的生平，可參考肖伊緋，〈安樂窩外味逸軒〉，《孤雲獨去閒：民國閒人那些事》（杭州：浙江大學出版社，2012），頁191-206。

安必諾《書目》大致展示了《北京政聞報》與宋春舫《海外劫灰記》、《當代中國文學》兩本書的關聯。但宋春舫在《北京政聞報》刊載的文章，卻不僅止於表1所列。以下根據筆者實際查閱《北京政聞報》結果，羅列其他表1未收錄的宋春舫所著文章。另為本文前後參照之便利，筆者自行在表2每篇文章前編列序號。後文若有引用，則以表格編號加文章編號表示之，例如「2.1」表示本表格內的〈中國與瑞士〉一文，依此類推。

表2：宋春舫發表於《北京政聞報》的法語文章（補充）

編號	文章署名	文章法語標題	標題中譯	刊載卷期與頁碼	備註
1	T.F.S.	Chine et Suisse	中國與瑞士	*La Politique de Pékin*, n° 47, 25 nov. 1917, pp. 4-5.	
2	Soong Tsung Faung	Essai sur la littérature moderne en Europe. Par Soong Tsung Faung, professeur au Tsing Hua College, Pekin	論歐洲現代文學，由北京清華學校宋春舫教授所撰	*La Politique de Pékin*, n° 50, 16 déc. 1917, p. 9.	
3	T.F.S.	Essai sur la littérature moderne en Europe II	論歐洲現代文學（2）	*La Politique de Pékin*, n° 51, 23 déc. 1917, p. 4.	
4	T.F.S.	Essai sur la littérature moderne en Europe III	論歐洲現代文學（3）	*La Politique de Pékin*, n° 1, 6 janvier 1918, pp. 5-6.	

編號	文章署名	文章法語標題	標題中譯	刊載卷期與頁碼	備註
5	T.F.S.	Contes et Superstitions. Le Renard à neuf queues.	傳奇故事與迷信：九尾狐	*La Politique de Pékin*, n° 1, 6 janvier 1918, pp. 16-17.	報刊版面誤植為「虞福新志」，考其故事，實出自《虞初新志》卷十之《烈狐傳》
6	T.F.S.	Essai sur la littérature moderne en Europe IV	論歐洲現代文學（4）	*La Politique de Pékin*, n° 2, 13 janvier 1918, pp. 8-9.	
7	T.F.S.	La lutte des partis politiques en Chine depuis son origine jusqu'à nos jours	中國黨爭之淵源乃至今日現況	*La Politique de Pékin*, n° 2, 13 janvier 1918, p. 9.	
8	T.F.S.	Essai sur la littérature moderne en Europe V	論歐洲現代文學（5）	*La Politique de Pékin*, n° 3, 20 janvier 1918, p. 8.	
9	T.F.	La lutte des partis politiques en Chine depuis son origine jusqu'à nos jours. Suite et fin.	中國黨爭之淵源乃至今日現況（全文完）	*La Politique de Pékin*, n° 7, 17 février 1918, p. 7.	
10	T.F.S.	Essai sur la littérature moderne en Europe VI	論歐洲現代文學（6）	*La Politique de Pékin*, n° 8, 24 février 1918, p. 7.	
11	T.F.	Essai sur la littérature moderne en Europe VII	論歐洲現代文學（7）	*La Politique de Pékin*, n° 9, 3 mars 1918, p. 4.	

編號	文章署名	文章法語標題	標題中譯	刊載卷期與頁碼	備註
12	T.F.S.	Essai sur la littérature moderne en Europe VIII	論歐洲現代文學（8）	*La Politique de Pékin*, n° 10, 10 mars 1918, pp. 4-5.	
13	T.F.S.	Wousih, le Pittsburg chinois	無錫，中國的匹茲堡	*La Politique de Pékin*, n° 10, 10 mars 1918, pp. 9-11.	
14	S.T.F.	Essai sur la littérature moderne en Europe IX	論歐洲現代文學（9）	*La Politique de Pékin*, n° 11, 17 mars 1918, p. 5.	
15	T.F.S.	Essai sur la littérature moderne en Europe X	論歐洲現代文學（10）	*La Politique de Pékin*, n° 12, 24 mars 1918, pp. 5-6.	
16	T.F.S.	Essai sur la littérature moderne en Europe XI	論歐洲現代文學（11）	*La Politique de Pékin*, n° 14, 7 avril 1918, p. 6.	
17	T.F.S.	Essai sur la littérature moderne en Europe XII	論歐洲現代文學（12）	*La Politique de Pékin*, n° 17, 28 avril 1918, pp. 5-6.	
18	T.F.S.	Essai sur la littérature moderne en Europe XIII	論歐洲現代文學（13）	*La Politique de Pékin*, n° 19, 12 mai 1918, p. 34.	本期頁碼接續1918年18期而來。同期刊載有北京清華學校簡介。
19	T.F.S.	Essai sur la littérature moderne en Europe. XIV. Fin de la première partie.	論歐洲現代文學（14），第一部分完	*La Politique de Pékin*, n° 20, 19 mai 1918, p. 59.	

編號	文章署名	文章法語標題	標題中譯	刊載卷期與頁碼	備註
20	T. F. S.	Bibliographie. *La Jeunesse*.	新書提要：《新青年》	*La Politique de Pékin*, n° 34, 25 août 1918, p. 416.	法文標題旁以中文標示「第六期之新青年」
21	T. F. S.	Contes populaires. *L'Avarice* (traduction inédite)	民間傳奇故事：《吝嗇鬼》（首次翻譯）	*La Politique de Pékin*, n° 41, 13 octobre 1918, p. 601.	
22		《聊齋志異》之《耿十八》、《佟客》、《九王山》、《嶗山道士》等故事。		*La Politique de Pékin*, 1919	根據聶卉整理資料[56]
23		Comment réformer le Théâtre chinois ?	如何改革中國戲劇？	*La Politique de Pékin*, 1920	根據聶卉整理資料[57]

從表2所列文章可以看出，宋春舫有一系列文章在介紹與評析歐洲現代文學，而這還只是第一部分。雖然在後續出版的《北京政聞報》裡並沒有看到宋春舫續寫的〈論歐洲現代文學〉文章，但相較於其他在《北京政聞報》發表的中國文學相關文章來說，這些〈論歐洲現代文學〉似乎在寫作企圖與規劃上更具有系統性，而非僅是信手拈來之筆。宋春舫為什麼要在中國本地的法語報刊上介紹歐洲現代文學？他撰文時所預設的目標讀者是誰？他在這一系列文章裡講述了哪些內容，體現了什麼樣的觀點？如果他接著寫第二部分，又將是關心哪些文學潮流與作家？這些都是值得探究的問題。此處限於篇幅，仍將關注重心集中在中國文學部分。不過，至少可以肯定的是，宋春舫在法語報刊展現出學貫中西的文采，當時少有作家可及。宋春舫對於狐狸

[56] 聶卉，〈《北京政聞報》與中國文學譯介〉，《漢語言文學研究》9：2（2018），頁112。限於篇幅，聶卉僅羅列宋春舫所選譯的《聊齋志異》故事，未列宋春舫翻譯之《虞初新志》故事（如本表所示）。

[57] 出處同上，頁114。宋春舫這篇〈如何改革中國戲劇？〉原已收於1919年出版之《當代中國文學》。

傳說、吝嗇鬼故事的興趣，在《海外劫灰記》的〈柏格森〉一文中可略見端倪，此不贅述。另外，宋春舫在《北京政聞報》上也有文章略為論及中西政治與社會，但顯然並非他興趣所在。宋春舫後來以中文寫過《不景氣之世界》（1934年出版）等經濟、社會方面的著作，但都不及他在文學與戲劇方面留給後人的印象深刻。

以上表1、表2大致回顧了宋春舫刊載於《北京政聞報》的文章。除了他本人的著作之外，另有兩篇文章與宋春舫直接相關。一是前文所引用過的〈畫傳〉，另一則是《海外劫灰記》的書評，作者不明，題為〈北京：新書評介〉（Pékin. Bibliographie），與〈畫傳〉刊於同一期。[58] 該篇書評是目前所知少數關於宋春舫法語著作的評論，全文可參考本書所附譯文。

表1中要特別提出來說明的是〈中國戲劇的起源〉和〈當代中國文學〉兩篇文章。這兩篇文章都是宋春舫與他人合寫，且同樣標題的文章都收錄在《當代中國文學》一書中。宋春舫為《北京政聞報》所撰寫的一系列中國文學文章之中，〈中國戲劇的起源〉是第一篇，分三期連載於1918年的第11期、第12期和第21期，顯見宋春舫不但熱愛戲劇，並且熟悉戲劇。文章標題雖然是「中國戲劇」的起源，但宋春舫從希臘戲劇講起，指出中、西戲劇起源都與宗教美感體驗有關。宋春舫撰寫本文之際，正值新文化運動前後，新劇雖已誕生但還未臻成熟，而戲曲則又因其傳統形式與思想常被新式知識分子所抨擊。宋春舫在這風尖浪頭之上，將中國文人一向輕賤的戲劇抬升到與希臘燦爛文明同樣的地位，其用意不言可喻。同列為作者的祖克——即前文述及將與宋春舫合寫英文書籍的作者——是比較文學學者，對戲劇亦頗多涉獵。無論祖克與宋春舫兩人在撰稿時的分工情況如何，《北京政聞報》所刊〈中國戲劇的起源〉一文，與後來《當代中國文學》所刊

[58] Anonymous, "Pékin. Bibliographie," *La Politique de Pékin*, no. 9, Mar. 3, 1918, p. 22.

〈中國戲劇的起源〉章節，兩者內容大致相同。少數文句在《當代中國文學》書裡稍有補充：例如比較中西鬧劇演員時，宋春舫指出西方中世紀末的鬧劇尤其有名，演員們無不使出渾身解數取悅天性樂觀的高盧人。此段在《當代中國文學》書中出現時，宋春舫特別以短短數語舉歐洲中世紀鬧劇《皮耶巴特蘭大師》（*Maître Pierre Pathelin*）為例，[59] 但這個例子並未見於《北京政聞報》所刊載的〈中國戲劇的起源〉。

相較之下，宋春舫與蔡振華共同署名的〈當代中國文學〉一文，在《北京政聞報》與《當代中國文學》專書所刊者就有較顯著的差異。以下舉出幾個例子簡要說明之。為求行文簡便，以下述及《北京政聞報》所刊〈當代中國文學〉時，以〈北當〉稱之；述及《當代中國文學》專書所收〈當代中國文學〉時，以〈當代〉稱之。

〈北當〉、〈當代〉兩篇文章起首都將文學興衰與國族興亡結合在一起，並且以晚清民初中國國力的衰頹說明當代文學之不振。諸如此類的比擬在晚清民初並非特例，為文者將國運與某一文藝形式的發展興衰連結在一起。例如胡適在1918年10月出版的《新青年》中，即為文批判張之純《中國文學史》（1915年12月初版）裡「崑曲之興衰，實興亡之所繫」的講法。[60]〈北當〉論及中國情況後，隨即給出俄國的情況作為反例，認為俄國在二十世紀初雖然國力不振，但諸多文學名家的影響卻遍及全世界。此段關於俄國的例子，在〈當代〉悉遭刪除，以避免才剛給出理論就立刻否定理論。延續著這一套文學興衰與國族興亡的理論，〈北當〉直指「當代中國文學給我們提供的例證最為撼人」。[61] 這句話在〈當代〉裡被略微修訂為「中國文學給我們

---

[59] 本劇原名《巴特蘭大師的鬧劇》（*La Farce de Maître Pathelin*），約完成於1456-1460年間，首次印行年份為1485年。作者不明，一般多認為可能是出於亞雷西斯（Guillaume Alexis）或維雍（François Villon）之手，常被視為是法國文學史上第一齣喜劇類型作品。

[60] 胡適，〈文學進化觀念與戲劇改良〉，《新青年》5：4（1918.10.15），頁308。

[61] Soong Tsong-fong and T. H. T'sai, "La Littérature chinoise contemporaine," *La Politique de*

提供的例證最為撼人」，刪去「當代」（contemporaine）一詞。藉由這個例子，可以看出宋春舫似乎想把文學興衰與國族興亡的理論應用到總體的歷史觀，而不僅限於眼前所見。

〈北當〉接著簡要說明中文之困難使得中書外譯相當不易，然後又花了一段頗長的篇幅講述張之洞、康有為、譚嗣同與《仁學》、章太炎等儒學思想方面的演變。這段文字與前後文的銜接關連較不明顯，於是在〈當代〉裡被改寫後放至散文的範疇內，可見宋春舫在著述過程中對於「當代文學」的定義屢有調整。在論及中國小說時，〈北當〉指出西方讀者最熟悉的古代中國小說乃是《三國演義》與《聊齋志異》，[62] 但在〈當代〉裡卻改為《西遊記》與《聊齋志異》，藉以集中體現古代小說以神怪為主流。至於談到當代小說時，〈北當〉和〈當代〉都指出翻譯著作聞名的林紓不諳外語，但〈北當〉特別說到林紓的小說「《金陵春》或許能讓他在中國文學的世界裡佔個位子」，此句在〈當代〉也被刪除。

〈北當〉分別在1918年第30、31期《北京政聞報》刊出，其中第31期刊出的部分都是在談《新青年》，文末結論對該刊寄予厚望，說道「儘管遭遇許多猛烈的抨擊，《新青年》讓我們確信他們的計畫是

Pékin, no. 30, July 28, 1918, p. 315.

[62] *Ibid.* 按〈北當〉一文將《聊齋志異》譯為「*Histoires d'un atelier chinois*」，法語字面意思可直譯為「中國工坊的故事集」；〈當代〉一文則將《聊齋志異》譯為「*Le Conte de Liao Tchai*」，可直譯為「聊齋的故事」。〈北當〉述及《聊齋志異》時未同時附上中文原名，而〈當代〉不僅附上中文原名，還於註腳提供英文書名「*Studies from a Chinese Studio*」，並說明該譯名出自Giles。此Giles按上下文推論應為前文所述撰寫《中國文學史》的翟理斯。翟氏曾於1880年出版《聊齋志異》英譯本，題為「*Strange Stories from a Chinese Studio*」，與宋春舫〈當代〉一文所引不同。至於翟氏《中國文學史》言及《聊齋志異》時使用的譯名是「*Liao Chai Chih I*」，並說明該音譯標題可譯為「Strange Stories」。以上諸端可看出《聊齋志異》譯名多變，宋春舫或亦不確定該如何翻譯，故而在〈北當〉一文中以較不精確的方式翻譯為「*Histoires d'un atelier chinois*」，但這個譯法恰好與〈當代〉文中所引英文「*Studies from a Chinese Studio*」較為接近。於此或亦說明〈北當〉與〈當代〉之間的承繼關係。

卓然出眾的，並且註定要在垂垂老矣的中國創造出新的時代」。[63]〈當代〉一文大致保留了〈北當〉對《新青年》的評價以及《新青年》的語言和文藝主張，但將上述引用的結論予以刪除。

從以上提出的幾個例子可以看出，從〈北當〉到〈當代〉，宋春舫在段落組織與論述內容方面都做了一番調整。宋春舫對本文的重視，讓這篇文章不但收入《當代中國文學》一書之首，甚至書名就是取自本篇文章。蔡振華、祖克之名都未見於《當代中國文學》書中，似乎對宋春舫來說，儘管《當代中國文學》部分文章初次發表時曾與他人合作，但歷經修改與提煉，《當代中國文學》已是十足宋春舫的個人著作。至於宋春舫與祖克在中國戲劇方面的交流，下文將另行詳述，此先略過不表。

以上大致回顧宋春舫1916年返華，直到《海外劫灰記》、《當代中國文學》兩本法語專著出版前後這段期間在法語報刊撰寫文章的概況。1918年起宋春舫任教於北京大學法語系，但或許是忙於課務，其法語出版大約在1919年後就明顯減少。1920年4月至1921年春夏之交，宋春舫與中國政府代表團赴歐參加國際會議，公務之餘遊歷多國，期間撰寫數篇旅歐雜文發表於期刊，是日後遊記《蒙德卡羅》（上海中國旅行社，1933年）的成書基礎。宋春舫在1921年至1922年間之所以有〈中國戲劇今昔〉、〈中國的詩歌〉兩篇法語文章刊於瑞士《日內瓦評論》，或許正是因為他在赴歐期間與當地文化界有所聯繫。〈中國的詩歌〉一文很快地就被翻譯並轉載到大西洋彼岸的英語期刊《生活時代》（*The Living Age*）。[64]這是一本轉載世界各地報刊選文的期刊，文章來源範圍遍及歐亞美各洲，包括中國本地出版的《申報》、

---

[63] Soong Tsong Fong and T. H. Ts'ai, "La Littérature chinoise contemporaine," *La Politique de Pékin*, no. 31, Aug. 4, 1918, p. 330.

[64] Soong Tsung Faung, "The Poetry of China," *The Living Age*, 8th series, vol. 26 (from the beginning, vol. 313), April-May-June, 1922, pp. 662-664.

英語《北華捷報》（*North China Herald*）等報刊，[65] 也偶有文章被《生活時代》收錄。《生活時代》每期會固定選錄一、兩篇《日內瓦評論》的文章，宋春舫的〈中國的詩歌〉或因此而雀屏中選。在《生活時代》刊載的〈中國的詩歌〉正文前，附有一則簡短的作者介紹，略述宋春舫的學術養成與教學經歷，盛讚「宋教授能講義大利語、法語、西班牙語、德語、俄語和英語，以致於他立足於獨特的世界觀點來看中國文學，而他自己所寫的文章在中國文壇也被廣為閱讀」。[66]《生活時代》不免稍加誇飾了宋春舫的外語能力，但以「立足於獨特的世界觀點」（a peculiar metropolitan standpoint）一語，或許正是宋春舫的自我期許。

事實上，除了法語文章被翻譯為英文轉載之外，宋春舫自己本身也有不少直接以英文撰寫的文章。例如表1所列的法語〈當代中國戲劇〉一文，雖刊於1919年7月的法語《北京政聞報》，但英文版稍早已刊登在同年2月出版的《北京導報》（*The Peking Leader*）特刊。[67]《當代中國文學》一書所收之〈當代中國戲劇〉文末即特別說明英文版刊載訊息。

《北京導報》創刊於1917年底。胡適劇作《終身大事》的序言裡曾提到，他的朋友卜思先生見了該劇，「就拿去給《北京導報》主筆刁德仁先生看，刁先生一定要把這戲登出來」。[68] 從這一段軼事不難看出，《北京導報》在民國初年的北京知識分子圈中有一定知名度，而且主其事者對於新文學並不排斥。1919年2月12日，《北京導報》出

---

[65] 《北華捷報》於1850年在上海創立。1864年，《北華捷報》更名為《字林西報》（*North China Daily News*）繼續發行至1951年終刊。1864年至1951年的《字林西報》副刊仍保留《北華捷報》之名。

[66] Soong Tsung Faung, "The Poetry of China," *Ibid.*, p. 662.

[67] Soong Tsung-faung, "Contemporary Chinese Drama," *The Peking Leader. Special Anniversary Supplement*, Feb. 12, 1919, pp. 124-127.

[68] 胡適，《遊戲的喜劇：終身大事》，《新青年》6：3（1919），頁311。

版「週年特別增刊」，題為《1918年的中國》（*China in 1918*），上海商務印書館印行，封面標註由刁德仁（T. Z. Tyau）主編。[69] 刊頭語〈1918年的中國〉一文裡寫道，這本增刊並不僅僅是一般的年度回顧而已，「我們熱切期盼能描繪民國今日的各種情況，同時也要呈現中國與世界的關係。這就是為什麼我們言而不慚，實實在在地從中國一路談到秘魯，從南京臨時憲法談到中國的新女性，從政治談到音樂、戲劇乃至慈善事業」。[70] 從該刊的目次來看，的確也正如刊頭的期許，包羅萬象。除了總統徐世昌、總理錢能孫、署理外交總長陳籙等人賀詞之外，還收錄有林語堂、胡適等知名學者文章，刊末附有北京清華學校出版之《清華學報》訂購資訊，可見《北京導報》的目標讀者群主要鎖定在興趣廣泛、通曉英語，對於時事有一定程度瞭解，且意欲掌握世界脈動者。《1918年的中國》出版後，迴響熱烈。據1919年4月7日《申報》報載，該刊「不逾時而全數銷罄，內容豐富」，文中還提到「有足以見中國美術趣味與博愛性之深遠者，如劉大鈞之論音樂，宋春舫之論戲劇，……並皆佳妙」。[71] 同年底，以留學生為主要讀者群的《寰球中國學生會週刊》也有專文介紹《1918年的中國》，言「其內容異常豐富」。[72] 綜合以上出版與評論概況，可推知宋春舫〈當代中國戲劇〉一文的英文版，應該在《當代中國文學》出

---

[69] 刁德仁即刁敏謙（Min-Ch'ien T. Z. Tyau, 1888-1970），曾就讀上海聖約翰大學，後赴英國倫敦大學取得法學博士學位，1916年返華後任教於北京清華學校，並於1917年起擔任《北京導報》總編輯。於民國政府擔任過多項外交工作職位，中日戰爭後期返回聖約翰大學任教。

[70] 根據《北京導報》出版之《1918年的中國》增刊所收〈1918年的中國〉（China in 1918）一文指出，「1918年元月6日，本刊印行新年增刊，回顧1917年的中國景況。當時《北京導報》創刊幾乎還不滿三週。」（On January 6th, 1918, we published a Special New Year Supplement, reviewing China in 1917. *The Peking Leader* was then scarcely three weeks old.）。原文未標頁碼。

[71] 〈《北京導報》第二週年增刊再版發售〉，《申報》，1919年4月7日，頁11。

[72] 《寰球中國學生會週刊》13，1919年12月27日，頁2。該文內容與《申報》所載幾無二致。

版前就已累積一定讀者數量。

宋春舫〈當代中國戲劇〉一文刊載於《北京導報》增刊，自然有機會為北京的知識界所知，特別是通曉西方語言的中外知識分子。文中所傳達的訊息，不但反映宋春舫個人對於中國戲劇現況的思考，也將中國戲劇置入跨語際交流的框架之中，同時更是讓中國本地報刊成為世界論壇的發生／聲地。[73] 如同宋春舫其他在中文、法語、英語報刊發表的論述一樣，語言除了是中國知識分子面向世界溝通的工具之外，更是一種尋求世界知識自由流動的努力。也正因為這樣的認知與自信，宋春舫的文章有明顯的時代性與時間感。例如，他在《北京導報》增刊刊登的〈當代中國戲劇〉一文，除了論及話劇之外，還談到梅蘭芳的戲曲。文中指出，若是談論當代戲劇而不談梅蘭芳，那麼當代中國戲劇的綜覽就不算完整，文章裡附上梅蘭芳的照片兩幀，分別是《虹霓關》與《天女散花》劇照。[74] 梅蘭芳在戲曲方面的創新人盡皆知，不論是身著「古裝」的《天女散花》等作品（一般稱為「古裝新戲」），抑或是穿著晚清民國服飾的《一縷麻》等（一般稱為「時裝新戲」），在當時都是革新的嘗試。宋春舫〈當代中國戲劇〉裡注意的是當下中國的變動不居，眼光涵括古典與現代形式的表現，而非以戲劇演出的外在形式將古典與現代一刀兩斷。這固然涉及宋春舫本身的中、西文學求學歷程，但同時也凸顯宋春舫不同於許多五四知識分子之處；宋春舫注意「當代」發生的中國戲劇，而不將形式的傳統與現代直接等同於思想的傳統或現代。

隨著宋春舫在1923年出版《宋春舫論劇》，兼論西方戲劇潮流與現代中國戲劇之作為，其撰述重心漸漸轉向中文出版。《當代中國

---

[73] 此處主要得力於鍾欣志教授提出的民國知識圈的「交會區」概念，謹此致謝。參見鍾欣志，〈宋春舫的多語書寫與民國初年交會區的知識互換〉，頁41。

[74] Soong Tsung-faung, “Contemporary Chinese Drama,” *The Peking Leader. Special Anniversary Supplement*, Feb. 12, 1919, p. 126.

文學》雖然以法語寫成，但在宋春舫的個人生涯上具有特殊地位。書中涵括小說、詩歌、戲劇等文類，夾敘夾議，並附有部分中國文學作品的法語翻譯，可以視為宋春舫的中國文學筆記，同時也是五四前後法語讀者瞭解中國文學重要的參考依據。民國成立以來至1949年間，赴法留學或進修者為數眾多，學習文學藝術者也不在少數，但當時大多數中國學者以法語撰寫的著作多半跟學位論文有關。如焦菊隱、陳綿、蔣恩鎧、沈寶基、吳益泰、賀師俊、郭麟閣等人，都曾以中國文學的單一文類或單一文本作為學位論文主題。[75] 然而這些學者除了學位論文以外，鮮有其他法語著述文字流傳。朱家健、張天方、敬隱漁等人未以學術成就著稱於法國，其在知識分子圈中的影響力有限。此外，曾仲鳴於1920年代出版過三本以中國文學為主題的論文、翻譯，但僅侷限於詩歌，未涉及其他文類。[76] 又如前文所述徐仲年於1932年出版的《中國詩文選》，全書架構自先秦到民初按歷史編年排列，於每章節內又區分為詩歌、戲劇、小說、哲學、歷史等五類分項論之，最後一章論及白話文運動時還增列「散文」類，是一本通論性質的文學史兼文選。相較於曾仲鳴、徐仲年兩人的詩、文選論，宋春舫的《當代中國文學》不但成書時間較早，不限關注單一文類，且書名點出「當代」角度。這些都是宋春舫此書的特點。

---

[75] 如蔣恩鎧以崑曲為題，沈寶基以《西廂記》為題，賀師俊以《儒林外史》為題，郭麟閣以《紅樓夢》為題，吳益泰則著重歷代中國小說的歷史、主題分類與評述。

[76] 曾仲鳴出版的法文著作包括：(1) Tsen Tsonming, *Essai historique sur la poésie chinoise* (Lyon: Jean Deprelle, 1922). 本書題名可直譯為《中國詩史論》，是曾仲鳴的博士論文。(2) Tsen Tsonming trans., *Anciens poèmes chinois d'auteurs inconnus* (Paris: Ernest Leroux, 1923). 本書標題直譯為《中國無名氏古詩選譯》，書中所選詩歌由曾仲鳴譯為法語。全書於1926年再版。(3) Tsen Tsonming trans., *Rêve d'une nuit d'hiver. Cent quatrains des Thang* (Paris: Ernest Leroux, 1927). 本書標題直譯為《冬日之夢：唐人絕句百首》。

四、《當代中國文學》：無「史」之名，有「史」之實的當代文學著述

宋春舫自1916年返華至1919年間，在不同報刊發表許多以法語撰寫的文章。1917、1919兩年分別出版專書《海外劫灰記》和《當代中國文學》，其中或多或少收錄此前在報刊發表過的文章。《海外劫灰記》書中各篇文章安排次序大致依循宋春舫的海外遊蹤，從中國出發經地中海到歐洲，再從歐洲轉赴美國而後返抵國門，沿途所見所感，彙集成冊。相較之下，《當代中國文學》的成書過程卻複雜許多。不但有多篇文章已用法語或英語發表在《北京政聞報》、《北京導報》等報刊，而在《北京新聞》出版社彙編成《當代中國文學》一書時，又有部分文章經過改寫，並非初刊於報刊時的內容。總計《當代中國文學》一書連同正文、書目、目次在內，共有131頁，收錄23篇文章。以下先以表格概述各篇標題與原刊、轉載情形。書中所收錄的各篇文章原本並無編號，為便於說明，下表將各篇文章按書中先後順序編號。後文若有引用，則以表格編號加文章編號表示之，例如「3.1」表示本表格內的〈當代中國文學〉一文，依此類推。

表3：《當代中國文學》一書收錄文章

序號	法語原標題	本書中譯標題	其他報刊轉載[77]
1	La Littérature chinoise contemporaine	當代中國文學	1918年《北京政聞報》刊有同名文章，見表1.5。但兩篇文章內容不盡相同。
2	La Révolution littéraire : un plaidoyer	文學革命辯說	
3	Le Roman chinois. Étude historique	中國小說：歷史研究	
4	Les Traits caractéristiques du Roman chinois	中國小說的特點	
5	L'Influence du Roman en Chine	小說在中國的影響	
6	*Le Rêve du Pavillon rouge*. Nouvelle Étude critique	新評《紅樓夢》	
7	Le Guerrier dans le Roman chinois	中國小說裡的武將	
8	Le D'an T'se Siao Sho	彈詞小說	
9	*Koang Lin T'sao*	《廣陵潮》	
10	Le Roman réaliste et le Rideau noir	寫實小說與黑幕小說	
11	Le Conte chinois moderne	一則中國現代筆記小說	
12	Un Conte chinois contemporain	一則當代中國短篇小說	

[77] 除了下表所羅列之轉載或原刊資料外，根據聶卉的研究：〈彈詞小說〉、〈廣陵潮〉兩篇在《當代中國文學》成書前亦已被刊登於《北京政聞報》。見聶卉，〈《北京政聞報》與中國文學譯介〉，頁115。聶卉文中並未明言〈彈〉、〈廣〉兩文刊載期數，但如果是在《當代中國文學》成書前刊載，推論應為1918至1919年間。

序號	法語原標題	本書中譯標題	其他報刊轉載
13	La Poésie chinoise	中國的詩歌	刊登於1919年《北京政聞報》，見表1.11。 同文刊於1922年《日內瓦評論》，見表1.15。 譯為英文後轉載至美國《生活時代》。
14	La nouvelle Poésie chinoise, 1	中國新詩（I）	刊登於1919年《北京政聞報》，見表1.10
15	La nouvelle Poésie chinoise, 2	中國新詩（II）	刊登於1919年《北京政聞報》，見表1.10
16	L'Origine du Théâtre chinois	中國戲劇的起源	刊登於1918年《北京政聞報》，見表1.1。 同文刊於1921年《日內瓦評論》，惟標題更動，見表1.14。
17	L'Évolution du Théâtre chinois moderne	現代中國戲劇的演進	同文刊於1921年《日內瓦評論》，惟標題更動，見表1.14。
18	Ibsenisme en Chine	易卜生主義在中國	
19	Le Théâtre chinois sous les Mandchous	滿人統治時期的戲劇	
20	Les Bizarreries du Théâtre chinois	中國戲劇之怪象	
21	Le Théâtre chinois contemporain	當代中國戲劇	刊登於1919年《北京政聞報》，見表1.13。 英文版刊於1919年《北京導報》特刊，與法文版僅有少數文詞與內容不同。
22	Le Théâtre chinois iconoclaste	破除舊習的中國戲劇	
23	Comment réformer le Théâtre chinois ?	如何改革中國戲劇？	轉載至1920年《北京政聞報新年增刊》[78]

[78] 出處同上，頁114。

從表3所列出的文章篇目出版與轉載情況，可知《當代中國文學》各章節的安排並非依照報刊刊登的先後順序，且書中部分文章是首次發表。也就是說，《當代中國文學》一書並非直接將已刊登的舊文收錄成冊，而是以部分既有的、已在他處刊登的文章為底，繼而根據作者擬定的全書撰述主線，增補多篇文章而成。雖然原書並沒有明確訂定章節，但仍可以大致看出作者分門別類、從古寫到今的編排概念。此外，前文亦已論及，書中首篇〈當代中國文學〉雖然和1918年《北京政聞報》刊載文章標題相同，但兩者內容實有差異。那麼，為什麼要特地將一篇改寫過的〈當代中國文學〉置於卷首，且以此標題作為全書書名呢？顯然，宋春舫本書論述核心正是當代的中國文學。有意思的是，不論「當代」一詞所指的是晚清民初哪一個具體時間段，為何書中卻有章節論及古典詩歌，甚至回溯中國戲劇起源呢？筆者認為，由此可以看出宋春舫是將「當代中國文學」置於文學史發展的脈絡下來觀察。對宋春舫來說，與其個人同時代存在與發展的中國文學固然在風格樣貌、形式體製、取材內容、語言表現等等都與前代之文學有所差異，但千絲萬縷的聯繫仍可見於兩者之間。因此，若要瞭解新生中的當代文學，便不能不先回顧古代與歷代文學，否則只能是空穴來風；反之，未將當代作品納入文學史話語的中國文學，只能是一個存在於過去的遺跡。宋春舫出版本書前後數年間，正值五四新文化運動的訴求喊得漫天價響之際。甫接受西方文藝洗禮並於1917年返國的宋春舫，在面對國內固守傳承與揚棄傳統兩派力量競逐的同時，勢必有其個人體會，也清楚知道任何一個時代、任何一個國族的文藝產出，是不可能完全自外於其所在的歷史淵源與框架。以宋春舫最熟悉的戲劇文類來說，《當代中國文學》一書話說從頭，從戲劇的淵源談到二十世紀以降的新劇，讓讀者清楚知道戲劇的形式更迭和內容思想有其與時俱進的自然演進。如此的安排並不是為了要貶抑當代的文學生產，反而是更加凸顯每一個當代的文學作品都只能在歷史進程下發展而誕生。

類似的觀點可以在宋春舫的中文著作裡看到。1923年出版的《宋春舫論劇》第一集中，收錄有〈戲劇改良平議〉（文末註明「1918年寫於北京」）、〈改良中國戲劇〉（文末註明寫於「1920年2月上海」）兩篇文章，皆體現出傳統與現代並非一刀兩斷的觀點。在〈戲劇改良平議〉文中，宋春舫力挺白話戲劇之優點，但也直陳其不如傳統戲曲之處：一方面，宋春舫認為戲劇類型之流行乃因應時尚之所趨，而中國白話戲劇之所以流失觀眾則主要是當時劇本內容低劣所致；另一方面，宋春舫也指出帶有音樂的戲劇較易娛人耳目，但白話戲劇則能夠對社會變革產生較為直接且深遠的影響。[79] 在〈改良中國戲劇〉文中，宋春舫從唐宋說唱、崑曲皮黃說到白話戲劇，坦言戲曲在當時的某些陳腐之處，但也看出白話戲劇編寫之浮濫。[80] 宋春舫因此認為，「吾們要曉得歌劇與白話劇，是並行不悖的，……一面對於舊戲取一種放任的態度，一面主張提倡新戲（即白話劇）」。[81] 上述這些觀點在二十一世紀的今天看起來似乎再尋常不過，但在宋春舫撰寫《當代中國文學》時則並非如此。試以胡適發表於1918年《新青年》的〈文學進化觀念與戲劇改良〉一文為例。胡適在文中痛陳戲曲之惡，主張「中國戲劇的將來，全靠有人能知道文學進化的趨勢，能用人力鼓吹，幫助中國戲劇早日脫離一切阻礙進化的惡習慣，使他漸漸自然，漸漸達到完全發達的地位。……現在中國戲劇有西洋的戲劇可作直接比較參考的材料，若能有人虛心研究，取人之長，補我之短；掃除舊日的種種『遺形物』，採用西洋最近百年來繼續發達的新觀念，新方法，新形式，如此方才可使中國戲劇有改良進步的希

---

[79] 宋春舫，〈戲劇改良平議〉，《宋春舫論劇》（上海：中華書局，1930，三版），頁261-265。

[80] 宋春舫，〈改良中國戲劇〉，《宋春舫論劇》，頁275-286。

[81] 出處同上，頁280-281。

望。」[82] 對此時的胡適來說，西化是中國戲劇唯一的出路。然而對於當時真正在西方研究過戲劇的宋春舫來說，卻深知戲劇與文藝之演進必須回到其所生成的脈絡下來思考。也因此，要談「當代中國文學」，就不能不談過去的中國文學乃至於重新審視文學史的發展。這正是《當代中國文學》一書雖無「史」之名，卻有「史」之實的重要原因。[83]

於此衍生出來的問題是，如果宋春舫是有意將其當代的中國文學放在歷史脈絡下觀照的話，那麼為什麼使用法語撰寫，而不採用中文呢？宋春舫本人似乎未曾對此做過說明。不過，若從前文所羅列的文章寫作出版年表來看，《海外劫灰記》、《當代中國文學》兩書以及一系列法語文章都是在宋春舫返華後三至五年內所為，倒也可以理解是寫作語言習慣所致。宋春舫的法語流利自然，不時顯露幽默，可見得在留歐期間充分浸潤於法語書寫之中，法語不僅是溝通表達的工具，更是直接承載思想的介質。在這種情況下，以法語書寫或許是自然而然的選擇。若對照《宋春舫論劇》書中所收文章（文章寫於1916-1922年間，1923年以專書出版），可以看出宋春舫返國之初的中文寫作風格仍未固定，半文言、半白話在每篇文章裡彼此摻雜的比例不盡相同，一直到1920年代以後的中文書寫風格才比較固定。宋春舫當然清楚意識到，自己雖然習慣法語表達，但若用法語著作在中國出版，所面臨的主要讀者自然還是在華的法國讀者以及部分可以閱讀法語的中國知識分子。宋春舫的讀者意識在《當代中國文學》扉頁題詞表露無遺：「寬宏大量的讀者啊！這本書若沒法避免文句不通、錯字連篇

82 胡適，〈文學進化觀念與戲劇改良〉，《新青年》5：4（1918.10.15），頁308-321。

83 聶卉在研究《北京政聞報》的論文裡也認為可以從文學史研究角度來檢視宋春舫本書，表示該書「或許也是最早的法文中國現代文學史著作」。但限於文章篇幅，聶卉並沒有進一步論述此一觀察。聶卉在文中將書名*La Littérature chinoise contemporaine*譯為《中國新文學》（頁115）。不過該書實際上所論者並不限於五四以後的「新文學」，故而筆者仍按字面譯為《當代中國文學》。

的問題，不正因為寫書的是個中國人，而印書的是中國工人嗎？」[84] 看似自謙的一席話，懇求熟稔法語的讀者見諒。問題是在同時期的中國，又有多少中國讀者的法語程度比這位北京大學法文系教授高明呢？顯然這本書主要的說話對象有一部分是法國人了，而且考量到書籍出版流通問題，或許範圍還更限縮於在華法國人士。宋春舫的讀者意識在稍早的《海外劫灰記》一書中也有披露。在書中所錄寫於1917年上海的〈前言〉裡，宋春舫自陳該書「原先並非為了我的同胞而寫，也不是為了寫給旅居中國的歐洲人」。[85] 從這句話推敲，或許就連在華法國人也未必是宋春舫撰書時的預設讀者群？

《當代中國文學》書中文章片段或許可以提供一些思考的線索：

> 舞臺美術設計很快也被引入中國，雖然不免仍顯得相當簡陋。中國戲劇因此進入了一個新的時代。《拿破崙》之類的戲大獲成功，舞臺上可以看到炸藥、鐵甲、煙霧火花的出現。這類型的戲演出講究，主要上演地點在上海新舞臺，可以稱之為「電影通俗劇」。1917年春，以警匪為題材的戲劇如《黑手黨》、《就是我》成為滬上觀眾最喜愛的作品。目前則是《濟公傳》大獲成功，誇張渲染的程度不輸上面各檔戲。[86]（引自〈當代中國戲劇〉一文）

> 有關社會秩序或心理穩定這種嚴肅問題，中國的知識分子已經開始不怎麼感到興趣了。問題劇一上台，觀眾恐怕都要嗤之以鼻了呀，因為這些人來戲院不過就是為了調劑，找找樂子，一點也沒有心思去領會那滔滔不絕的長篇大論。所以技

---

84 宋春舫寫於《當代中國文學》扉頁。原書無標註頁碼。

85 Soong Tsung-faung, "Avant-propos," *Parcourant le monde en flammes: Coups de crayon de voyage d'un Céleste* (Shanghai: The Oriental Press, 1917), p. 7.

86 Soong Tsung-faung, "Le Théâtre chinois contemporain," *La Littérature chinoise contemporaine* (Peking (Beijing): Journal de Pékin, 1919), pp. 112-113.

> 巧是最要緊的，吾國所有劇作家都應該好好學習，首要任務是耳目之娛，刺激大眾的好奇心，釣起觀眾對戲劇的胃口，讓他們入迷，讓他們覺得有意思。等到那個時候，才能給觀眾準備些比較嚴肅的東西，戲劇也才能變成最有力的宣傳工具，傳遞給觀眾新的學說與現代思想。[87]（引自〈破除舊習的中國戲劇〉一文）

上引第一段文字可說是宋春舫對同時代戲劇演出的隨筆，未對文中所涉的濟公、新舞台等事物做任何解釋。我們很難想像一位不在中國居住的外國讀者讀到這段文字後，能真的對中國話劇增加什麼樣的深入認識。宋春舫的筆調彷彿就像是一位法國作者在法國報刊談論著巴黎近日演出的點滴，輕鬆而不費勁。問題是，這樣一段文字的預設讀者是誰？恐怕只有長期居住在中國，且對中國戲劇有興趣的讀者才會有所共鳴，而這樣的讀者也未必非得要華語流利的西方人士，卻不妨可以是法語流利的中文讀者。從這個角度來說，多語書寫或許視為中國現代城市文化的現象，其目的不在於向西方或外國人兜售中國文化，而是通過跨語際的書寫實踐，將中國文學自然而然帶入世界文學的共同參與部分。[88]

上引第二段文字所涉觀點，可見於後來宋春舫許多中文著作裡。例如《宋春舫論劇》所收的〈中國新劇劇本之商榷〉（寫於1921年）一文，大抵是強調易卜生式「問題劇」之不適用於中國現代戲劇，而更應該以司克里布式的佳構劇來增加中國話劇觀眾，以此作為話劇健全發展為產業的基礎云云。這個論點對於百年後的我們來說，仍不失參考價值。[89] 需要注意的是，宋春舫不管在中文或法語著作裡都提到

---

[87] Soong Tsung-faung, "Le Théâtre chinois iconoclaste," *ibid.*, p. 122.

[88] 關於這一個論點，可以參考鍾欣志，〈宋春舫戲劇譯介工作的多樣性與當代性（1919-1937）〉，頁98。

[89] 司克里布的佳構劇劇本中譯較少，以致長期以來中文讀者多只能想像其劇作樣貌。為提

同樣的觀點，顯然並沒有特別為了法語讀者「設計」他們需要或是想要的內容。這跟我們今天在用外語撰寫關於中國戲劇的論文時，所採取的策略是有點差異的。宋春舫書寫的自在，似乎也說明了他以法語書寫中國戲劇的目的，若不是已經預設有同一溝通基礎的觀眾，有著共同的知識資料庫可供對話，要不就是自在切換於他本身在腦海中所建立的雙語知識資料庫。

綜上所述，宋春舫《當代中國文學》一書雖然以法語寫成，但除了提供法語讀者認識當代中國文學的機會之外，更重要的是，這本著作也同時可以視為宋春舫個人學思的重要歷程，集結了他返國之初的文學觀點。對宋春舫個人生命來說，此書出版時正好處於中、西文化交融最甚之際；從外在的總體環境來說，又面臨五四時期劇烈的文化轉型。西方文化在宋春舫個人身上的影響尚未遠去，而過去所熟悉的中國文化也正在尋求突破。《當代中國文學》或許不一定是為了讓法語讀者熟知中國文學樣貌，卻是宋春舫自我對於當代文學的理解與體會，歸納了他所偏好的西方論點，也預示了他日後的中國文學評論思維。這不僅是一部晚清民初的文學觀察，同時也是宋春舫藉由他所處的「當代」觀點，回顧中國文學的流變。儘管那世寶為《當代中國文學》所撰〈前言〉強力推薦對中國有興趣者閱讀此書，[90] 且本書的確也呈現了中國文學的概貌，但我們仍不能僅將本書視為一本純粹介紹中國文學的入門著作，而更應該將這本書放置在宋春舫的整體學思框架下來審視。

表3所列出的各章節標題讓我們可以粗略瞭解本書的架構。書中頭兩篇文章是當代文學概述以及問題的提出，以當代為論述主軸。第3篇

供教學與閱讀所需，筆者曾將宋春舫大力推薦的劇本《一杯水》譯為中文，並感謝臺北藝術大學戲劇學院提供刊登機會。有興趣的讀者可參閱司克里布（Eugène Scribe）著，羅仕龍譯，《一杯水》（*Un verre d'eau*），《戲劇學刊》22（2015.7），頁139-213。

[90] Albert Nachbaur, "Préface," in Soong Tsung-faung, *La Littérature chinoise contemporaine* (Peking (Beijing): Journal de Pékin, 1919). 該文在原書裡未標註頁碼。

到第12篇文章論及小說，包括小說的歷史淵源、內容特點、影響與接受，並分類論述不同的小說類型與主題，一直寫到現、當代的小說發展。第13篇到第15篇簡述歷代詩歌從古體到白話的發展，並譯出多首白話詩歌。第16篇到第23篇論及戲劇，從古代起源，到現、當代戲劇的潮流與現象，乃至展望未來的中國戲劇，末篇標題以問號作結，似乎是對未來充滿各種可能的想像。全書洋洋灑灑，上溯來源，聚焦現當代而思考未來。就文類而言，本書明顯將中國文學概分為小說、詩歌、戲劇等三大類，其中詩歌類所佔篇幅較少，小說、戲劇類所佔篇幅較多，至於傳統中國文學較注重的散文則無專章介紹。宋春舫的文類分類很明顯受到西方文學分類的影響，而這一套分類方式在二十世紀前期被廣為使用。例如前引朱自清在清華大學開設「中國新文學研究」課程時，在其課程講義（亦即後來《中國新文學研究綱要》的底本）之中，就將新文學概分為詩、小說、戲劇、散文、批評等項次。以下分文類詳述宋春舫《當代中國文學》各章節精要：

（一）總論

《當代中國文學》一書所收錄的頭兩篇文章，分別是〈當代中國文學〉與〈文學革命辨說〉。宋春舫梳理中國文壇的問題與解方，並且以小說、詩歌、戲劇為例略為說明，頗有為全書開宗明義之感。宋春舫將文學興衰的原因歸結為兩個：一是國力的興衰，二是語言與文體的變革；前者可能連動影響後者，但後者才是文學革命的真正關鍵。就國力興衰一事而言，宋春舫在《海外劫灰記》書中的〈文學〉裡已提出疑問：「政治的衰頹，是否也呼應了文學的衰頹？」[91] 接續著此一提問，他在《當代中國文學》裡闡述道，大凡一個社會歷經巨大變動而重獲新生之際，往往也是新生的文學誕生之時，法國大革命

---

[91] Soong Tsung-faung, “VIII. La Littérature,” *Parcourant le monde en flammes: Coups de crayon de voyage d’un Céleste*, p. 39.

與浪漫主義的關聯即是如此。然而，自晚清以來的國力衰頹與文學不振，並沒有因為民國的建立而振衰起弊，中國文壇仍然是被桐城派古文、八股文和駢體文所把持，而詩壇也依舊是由《湘綺樓詩集》一類的古典詩所佔據。宋春舫將矛頭指向他們使用的語言與文體，認為這些舊詩文藉由各種約束和規範來限制作者，同時也限制了讀者，使得古典詩文逐漸活在自我的滿足之中，而忽視了平民群眾。當然，有著數千年歷史發展的中國文學並非一無是處。宋春舫認為，其中最值得稱道的即為元雜劇，其原因不在於編劇技巧或美學風格，而純粹因為元雜劇乃「為人生而藝術」，文學即是生命，而不是工具。相較之下，元代以前的文學作品以及明清以來的八股、駢文，不過都只是「為藝術而藝術」，蒼白無力，欠缺創造精神。甚至連小說這樣擁有光榮歷史的文類，如今也能說是淒慘可悲，不值一評。

那麼，要怎麼樣才能讓文學作品接近平民群眾，滿足「為人生而藝術」的標準呢？宋春舫指出，方法無他，唯有改革語言與文體，徹底棄絕文言，改用白話。從梁啟超使用白話普及歐洲思想以來，乃至《新青年》、《新潮》和《每週評論》等刊物，無一不是以白話為師，以一種既精且簡的形式，將新的道德與社會規範灌輸在民眾的精神裡。宋春舫感嘆，反對白話者認為廢止文言將導致中國文學消亡。《當代中國文學》書成百年之後，今日我們使用的白話早已與宋春舫提倡的白話不盡相同，且文學作品仍自有其發展，但文、白之間類似的爭論似乎還在不時上演，豈不令人反覆尋思宋春舫之言？宋春舫強調，「以民眾教育為訴求的呼聲如今到處皆可聽聞，舊的文體已不再有存在的理由。文學應為眾人皆可親炙，而非少數文人之樂趣。一如阿諾德（Matthew Arnold）在其文論裡所說，文學乃人生的批評」。[92] 以當代人的文體及語言書當代人之事，宋春舫的文學人生觀似乎由此

[92] Soong Tsung-faung, "La Révolution littéraire. Un plaidoyer.," *La Littérature chinoise contemporaine*, p. 9.

可見一斑。也因此，他在〈當代中國文學〉一文結尾時說道，「若想通過生動精確的方式體會一個民族的心理與社會狀況，當代文學事實上要比古典文學更佔有優勢」；相反地，認識但丁、莎士比亞等古典作家，甚至是較晚近的浪漫主義作家雨果，「只能給我們呈現歷史方面的趣味」。[93] 這個觀點在《海外劫灰記》一書已經提過，[94] 此處再次提出。然而，宋春舫不見得是要完全廢止古典文學，事實上他的舊學基底並不遜於同時代人。之所以要提倡當代中國文學，以文學反映人生、批評人生，更主要的原因乃是為了在急遽變動的二十世紀初，將中國文學推向世界文學的舞台，讓中國文學成為同時代的、有生命力的世界文學的一分子，而非使其成為固著僵滯的、死去的文學。

熟悉中西文學交流者應該不難聯想到，中國與歐洲文學最早的主要成就之一，就是十八世紀法國耶穌會傳教士翻譯元雜劇《趙氏孤兒》，進而引發伏爾泰（Voltaire, 1694-1778）創作《中國孤兒》（*L'Orphelin de la Chine*, 1755年）一劇，使得歐洲一時之間充滿對中國的推崇與美好想像。十九世紀英、法學院派漢學興起，最早著力者也是戲曲，如元雜劇《老生兒》、《灰闌記》等都發揮相當程度的影響。法國漢學家巴贊（Bazin aîné, 1799-1862）甚至獨力翻譯《㑳梅香》、《合汗衫》、《貨郎旦》、《竇娥冤》等四齣雜劇，於1838年集結成《中國戲劇》（*Théâtre chinois*）一書出版。上述關於《趙氏孤兒》、《竇娥冤》諸端，在王國維1905年出版的《宋元戲曲史》中已有提及。如果宋春舫真的一心貶抑古典文學，就不致於在文中還要標舉元雜劇的價值。而更值得注意的，是宋春舫提出元雜劇在中國文學史上的價值，正是呼應了上述要將中國文學置於世界文學舞台的期望。也正因為如此，宋春舫在後續篇章之中，每每論及中國文學作品

---

93 Soong Tsung-faung, "La Littérature chinoise contemporaine," *Ibid.*, p. 6.

94 Soong Tsung-faung, "VIII. La Littérature," *Parcourant le monde en flammes: Coups de crayon de voyage d'un Céleste*, p. 37.

之時，總要以西方文學作品為比擬。這一方面固然顯示宋春舫學貫中西，信手拈來毫不費力，同時也說明本書預設的讀者群之中，包括了不諳中國文學的法語讀者。此一比較方法在十八、十九世紀以來的西方漢學家之中並不罕見，晚清駐法外交官陳季同在《中國人的戲劇》（*Le Théâtre des Chinois*，1886年）等一系列關於中國文化的法語著作裡，也常使用類似方法。宋春舫將此一比較文學的方法應用於古典與當代中國文學的論述之中，更顯其世界眼光。

（二）《當代中國文學》裡的小說

小說文類在《當代中國文學》一書中所佔篇幅甚多，共計10篇，篇名分別為：〈中國小說：歷史研究〉、〈中國小說的特點〉、〈小說在中國的影響〉、〈新評《紅樓夢》〉、〈中國小說裡的武將〉、〈彈詞小說〉、〈廣陵潮〉、〈寫實小說與黑幕小說〉、〈一則中國現代筆記小說〉、〈一則當代中國短篇小說〉。就篇目排序來說，可以看出宋春舫先對中國小說的歷史起源與歷代演進做一概括說明，接著闡述中國小說的題材、套路與人生觀，而後便是個案研究，有針對單一作品研究者，有針對小說人物研究者，亦有針對小說類型研究者，最後附上筆記與短篇小說的譯文各一篇，輔以簡單評述，讓讀者可以實際體會中國現當代小說的趣味。

延續〈當代中國文學〉、〈文學革命辨說〉兩篇的論述方法，在這一系列關於中國小說的章節裡，我們同樣可以看到宋春舫中西比較的手法，例如他從形式著眼，將部分唐代志怪傳奇比作巴爾札克（Honoré de Balzac, 1799-1850）與莫泊桑（Guy de Maupassant, 1850-1893）的短篇小說；從故事主題切入，將《紅樓夢》比作十九世紀末出版的英國愛情小說《洛娜杜恩》（*Lorna Doone*）等等。[95] 重點或許

---

[95] 《洛娜杜恩》作者為英國作家布萊克摩爾（Richard Doddridge Blackmore），1869年出版。小說情節主要圍繞著女主角洛娜杜恩發展，敘述她如何被迫嫁給她不愛的杜恩家族成員，以及如何輾轉流落並與另一家族的男主角相遇，兩人互相愛慕。最後她因為身上

不在於諸如此類的比較是否嚴謹或隨興，更重要的是，宋春舫通過這樣的比較手法，將中國小說置入世界文學的脈絡之中；中國文學不是獨立發展的封閉體系，而是可以與世界文學對話的成員。就縱向的文學史觀來說，宋春舫將宋、元時期視為小說發展的重要時期，認為宋元以降的小說作家採用白話創作，標示著小說的重要變革。宋春舫之所以如此看重宋元在小說、戲劇發展史上所扮演的重要角色，其根本的理由在於白話的使用，「因為只有通俗的語言能夠以更為生動且精確的方式描繪人事物，同時在表達思想時更為自由。若語言沒從文言改為白話，小說或許就不可能在中國大受歡迎」。[96] 宋春舫除了正面肯定白話在小說創作上的優點之外，還趁機揶揄了古典文學中的語言問題。例如他認為狎邪小說之所以在中國大受歡迎，那是因為中國小說擅於巧妙穿插意淫的段落，不像西方文學作品那樣直接描繪性愛，以致於即使中國讀者總是可以在閱讀小說時浮想聯翩，但表現在外的卻始終可以是純潔無暇思無邪。宋春舫因此結論道，「之所以有這些敗德誨淫之書，唯一該負責的或許就是中國語言，因為它不但巧妙，並且豐富。像中文這樣敘事能力強大的語言，我想在其他現存的語言裡恐怕很難見到，除了波斯語以外」。[97] 此言自然並非要純粹讚揚古典文學用語之婉曲，而更多是將其比擬為具有文化遺產價值的波斯語了。

從中國小說發展的歷史脈絡來看，宋春舫還注意到文學形製的變化，指出宋元以降的小說逐漸加長篇幅，使得中國小說脫離筆記、短篇故事等形式。此一演變原是歷史進程之必然，就像《戰爭與和

所配戴的項鍊而被確認為是皇室成員，得以貴族身分嫁給所愛的男主角，而不需被原有的家族婚約所限制。《洛娜杜恩》全書共有75章，卷帙浩繁。法語譯本遲至1947年才問世。宋春舫《當代中國文學》出版於1919年，可見他所閱讀的版本應為英文版，由此亦可知宋春舫雖然是在歐陸求學，但對英倫海峽彼岸的文學近況多有關注。

[96] Soong Tsung-faung, "Le Roman chinois. Étude historique," *La Littérature chinoise contemporaine*, p. 13.

[97] Soong Tsung-faung, "Les Traits caractéristiques du roman chinois," *Ibid.*, pp. 16-17.

平》（*Guerre et Paix*，1865-1869年）、《約翰·克里斯朵夫》（*Jean-Christophe*，1904年）等長篇作品，在十九世紀的西方國家乃是小說之主流。但宋春舫認為，時代更迭，歐美的長篇小說已逐漸淡出讀者喜愛，「現代文學乃詩歌、短篇故事、獨幕戲劇的天下，勢力遠勝過其他各種文類」。[98] 類似的說法可見於胡適於1918年在《新青年》發表的〈論短篇小說〉一文。在該文中，胡適將短篇小說定義為「用最經濟的文學手段，描寫事實中最精采的一段」，進而指出「最近世界文學的趨勢，都是由長趨短，由繁多趨簡要」。[99] 宋春舫的立場與胡適頗有相近之處，而面對的挑戰似乎也相去不遠。宋春舫因而在〈中國小說的特點〉文中歎道，同時代的中國小說仍然是長篇小說的天下，特別是《鳳雙飛》、《再生緣》、《天雨花》之類的彈詞小說，雖然故事大同小異，但恰足以伴隨中國讀者（特別是女性讀者）度過漫漫時光。中國的長篇小說果真是逆反世界文學潮流而行嗎？從宋春舫一再以彈詞小說代表當代長篇小說來看，宋春舫反對的毋寧更是彈詞小說以長篇通俗故事形式所傳遞的價值觀念。表面上，宋春舫稱《鳳雙飛》乃「彈詞小說之中最優者」，[100] 凡識字婦女無不爭相閱讀；盛讚《再生緣》「為彈詞小說裡所罕見者，可謂中國少有的『女性主義』小說」；[101] 又點出彈詞故事所蘊含的教化意義，說「女子玉潔冰清不容毀的教誨，正是通過彈詞小說成功灌輸於這些女讀者的腦海」。[102] 凡此云云若做字面觀，自然是誤解宋春舫的意圖，因為在這些洋溢著讚美的文字間，同時也還可以看到宋春舫痛陳：「這些通俗小說卻在中國女子身上烙下叫人髮指的不良影響，因為它們完全阻絕了女子心中的反抗之情。……這些小說反覆灌輸到女子腦海裡的觀念就是順

98 Soong Tsung-faung, “Les Traits caractéristiques du roman chinois,” *Ibid.*, p. 15.
99 胡適，〈論短篇小說〉，《新青年》4：5（1918.5.15），頁395、406-407。
100 Soong Tsung-faung, “Le D’an T’se Siao Sho,” *La Littérature chinoise contemporaine*, p. 36.
101 Soong Tsung-faung, “Le D’an T’se Siao Sho,” *Ibid.*, pp. 39-40.
102 Soong Tsung-faung, “L’Influence du roman en Chine,” *Ibid.*, pp. 24-25.

從，除此之外還有要命的貞操觀念，……閱讀彈詞小說，讓中國女子從直覺上認定自己低於男性。於是乎，除了低聲下氣、受盡折磨，以及身心桎梏之外，到底還留下些什麼給中國女子呢？」[103] 對宋春舫來說，中國之所以出不了《玩偶之家》的娜拉，原因不能不歸咎於彈詞小說之風行；而彈詞小說所宣揚的倫理道德、家庭與性別觀念，則恰好正是《紅樓夢》所反對的。舉凡大家庭體制、家長安排的婚姻、家長制的教育方式、中國女子的地位等，宋春舫在〈新評《紅樓夢》〉一文裡悉數點出其不合理之處，並指出《紅樓夢》之可貴，正在於該書極力反抗這些圍繞著傳統家庭觀所發展出的荒謬。[104] 且不論宋春舫本人在論及這些傳統倫理價值觀念時，是否與本身經驗有關，[105] 但宋春舫的確是通過這些評述，指出民初彈詞小說所包裝的舊觀念。相較之下，卻有「一股心理寫實的潮流，試圖在中國短篇小說裡創造出一種卓然不同的女性角色，並且傾聽女權分子的不滿與怨憤」。[106] 宋春舫並未多加闡釋這一股「心理寫實的潮流」有哪些代表著作，也沒有詳加說明何謂「卓然不同的女性角色」。不過，在〈寫實小說與黑幕小說〉一文裡，倒是翻譯了一篇作品的片段，女主角外表優雅，手段高明，巧設妙局騙得高貴珠寶。〈一則中國當代短篇小說〉文中的女主角，自詡為與眾不同，卻因與先生彼此之間互相揣測，以致漸行漸遠，作品之間頗有莫泊桑的味道。同樣是當代中國的文學，有廣泛贏得婦女群眾喜愛卻傳遞陳舊思想的彈詞小說，有描繪城市裡手段高明

---

[103] Soong Tsung-faung, "Le D'an T'se Siao Sho," *Ibid.*, p. 38.

[104] Soong Tsung-faung, "*Le Rêve du Pavillon rouge*. Nouvelle étude critique," *Ibid.*, pp. 26-29.

[105] 據宋春舫之孫宋以朗先生指出，「年輕時的宋春舫講自由戀愛，愛上自己的表妹，但曾祖父希望他娶比宋家有錢的朱家女兒朱倫華。祖父不理，執意要和表妹一起，曾祖母便說下狠話，要是他娶表妹便一分錢都拿不到。於是祖父做了一個決定，同意娶朱倫華，但條件是先到歐洲留學，畢業回來才結婚。」見宋以朗，《宋淇傳奇：從宋春舫到張愛玲》（香港：牛津大學出版社，2014），頁8。

[106] Soong Tsung-faung, "Le Conte chinois moderne," *La Littérature chinoise contemporaine*, pp. 56-57.

的女賊者，也有呈現家庭婚姻苦悶的女性者。宋春舫不見得是要一面倒地強調中國文學的革新，而更著力於呈現當代中國文學的多樣性，並從中釐清其生成的社會語境和歷史背景等條件。

就類型而言，宋春舫最看重的毋寧是寫實小說，故而闢有專章〈寫實小說與黑幕小說〉闡述之，文中指出「當代中國小說的歷史，可以說長期交纏著浪漫主義與寫實主義兩種潮流而發展」。[107] 這與他在〈文學革命辨說〉所主張的「為人生而藝術」理念是相通的。宋春舫對浪漫主義只有簡略帶過，指出浪漫主義小說著重想像，包括柯南道爾（Arthur Conan Doyle, 1859-1930）、勒布朗（Maurice Leblanc, 1864-1941）所創造的偵探小說之所以在中國大受歡迎，乃是因為書中豐富的想像力讓主張浪漫主義者所著迷。宋春舫的論述重點仍在寫實主義，其要件在於表現「事實真相與精準」。[108] 宋春舫心目中的寫實主義譜系，是以《儒林外史》為宗，而《廣陵潮》、描寫妓女生活的《海上繁華錄》、《九尾龜》，以及《官場現形記》、《二十年目睹之怪現狀》、《留東外史》等，這六部小說則被宋春舫譽為「標誌著中國文學史的新時代，寫實主義已經徹底勝過浪漫主義」。[109] 廣義來說，甚至連《紅樓夢》都被宋春舫認為展現出極佳的寫實技巧。[110] 但宋春舫雖然肯定曹雪芹的洞悉力，卻不將其定位在寫實小說，因為他更多是在刻劃大家庭裡女性人物細膩幽微的心理狀態，[111] 而非體察市井生活的形形色色。在寫實主義的框架之下，宋春舫使用相當篇幅介紹黑幕小說，讚美此文類發展初期「敘事既精準又生動，刺激讀者的

---

[107] Soong Tsung-faung, "Le Roman réaliste et le Rideau noir," *Ibid.*, p. 47. 宋春舫將黑幕小說視為寫實小說的次文類，認為其與寫實小說最大的差異是黑幕小說重視情節鋪排多於人性觀察，所謂揭露罪惡並非為了提醒世人回歸正道，而是賣弄狎邪元素以符合市場趣味。

[108] Soong Tsung-faung, "*Koang Lin T'sao*. Un Roman chinois contemporain," *Ibid.*, p. 45.

[109] Soong Tsung-faung, "Le Roman chinois. Étude historique," *Ibid.*, p. 14.

[110] Soong Tsung-faung, "Le Roman réaliste et le Rideau noir," *Ibid.*, pp. 46-47.

[111] Soong Tsung-faung, "*Le Rêve du Pavillon rouge*. Nouvelle étude critique," *Ibid.*, pp. 28-29.

好奇心，好像把這些故事從『黑幕』裡給揪出來一樣」，[112] 列出1918年（也就是《當代中國文學》出版的前一年）最出名的兩本黑幕小說《簾外桃花記》、《隔牆紅杏記》。由此可以看出宋春舫相當注意在文學論述中下納入通俗作品，就連新近出版的小說也不忘列入。當然，宋春舫不是一味頌揚黑幕小說，他指出此類小說過多的荒淫場景描寫，常流於風格狎邪，反而失去真實性，淪為為揭露罪惡而渲染罪惡。[113]

從宋春舫列舉的作品來看，他所謂的寫實，主要還是著眼於城市生活的世道人心。這正是宋春舫最熟悉的生活環境，也是他最瞭解的文學題材。在日後他自己創作的劇本裡，不外乎都是以趣味幽默的方式，體現城市中產階級的現實生活。至於以工農群眾為主體的小說，宋春舫並不見得特別熟悉，也不一定特別關注，但宋春舫卻自有其解釋。他煞有介事說道，當時的中國根本稱不上有什麼工業建設，所以工人階級幾乎還沒誕生；農民則是安貧樂道，既不特別想花力氣去抱怨，對於人生的困境也感到無關緊要。[114] 於此明顯流露出宋春舫在評論時常用的手法，即是以看似合乎道理的推論，包裝著略帶嘲諷的口氣。宋春舫表面上看起來是在說明為何中國還沒有工農題材寫實小說，實際上卻是要說中國工業建設遲緩，而農民甚至沒有意識自己被欺壓。類似的例子還可以在〈中國小說裡的武將〉一文中看到。在該篇文章裡，宋春舫列舉《三國演義》等歷代以武將為主角的小說，指出中國由於戰亂更迭，所以戰爭題材取之不盡用之不竭，並且由於推崇武將的英雄氣概，進而小說裡的武將個個都被描寫成戰技出神入化，想像力十足。這篇概述歷代戰爭小說的文章，在結論時卻突然話鋒一轉，說中國當代已經沒有以武將為題材或是與戰爭有關的歷史

---

[112] Soong Tsung-faung, "Le Roman réaliste et le Rideau noir," *Ibid.*, pp. 49-50.

[113] *Ibid.*, p. 51.

[114] Soong Tsung-faung, "Le Roman chinois. Étude historique.," *Ibid.*, pp. 13-14.

小說，原因出在寫實主義扼殺了中國小說家的想像力，且因當代戰爭方式與史詩時代大不相同，所以作家的靈感來源大為限縮。宋春舫是將戰爭、武將題材小說的沒落怪罪於寫實主義嗎？那倒也未必。宋春舫意在言外的，恐怕是要感嘆中國國勢衰頹，再無一夫當關之武將，而第一次世界大戰之殘酷，迫使中國不得不面對戰爭的真相，而不是只將戰爭故事依托於歷史情境中。宋春舫的反戰態度，在《海外劫灰記》的〈戰爭〉、〈正義〉等文章裡早已表露無遺。表面上看起來是肯定戰爭帶來的變革，實際上完全是在痛陳被戰火燒盡的世界。因此，〈中國小說裡的武將〉一文結論雖然說寫實主義導致中國小說裡不再描寫武將，但宋春舫真正要說的則是現實世局裡再容不下中國對於戰爭的不切實際想像。宋春舫看似在談文學的歷史舊事，實則是處處對應到當代時局的反思。

（三）《當代中國文學》裡的詩歌

相較於小說，詩歌文類在《當代中國文學》書中所佔篇幅甚少，僅〈中國的詩歌〉、〈中國新詩（I）〉、〈中國新詩（II）〉共三篇。其中〈中國的詩歌〉乃是回顧先秦乃至清末的詩歌簡史，〈中國新詩（I）〉探究民初以降新詩潮流及其美學特徵，〈中國新詩（II）〉則選譯多首當代創作。

在宋春舫後來以中文撰寫的著作裡，論及詩歌的篇幅亦不多。然而，〈中國的詩歌〉可能是《當代中國文學》書中流通率最高的一篇文章，不但在成書前後刊載於《北京政聞報》，成書後全文轉載至《日內瓦評論》，隨即又被譯為英文轉載到美國《生活時代》（見表3）。這篇文章雖然在五四前後這段期間刊登，但文中所論者並非中國現代詩。西方報刊對於中國古典詩的興趣，對照當時中國如火如荼進行的新詩浪潮，似乎頗有反差。但只要將這個現象放在當時國際漢學研究的脈絡下觀察，或許稍可推知其原因。如前所述，歐洲漢學家在十八、十九世紀研究中國文學時，首先關注到戲劇，繼而在十九世紀轉向明清小說等通俗文學。早期漢學家在選取中國文學作為研究對象時，很難避免自身文化背景影響其價值判斷。於是乎，自古典希臘時期以來最受美學理論推崇的悲劇文類，成為歐洲漢學家與中國文學相遇的重要契機；《趙氏孤兒》被漢學家視為偉大中國「悲劇」，殊不知元代雜劇並無等同於西方的悲劇概念。必須等中西文化交流到了一定程度之後，歐洲漢學家才明白他們所推崇的戲劇、小說，在中國原本並非文學之主流。十九世紀後半期的歐洲漢學家進而轉向投注心力於詩歌之研究，1862年，法蘭西公學院（Collège de France）教授德理文（Léon d'Hervey de Saint-Denys, 1822-1892）出版《唐詩》（*Poésies de l'époque des Thang*），是法國首部較為完整的唐詩選集。雖然德理文並非中西交流以來唯一研究中國詩歌的歐洲漢學家，但不可否認的是，十九世紀末、二十世紀初的歐洲讀者對於中國詩歌的認識仍少，且更多的是任意想像改編之作，例如風靡一時，由俞第德（Judith Gautier, 1845-1917）翻譯的《白玉詩書》（*Le Livre du jade*，1867年初版，1902年修訂後再版）。一直要到1922年，中國留法學生曾仲鳴的博士論文《中國詩史論》（*Essai historique sur la poésie chinoise*）在里昂出版，法國才有比較完整的中國詩歌史專書。就此脈絡下來說，宋春舫〈中國的詩歌〉一文篇幅雖短，但刊載時正好遇上西方讀者（至少漢學界）對中國詩歌興趣極高期間，且又從中國學者的身分來說明中國詩歌的演變與要旨，在當時實為少見。

宋春舫撰文身分雖然是中國學者，但卻常常先從西方角度切入。〈中國的詩歌〉首先提出的兩個問題便是：為什麼中國詩歌裡很少崇高的英雄或認真的愛情題材？宋春舫自問，是否中國文化裡向來沒有歌詠英雄的傳奇呢？這不禁讓我們直接聯想到〈中國小說裡的武將〉一文。該文列舉兩位中國讀者最喜愛的武將，亦即關羽、岳飛，他們的忠義與高貴情操使其在讀者心中永垂不朽，且多有小說、戲曲作品演繹他們的傳奇故事。然而，這兩位名將在面對生命抉擇時，都只能心甘情願地赴死：關羽在被俘後必須為忠君而自盡，岳飛被召回後只能聽從發落。兩者雖然戰功輝煌，氣蓋山河，但從來不能為了個人的理念或命運而反抗，只能完全服從君王及其所代表的倫理價值觀念。宋春舫對此自然是頗有微詞的。就他的觀點來說，正因為中國文學從不推崇反抗權威者，導致沒有悲劇英雄；正因為沒有悲劇英雄，所以中國沒有英雄史詩。類似的倫理道德控制，反映在詩歌的愛情題材裡。宋春舫認為，《詩經》裡原本洋溢著熱情青春的愛情，一直到唐代都可以讀到奔放的愛情甚至情慾題材，堪比古羅馬的情色詩歌。但宋代詩歌受到禮教束縛，詩人妙筆再生不出愛情花朵。不管是英雄詩歌也好，是愛情詩歌也好，宋春舫常將其繫於「反抗」一詞，從中看出中國文學史上的匱缺，而五四前後文學的反抗意識，則是宋春舫在當代中國文學最關注的面向之一。

在這三篇關於詩歌的文章裡，宋春舫同樣是鼓吹白話、寫實主義，並且強調「為人生」而非「為藝術」的詩歌。宋春舫在陳述歷代詩歌發展時，特別著重新一代詩歌對前一代詩歌的回應，每朝每代各有詩歌不同，仿古從來不是唯一選擇。例如，他指出宋代對格律的要求扼殺詩歌發展，但接著便提醒讀者明、清詩人皆有反抗束縛者。隨著時代更迭遞嬗，宋春舫從語言發展的角度得出結論，認為以白話入詩將有助於打破階級，而胡適正是兩年以來的此一派別新詩領袖。[115] 宋春舫羅列年輕詩人們欲揚棄的傳統，其創作原則是「不要繞著彎說話，不要工於修辭，不要用盡文學典故。什麼都不要，只要乾乾淨淨的語言表達本身，盡可能清楚有力。不要用韻。即便有，也要出於自然本色的韻，絕不要矯揉造作的韻」。[116] 這段說法，讓人自然而然聯想到胡適於1918年提出的「八不主義」。[117] 事實上，宋春舫與胡適理

---

115 Soong Tsung-faung, “La Poésie chinoise,” *Ibid.*, pp. 70-71.

116 Soong Tsung-faung, “La Nouvelle poésie chinoise (I),” *Ibid.*, pp. 73-74.

117 胡適，〈建設的文學革命論：國語的文學，文學的國語〉，《新青年》4：4（1918），頁289-290。

念相近之處還不僅限於此。宋春舫指出，白話入詩並非始自民國——陶淵明、白居易、袁宗道三兄弟等，乃至僧人牛山，多有淺白易懂的詩歌。宋春舫從文學史裡整理出符合其白話文學定義的作品，而這正是胡適《白話文學史》的論述主軸。

不過，宋春舫的白話詩歌地圖還多了西方這一塊。他指出，民國以來的新詩運動之所以不同於過往的白話詩，除了因為白話足以展現民眾精神自由的追求之外，更重要的是民國新詩受到西方詩人影響，特別是魏爾倫（Paul Verlaine, 1844-1896）等人。為了說明中國新詩的形式，宋春舫親自譯出胡適〈愛情〉，劉半農〈靈魂〉、〈學徒苦〉，沈尹默〈耕牛〉、〈大雪〉，俞平伯〈春水〉等詩作，其中數首原刊於1918年的《新青年》，幾乎可說是同步將中國新詩的最新發展變革譯介給法語讀者。除了形式的革新之外，宋春舫更注意新詩的社會意義。這從他所選譯的〈學徒苦〉、〈耕牛〉便可見一斑。他在結語中強調，在中國混亂的時局裡，新時代的詩人「已不是傷春悲秋的感性主義者，……積極進取，只想根據事物本身，一五一十準確地再現其真實原貌」，[118] 進而以「一種天真稚氣，採用原始的處理方式」，[119] 去對抗那些約定俗成的陳套與中國傳統詩歌裡臻於完美的定制。正是這股天真所見證的努力，讓宋春舫結論道：「中國新詩絕對是屬於這個世紀的！」[120]《當代中國文學》一書中關於詩歌的篇章雖少，但清晰勾勒出詩歌的傳統發展與當代特點，並受惠於詩歌篇幅較短之故，文中附有翻譯作品為例，可說言簡意賅，讓法語讀者能在極短的篇幅中理解當代中國詩歌的創新精神與社會意識。

---

[118] Soong Tsung-faung, "La Nouvelle poésie chinoise (II)," *La Littérature chinoise contemporaine*, p. 81.

[119] *Ibid.*

[120] *Ibid.*

（四）《當代中國文學》裡的戲劇

宋春舫最熟悉的戲劇文類列於全書最後，但早在論及小說、詩歌時，宋春舫便不時將此兩種文類拿來與戲劇參照，比較其形式與美學本質的異同。例如，〈小說在中國的影響〉一文指出古典小說常有改編為戲劇者，原因在於大部分古典小說乃短篇故事的集結，所以即使將長篇故事拆成小段落，很容易就可以搬上舞台。[121]〈彈詞小說〉一文指出彈詞小說常為對話的連綴，甚或是敘事形式的獨白，故而就形式上來說，不妨可以把彈詞小說當作戲劇。[122] 至於〈中國的詩歌〉一文，則將宋元時代的南曲和北曲列入篇章，說明北曲每本四折、每折一宮調的嚴謹體製有如歐洲古典戲劇三一律，而南曲則沒有特別必須遵循的規範，進而推導出的結論是中國戲劇自此與詩歌分家，形成中國文學史上特殊的進程。[123] 諸如此類的文類比較，可說是自然而然：小說、戲劇的架構多以故事為發展主軸，都具有敘事本質；而古典希臘時期最早的一本文藝理論《詩學》（*Poetics*）則是以戲劇作品作為分析對象，更不用說希臘悲劇以降，大多數重要的西方戲劇作品都是以詩行寫成。固然宋春舫是因為心中時時以戲劇為念，所以不免常常以戲劇為尺度，但通過這樣的比較，也提醒了文類流動的可能性，特別是在晚清民初文體多有變革之際。

《當代中國文學》一書專論戲劇的章節共有八章，分別是〈中國戲劇的起源〉、〈現代中國戲劇的演進〉、〈易卜生主義在中國〉、〈滿人統治時期的戲劇〉、〈中國戲劇之怪象〉、〈當代中國戲劇〉、〈破除舊習的中國戲劇〉、〈如何改革中國戲劇？〉。相較於小說部分，戲劇章節的篇幅不算最多，但卻是全書最有系統的部分，從古到今依序道來，列舉當代創作為例，進而以展望中國戲劇的未來

---

[121] Soong Tsung-faung, “L’Influence du roman en Chine,” *Ibid.*, p. 25.

[122] Soong Tsung-faung, “Le D’an T’se Siao Sho,” *Ibid.*, p. 35.

[123] Soong Tsung-faung, “La Poésie chinoise,” *Ibid.*, pp. 69-70.

作結。本文曾引述宋淇與毛姆之言，談及宋春舫有一本以法語寫成的中國戲劇專書。雖然就現有的資料看來，該書並未出版，但《當代中國文學》裡關於戲劇的八個章節，或許不無可能就是該書的雛形。各章節的內容可概略簡述如下：

〈中國戲劇的起源〉一文從戲劇與宗教的淵源，說到優孟衣冠及喜劇在政治上扮演的重要效果，乃至論及王國維的《宋元戲曲史》，可說梗概總結了中國戲劇簡史以及二十世紀中國學界研究之所得。〈現代中國戲劇的演進〉一文從傳奇、崑曲說到皮黃，最後導向民國肇建時期的戲劇，指出「1912年左右，新劇的聲勢看似要壓過皮黃」，且「在歐洲影響下，中國戲劇遲早會有所轉變，……讓中國戲劇獲得新的道德觀念，而或許也將讓中國戲劇成為普及西方思想最有效的利器」。[124] 接著在以下各篇文章裡，宋春舫便討論了歐洲戲劇是如何啟發中國新劇的道德觀念，而中國知識分子又是如何以戲劇作為普及西方思想的工具。〈易卜生主義在中國〉一文通過易卜生的作品主旨意涵，指出為何中國的家庭與女性無法產生易卜生的反抗精神。〈滿人統治時期的戲劇〉直陳有清一代之戲曲衰頹，但不忘讚揚《桃花扇》的女性角色描寫，以及李漁精湛的編劇技巧。〈中國戲劇之怪象〉一文主要從劇本內容的精神與思想高度、傳統戲的表演方式、戲園內的空間權力分配等三方面批評傳統戲劇之弊病。〈如何改革中國戲劇？〉雖為全書末篇，似有以戲劇迎向未來之期許，但其內容多可作為〈中國戲劇之怪象〉所言弊病之解，從戲劇演出形式、編劇技巧與劇情效果、嚴防男女的道德意識、劇院設計與建築，乃至燈光等方面提出建言。一言之，是以西方現代劇場規制為效法對象，唯獨李漁的編劇技巧為宋春舫大為讚揚，成為本篇文章裡最顯著的中國戲劇之遺產。〈當代中國戲劇〉、〈破除舊習的中國戲劇〉兩篇則是中國新劇簡史，並詳盡說明《終身大事》、《新村正》兩劇劇情，分析其意

---

[124] Soong Tsung-faung, "L'Évolution du théâtre chinois moderne," *Ibid.*, p. 93.

旨。宋春舫在〈破除舊習的中國戲劇〉文中指出，《終》劇在1919年6月19日首演於北京第一舞台，[125] 可見本書的出版當在1919年的下半年。宋春舫回顧中國新劇發展，從學生演劇說起，論及西方戲劇教育之進步，接著分別概述汪優遊（笑儂）、王鐘聲、鄭正秋、任天知、陳少白等人和當時一些演劇團體的相關活動，以及較為知名或受歡迎的劇目與戲劇類型，乃至於新型劇院的建設等。

宋春舫筆下的「當代中國戲劇」，並非從1907年春柳社東京演出《茶花女》算起，而是從晚清聖約翰大學等教會學校的聖誕公演說起。宋春舫特別注重學生演劇對於中國戲劇邁入現代的貢獻，尤其讚賞南開學校《新村正》、《一念差》等演出的寫實主義傾向。標舉寫實、解決人生問題，這同宋春舫對小說與詩歌的要求是一樣的，以致於宋春舫在全書最後一篇文章〈如何改革中國戲劇？〉，再次強調中國戲劇需要寫實主義，通過戲劇將生活實際運作的樣貌一五一十呈現在當代觀眾面前。不過，宋春舫所謂的「寫實主義」，更多是舞台美學方面的，而不見得是要在戲劇主題方面專事社會議題。對宋春舫而言，《新村正》、《一念差》之所以搏得滿堂彩，只是因為他們的寫實特色使其不同於數百來來中國戲劇「荒謬的浪漫主義」。[126] 此處所謂「荒謬的浪漫主義」，即是〈中國戲劇之怪象〉文中提到的「過度浪漫化的傾向」，也就是戲曲演唱方式以及大花臉的臉譜。[127]「浪漫化」並非指愛情，而是指遠離現實生活、不符合一般日常經驗的想像。宋春舫自然不是全盤否定戲曲，否則不會在〈當代中國戲劇〉文中盛讚梅蘭芳的表演成就應得「寶座」，並將其與法國知名演員莎拉貝恩哈特（Sarah Bernhardt, 1844-1923）相提必論。[128] 舊戲的舊，在於不合時宜的形式，及其不足以回應當代生活的困難與問題。至於新

[125] Soong Tsung-faung, “Le Théâtre chinois iconoclaste,” *Ibid.*, p. 118.

[126] Soong Tsung-faung, “Le Théâtre chinois contemporain,” *Ibid.*, p. 111.

[127] Soong Tsung-faung, “Les Bizarreries du théâtre chinois,” *Ibid.*, p. 108.

[128] Soong Tsung-faung, “Le Théâtre chinois contemporain,” *Ibid.*, p. 116.

式的戲劇（包括文明戲、話劇），即便題材處理現實生活中的問題，例如胡適《終身大事》，但不見得就一定是齣成功的戲劇作品。宋春舫故意以「遊戲的喜劇」一語——這也是胡適自己對該劇的稱呼——來反諷《終身大事》的無趣。所幸的是，宋春舫話鋒一轉，「一般人不免注意到，易卜生作品之偉大在於其全無技巧可言。至於《終身大事》，確切來講也是沒有劇情的，換句話說，就是沒有戲劇效果」。[129] 宋春舫固然將《終身大事》列入「打破傳統舊習」的當代戲劇，但在肯定劇中女主角的反抗之外，對於戲劇的文學藝術成分仍有相當堅持。可見，宋春舫絕非只要主義，不要戲劇。

為了避免寫實的戲劇變相成為說教的工具，宋春舫在〈破除舊習的中國戲劇〉與〈如何改革中國戲劇？〉兩篇文章裡，使用不少篇幅談論編劇技巧、戲劇衝突等等，並且主張以李漁的「密針線」、司克里布的佳構劇編劇技巧為師。類似的看法始終為宋春舫所秉持。日後在1923年出版的《宋春舫論劇》第一集裡仍多次闡釋此一主張，認為寫實的問題劇雖然立意頗高，但若觀眾還沒看完戲便覺索然無味，又怎能期待通過戲劇改變觀眾的想法？可以說，在面對中國戲劇現況的困難以及展望中國未來戲劇風貌時，宋春舫通過法語《當代中國文學》及中文《宋春舫論劇》兩書不同的語言，表述了一致的立場。莫怪乎毛姆在拜訪宋春舫時，也深切感受到他對司克里布的推崇了。綜觀〈如何改革中國戲劇？〉一文，從戲劇形式、編劇方法、演出規範、劇院建築與經營模式等等，宋春舫都提出了諸多建言。除此之外，宋春舫也在文中提出他對「當代」戲劇的重視。他指出，中國戲劇的目標不是要在舞台上重新賦予古典戲劇生命，而是要把舞台「讓給易卜生、蕭伯納，以及其他出色的劇作家」。[130] 可見，宋春舫並非真的反對易卜生的問題劇，而是強調要用更好的方法來吸引觀眾，

---

[129] Soong Tsung-faung, “Le Théâtre chinois iconoclaste,” *Ibid.*, p. 120.

[130] Soong Tsung-faung, “Comment reformer le théâtre chinois?” *Ibid.*, pp. 126-127.

不能只是將戲劇舞台當成教室講台。事實上，在〈滿人統治時期的戲劇〉一文裡，宋春舫便明白指出，「司克里布對法國和外國戲劇的影響無庸置疑，就連易卜生都可說是司克里布的弟子」。[131] 由此便可知道，宋春舫最重視的乃是編劇手法的巧妙以及當代劇作家的價值。《當代中國文學》一書從當代中國的文學現況談起，最後一章以當代展望中國戲劇未來，不但回顧了過去的中國文學，更從中梳理過去與現在的連結，淘選出可茲中國文學立足於未來世界的優長。這正是宋春舫《當代中國文學》一書重要的文學史意義。

《當代中國文學》全書在小說、詩歌、戲劇三大文類分項論述完後，書末附有簡短的「參考書目」欄位，列出王國維《宋元戲曲史》、吳梅《顧曲塵談》、錢靜方《小說叢考》等三本皆於1916年出版的著作，[132] 以及《新青年》第3、4、5、6卷。[133] 根據所列參考書目，可見宋春舫無時不以「當代」為念。即使是關於古典文學的內容，也要引用其當代的出版以為佐證。從這個角度出發，我們不妨可以說，宋春舫《當代中國文學》一書證明了所有的文學都是一定意義上的「當代文學」：不但要提倡當代文學的研究與關注，而即便是古典文學，也都是通過當代的眼光作為濾鏡以重新檢視之。今日我們重讀宋春舫《當代中國文學》一書，或許某些判斷與評價仍有可商榷之空間，但宋春舫站在歷史交會的十字路口上，立足文學，展現他對當代的關懷，這是我們迄今仍為之感佩的精神。

---

[131] Soong Tsung-faung, "Le Théâtre chinois sous les Mandchous," *Ibid*., p. 104.

[132] 王國維《宋元戲曲史》成書於1912-1913年間，1915年9月商務印書館初版。此處1916年係採宋春舫書中所示。

[133] 宋春舫此處僅標示卷號，未註明期數。按《新青年》第3卷共6號，第1號出版於1917年3月；第6卷共6號，第6號出版於1919年11月。亦即，宋春舫此處所列舉的《新青年》第3到6卷，共含括1917年3月至1919年11月間出版的卷號。

五、《當代中國文學》出版後的迴響

宋春舫在出版《當代中國文學》以前，就曾經表現出他對當代文學的看重。《海外劫灰記》所收〈文學〉一文起首便直言：「對我們中國人來說，研讀西方古典文學真是一件耗盡心力的人間慘劇。但丁、莎士比亞、拉辛（Racine），還有高乃依（Corneille），他們同時代的人怎麼想，就算我們知道了，又有什麼意思呢？對我們來說更要緊的，是認識我們當代的文學，藉此足以了解到這些民族的各種思想、心理，以及不同的偏好」。[134]《海外劫灰記》以旅途中的所見所感，連綴成篇，除了觀察各個民族之間的文化異同、評論國際局勢之外，也穿插宋春舫對於文藝的想法。〈文學〉就是一個很好的例子。有意思的是，這篇文章雖然不見得是書中最貼合書名者，但倒是引起一些注意。1918年3月，《北京政聞報》以宋春舫為封面人物，同期不但介紹宋春舫其人其事（見前文），還刊載了一篇《海外劫灰記》的書評。該篇評論篇幅不長，主要提到的文章就是〈文學〉與〈在德國〉。書評作者注意到的，正是宋春舫對當代文學與世界文學的興趣。他指出，「書中亮眼之處不少，而我們卻注意到一個前所未見的嶄新觀點，那就是對中國人來說，研讀外國古典文學竟然是件耗盡心力的人間慘劇」。[135] 接著，書評作者引用宋春舫關於莎士比亞、拉辛的文字，進而評論道：「這個看法倒是很合理。對我們來說，如果研讀所謂的古典文學之所以不可或缺，乃是為了幫助我們上溯我們語言的源頭，讓我們瞭解何謂具有品味與和諧的形式，那麼這套想法對中國人來說實在是太無足輕重了。中國人當務之急，應該是要浸淫在現代主義以及仍在使用的語言之中——它們才足以用來承載現代的想

---

[134] Soong Tsung-faung, "VIII. La Littérature," *Parcourant le monde en flammes: Coups de crayon de voyage d'un Céleste*, p. 37.

[135] Anonymous, "Pékin. Bibliographie," *La Politique de Pékin*, no. 9, Mar. 3, 1918, p. 22.

法，精準表達當前生活裡的千百種思維」。[136] 由於這篇書評作者並未署名，所以只能從行文內容推測可能是非中國作者所撰，而這也說明宋春舫對於當代文學的重視，在當時的確是不同於一般中國作家，以致於吸引了外國評論者的注意。

《當代中國文學》出版之後，雖然似乎沒有專門的書評，但宋春舫在書中大力著墨小說與戲劇，使得他在時人眼中，並不只侷限在戲劇研究領域。例如1924年7月14日，英文《字林西報》的六十週年紀念增刊刊登宋春舫〈今日中國戲劇〉（Chinese Drama of Today）一文。[137] 文中內容大抵是延續宋春舫一貫觀點，認為要注重戲劇技巧與劇場技術，而非一味強調社會問題云云。有意思的是，該文附有一小則作者簡介，簡要說明宋春舫的學經歷以及著作（包括《當代中國文學》），最後說他「專精於小說與戲劇」。[138] 事實上，宋春舫除了《當代中國文學》一書之外，並沒有出版太多專論中國小說的文章。《字林西報》的宋春舫簡介，很大可能是受到《當代中國文學》的影響。

詩歌方面，前文已經述及《當代中國文學》書中所收〈中國的詩歌〉一文於多處轉載。除此之外，兩篇〈中國新詩〉同樣也引起關注。1936年，英國漢學家艾克頓（Harold Acton, 1904-1994）在陳世驤協助之下，翻譯出版《中國現代詩選》（*Modern Chinese Poetry*），一般咸信是英語學界首次出版中國新詩選集。[139] 在艾克頓撰寫的導言裡，引用了宋春舫的一句話：「『該是時候為人性的磨難而歌唱了，

---

[136] *Ibid.*

[137] T. F. Soong, "Chinese Drama of Today," *North China Daily News (Sixtieth Anniversary Supplement)*, July 14, 1924, p. 41.

[138] *Ibid.*

[139] *Modern Chinese Poetry*原書封面以中文書法撰寫標題《現代詩選》，扉頁則以中文題寫標題《現代中國詩選》。該書出版時，中國境內的報刊常以《中國現代詩選》稱呼之，例如杜衡撰寫的書評〈中國現代詩選〉，《新詩》1（1936），頁126-128。

在這磨難不斷積累的國度裡』，國立北京大學的宋春舫先生如此寫道。」（“The time has come to sing of human suffering, in a land where suffering accumulates,” wrote Mr. Soong Tsung-faung, of Peking National University.）[140] 艾克頓行文如行雲流水，往往信手拈來，並未特別註明出處。此處所引宋春舫之言亦不例外。若對照宋春舫《當代中國文學》一書，就可知道艾克頓此言實脫胎自書中所收〈中國新詩（II）〉一文：「該是時候為人性的磨難而歌唱了！尤其在這國家裡，悲慘事件日積月累，而騙子、政客、軍閥，這些了不起的罪犯仍在糟賤我們的生活！」（Le moment est-il donc venu de chanter la souffrance humaine dans un pays où la misère ne fait que s'accumuler pendant que les fourbes, les mandarins et les militaires, tous ces pécheurs superbes, abusent de la vie !）[141] 宋春舫的法語原文較長，一氣呵成不斷句；艾克頓的英文翻譯則僅取前半部分精簡之，但兩者所傳達的意思基本相同。宋春舫之所以出此言，乃是因為論及劉半農的詩作〈學徒苦〉，認為該首詩作流露出悲憫激動的調子，讓人聯想到托爾斯泰（Léon Tolstoï, 1828-1910）的短篇小說。艾克頓在引述了宋春舫的文字之後，同樣也引用了整首〈學徒苦〉。由此便可以推知，艾克頓極有可能是閱讀過宋春舫《當代中國文學》一書。[142] 只不過，1936年出版《中國現代詩選》的艾克頓，對於現代詩的要求標準已高於1919年出版《當代中國文學》的宋春舫。被宋春舫比作托爾斯泰小說「為人性磨難而歌唱」的〈學徒苦〉，在艾克頓眼中卻是「與其說是歌唱，不如說是一連串早期電影

---

[140] Harold Acton, “Introduction,” *Modern Chinese Poetry* (London: Duckworth, 1936), p. 17. 中譯文可參考哈羅德·阿克頓著，北塔（徐偉鋒）譯注，〈《中國現代詩選》導言〉，《現代中文學刊》，總第7期（2010年第4期），頁78。此處引文為筆者自行根據原文譯出。

[141] Soong Tsung-faung, “La Nouvelle poésie chinoise (II),” *La Littérature chinoise contemporaine*, p. 81.

[142] 目前無法確知艾克頓是否與宋春舫有過來往。宋春舫之子宋淇於1936年進入燕京大學西語系就讀，而陳世驤1932年自北京大學畢業，1936年起任教於北京大學等校。艾克頓在編纂《中國現代詩選》時，或許有可能從陳世驤處獲悉宋淇之父的著作。

裡粗糙未剪的插卡字幕」（less like singing than a series of crude early film-captions）。[143]

至於宋春舫最關注的戲劇文類研究，對於同時代的西方論著也提供了一些參考，例如莊士敦（Reginald Fleming Johnston, 1874-1938）撰述的《中國戲劇》（*The Chinese Drama*）一書，1921年由上海別發洋行（Kelly & Walsh Ltd.）出版。[144] 莊士敦於1919年抵華，擔任溥儀帝師。在《中國戲劇》一書所附的簡介裡，莊士敦指出中國戲劇不但在中國人的心目中難登文學大堂，就連不少在中國長期待過的英美傳教士漢學家，如偉烈雅力（Alexander Wylie, 1815-1887）、明恩浦（Arthur Henderson Smith, 1845-1932）等，不但對中國戲劇評價不高，甚至即便從社會學研究的角度來說，也從來沒打算去瞭解當時中國民眾的興趣所在。莊士敦的矛頭指向傳教士漢學家，主要是與莊士敦本人的立場有關。早在赴華以前，莊士敦在1911年便以化名「林紹陽」（Lin Shao-yang）出版《一個中國人在基督教會一事上對基督教世界的呼籲》（*A Chinese Appeal to Christendom Concerning Christian Mission*），[145] 假借中國人之口，抨擊西方傳教士對中國的特殊之處視而不見，而企圖以西方標準改變中國。不過，若是從較長遠的中西交流發展史來看，十八世紀的歐陸傳教士對中國戲劇倒是頗有熱情。莊士敦《中國戲劇》一書批評傳教士漢學家貶抑中國戲劇，但事實上中國戲劇最早被西方讀者所知，也正是因為早期耶穌會傳教士的譯介。無論如何，莊士敦的《中國戲劇》強調實地觀察——全書首章標題〈鄉村戲劇〉（The Village Theatre）顯然就是針對明恩浦《中國鄉村生活》（*Village Life in China*）一書而來——嘗試以中國本地的觀點去

---

143 Harold Acton, "Introduction," *Modern Chinese Poetry*, p. 17.

144 Reginald Fleming Johnston, *The Chinese Drama* (Shanghai, Hong Kong, and Singapore: Kelly & Walsh Ltd., 1921). 別發洋行於1876年在上海成立，專營英語書籍之出版與販售。

145 Lin Shao-yang [pseud.], *A Chinese Appeal to Christendom Concerning Christian Mission* (London: Watts & Co., 1911).

理解中國戲劇。正因為傾向採用中國式的觀點，甫抵華兩年的莊士敦除了勤於四處考察之外，很自然會參閱中國學者的戲劇著作。宋春舫在1919年出版的《當代中國戲劇》雖以法語書寫，但莊士敦本人同時是英國皇家亞洲學會（The Royal Asiatic Society）、法國亞洲學會（La Société asiatique）等組織的會員，[146] 閱讀宋春舫的著作當不成問題。

莊士敦雖然未在《中國戲劇》書中直接引述宋春舫的文字，不過卻在行文間提到宋春舫的名字。在〈滿清時代〉（The Manchu Dynasty）章節裡，莊士敦指出：

> 滿清時代的戲劇史上有位重要人物特別值得一提，原因恐怕是當今中國首屈一指的戲劇評論家宋春舫——他同時也是國立北京大學的教授——將其描述為了不起的天才。這位清代劇作家勝過同時期所有劇作家，而且說不定是中國有史以來最偉大的劇作家。他就是李笠翁，身兼小說家、劇評家，以及十五齣劇本的作者，其中有十齣現在還可以找到。李笠翁的戲劇作品比大部分中國劇本更加重對話的份量。根據上述劇評家的論點，李笠翁足以被稱為中國的司克里布，雖然李笠翁並未像這位偉大的法國劇作家一樣創造出一個流派。滿清時期另一位頂尖的劇作家是蔣心餘，他有些作品被拿來與唐代的詩歌相比。[147]

在《宋春舫論劇》等中文著作裡，不時可以看到宋春舫高度肯定李漁（笠翁）的編劇成就，並將李漁比作司克里布。莊士敦出版《中國戲劇》時，《宋春舫論劇》一書尚未問世，可見《宋春舫論劇》並無直接影響《中國戲劇》。然而，如果將上述莊士敦的論點比對《當代中國文學》的〈滿人統治時期的戲劇〉章節，則可以很明顯看到莊、宋

---

[146] 見莊士敦《中國戲劇》版權頁之說明。

[147] Reginald Fleming Johnston, *The Chinese Drama*, pp. 24-25.

論述相近之處。以下摘錄宋春舫〈滿人統治時期的戲劇〉文中觀點：

> 不過，最吸引評論者注意的無非是蔣士銓（心餘）和李漁（笠翁）。論者多喜好將蔣士銓的九齣劇作比為唐代詩歌作品。精於音律的蔣士銓，的確曾寫過許多不同凡響的作品，但其風格過度著重效果與情感，原創精神則顯不足。李漁則恰好相反，迄今仍毫無疑問是中國有史以來最優秀的劇作家。……人們常說中國戲劇缺乏情節，但這個論點可完全不能套用在李漁的作品上。李漁堪稱是中國的司克里布。[148]

上引宋春舫文字將李笠翁、蔣心餘並列為清代最出色的兩位劇作家，把李笠翁比作司克里布，把蔣心餘作品與唐代詩歌相提並論，這些論點都在莊士敦《中國戲劇》書中出現。於此，便可以很明顯看出莊士敦對宋春舫觀點的借用，而且是取自宋春舫《當代中國文學》一書。

除了莊士敦《中國戲劇》一書之外，宋春舫《當代中國文學》更直接的影響則可見於美國比較文學學者祖克的著作。如前文所述，宋春舫與祖克曾共同在1918年於《北京政聞報》發表〈中國戲劇的起源〉一文。祖克在中國期間，曾於清華學校、北京協和醫學院任教。1925年返美後出版《中國戲劇》（*The Chinese Theater*），[149] 時任美國馬里蘭大學比較文學教授。書中有相當明顯的東西文化比較和現代戲劇觀點，而非單純描述古老的中國戲劇。全書共分為九個章節，分別是〈早期歷史〉、〈元代的正式發展〉、〈明代的《琵琶記》〉、〈清代與民國戲劇〉、〈現代趨勢〉、〈中國劇場面面觀〉、〈傳承〉、〈梅蘭芳：中國最偉大的演員〉、〈東西方的類比〉。書末另附中國歷史簡要年表與參考書目，含各書目簡短評述。從上述章節分

---

[148] Soong Tsung-faung, “Le Théâtre chinois sous les Mandchous,” *La Littérature chinoise contemporaine*, pp. 102-103.

[149] A. E. Zucker, *The Chinese Theater* (Boston: Little, Brown, and Company, 1925).

布來看，可以注意到近現代戲劇的比重，以及劇場建築外觀、表演等實務面向，而不單純只是研讀文本，這或許是歸功於祖克在中國的居住經驗，使他有許多第一手書寫材料。另一方面，祖克不但以專章比較東西戲劇異同，例如在介紹到中國劇場形製時，就認為它跟英國伊莉莎白時代的露天劇場有相近之處，除文字說明外，還將兩者圖片並列說明之。[150]

關於祖克《中國戲劇》一書之觀點與論述細節，並非本文之重點，且按下不表。本文關注的，則是祖克及本書寫作與宋春舫的關聯。在《中國戲劇》一書前言裡，祖克表示在他旅居中國，屢屢造訪劇場的數年間，得到諸多友人建言，其中「第一位把這令人著迷的表演介紹給我認識的，就是宋春舫教授」。[151] 然而宋春舫對祖克的影響還不僅止於介紹看戲而已。在〈現代趨勢〉章節，祖克提到當時中國不乏改革戲劇之呼聲，其中最值得引述的觀點，一是宋春舫，二是胡適。胡適在中國現代文學史上地位眾人皆知，此處不待多言。至於宋春舫的戲劇改革意見，祖克是這麼引述的：

> 國立北京大學的宋春舫教授曾在法國、德國、瑞士求學多年，在其著作《當代中國文學》裡做出如下建議：1. 音樂與戲劇必須分開；戲曲與劇本兩種演出類型必須區隔清楚。2. 必須設法採行亞里斯多德式的三一律。3. 要用真實人生的呈現來取代舞台上不實的道德觀念。4. 投注更多心力在具有實際效果的對話。5. 劇中的男女角色應分別由男女演員扮演。6. 中國劇場的舞台和觀眾席應該仿照現代歐洲劇場改革之。以上諸端簡而言之，宋教授所力倡的就是「將戲劇予以歐洲化」。[152]

---

[150] *Ibid.*, pp. 198-199.

[151] *Ibid.*, p. xii.

[152] *Ibid.*, p. 117.

據祖克表示，上文所歸納的六項中國戲劇改革要點出自宋春舫《當代中國文學》一書，亦即本文所說的*La Littérature contemporaine chinoise*。無疑地，宋春舫這本法語著作不但提供西方知識分子關於中國劇場的知識和訊息，也影響了他們對於中國戲劇未來發展的觀點。在祖克《中國戲劇》一書所附的書目簡評裡，他說明「本書出自國立北京大學文學教授宋春舫之手，收錄他在北京的法文報紙所發表過的文章，占全書篇幅共四十七頁……。一定程度上來說，宋教授追隨著王國維《宋元戲曲史》的腳步。他對歐洲戲劇舞台完整且充分的知識，讓他得以做出令人耳目一新的比較」。[153] 祖克對《當代中國文學》一書的評論，既肯定他如同王國維結合傳統與西學的創新，又強調宋春舫對於西方的嫻熟，可說給予本書相當公允的評價。

六、小結

綜觀宋春舫返華初期的著作，法語著述實佔有一大部分，其中又以《海外劫灰記》、《當代中國文學》兩本專書較為時人所知。《海外劫灰記》取佛典「劫灰」之意，兼容現代青年之開闊心懷，綜觀動盪世界局勢，反思中西文化之異同。《當代中國文學》則是取法西方文類概念，以比較文學的精神回顧中國文學之特長，特別著眼於民國以來的當代文學，具有以文學治史的精神，建構了一套二十世紀初期眼光的中國文學史。宋春舫筆耕不輟，報刊發表甚多，使用語言主要包括中、法、英文，部分文章直接收入或改寫後收入《海》、《當》兩書，而這兩本專著中的部分文章，後又轉載至其他報刊。若比對宋春舫專書章節與報刊刊載文章，則又不時可以發現細節差異。回顧宋春舫的青年歲月，足跡踏遍歐亞美各洲，心神悠遊於東西文化之間，

---

[153] *Ibid.*, p. 226.

通過在各種報刊、專書之間旅行的文字書寫，放眼中國文學的昨日、今日與明天。

海外劫灰記

（宋春舫著，羅仕龍譯）

一個天朝子民在旅途上的鉛筆速寫

獻給C. H., A. R.,與H. W.

他們帶給我的回憶始終讓我陶醉

「省城裡沿街叫賣的小販，舉目所見比你環遊世界看到的還多。」
——賈科薩（Giacosa）[1]

題海外劫灰記　　　　　　蔡振華

其一

頻年奔走天南北　　海外歸來話劫灰
國自興亡人自醉　　不平都付掌中杯

其二

他鄉久客淒涼慣　　大地經秋感慨多
檢點平生惆悵事　　著書容易奈愁何

自題

去國曾為汗漫遊　　人間無地寄浮鷗
病春病酒年年事　　聽雨聽風處處秋
花草三生餘舊夢　　管弦一夕是長愁
征衫涕淚琳琅遍　　悔著新書付校讎

[1] 譯者按：賈科薩（Giuseppe Giacosa, 1847-1906），義大利詩人、劇作家，曾為浦契尼（Giacomo Puccini, 1858-1924）的《波希米亞人》、《托斯卡》、《蝴蝶夫人》等三齣歌劇作品填寫臺詞。此處宋春舫的引文，出自賈科薩的劇本《如樹葉一般》（*Comme les feuilles*）。較完整的臺詞是：「省城裡沿街叫賣的小販，舉目所見比你環遊世界看到的還多。你總抱怨什麼國家都一樣，可你卻沒發現每個人各自不同。」《如樹葉一般》義大利文版寫於1900年，法文版翻譯刊登於1909年的《戲劇畫報》（*L'Illustration théâtrale*）。由此也可推知，宋春舫當時相當積極注意新近出版的劇本。

前言

中國1911年的辛亥革命、義大利與土耳其之間的戰爭，以及當前的世界大戰，一波波連續爆發，絲毫不讓人有喘息餘地。1916年，適逢我在「拉法葉號」船艦上橫渡大西洋兩岸，美墨兩國的戰火點燃；猶記得先前幾年歐洲大戰淌血成河時，美墨這場衝突才剛初生萌芽呢。這一場又一場的兵燹人禍，足以證明我這本小書的標題，而且也說明了它寫作的環境。

這一頁頁文字，時而嚴肅，時而說笑。不可預期的事情一樁接著一樁發生，所以前前後後也修改了好幾次。原先並非為了我的同胞而寫，也不是為了寫給旅居中國的歐洲人。在中國的歐洲人讀了，大概會把自己當成惡棍，因為我這些文字足以給予他們豐富的反省材料。中國人讀了，則絕對不會諒解我對政治的看法，因為有時太過大膽狂妄，有時又或許太食古不化。

唯一的優點在於，書裡的片段都是我一時心血來潮寫下來的。意所至，筆亦所至，坦白到有些段落甚至顯得太過隨興。我骨子裡那股喜愛裝腔作勢的本性，大概很難原諒這本書。

宋春舫

1917年3月24日於上海

1. 在路上

「一出發，就向死亡更邁進一點。」——雨果[2]

我離開中國的時候，革命正開始要向四面八方擴展。袁世凱過世不久前一再上演的事件，就是中國各省一個接著一個宣告獨立。中國革命的原因，數都數得出來。革命無關乎什麼熱切期望，老百姓沒熱情到想看見中國人自己治理中國。走在大街隨處可證，中國人這個民族根本少之又少關心政治獨立與否，而且只要讓他們安心營生，他們就會心滿意足。所以革命的原因是經濟方面的動盪；表面上看不出來，但這是無能政府不可避免的結局。其實中國人對清廷本身沒什麼意見，但就是怨他們治理無方！

沒親眼見識過中國的歐洲人，打從心眼裡以為中國革命真是場奇蹟。但是方方面面來說，它都遠不同於一個半世紀前在法國上演的革命大戲。而我也敢說，如果滿清政府的大人們多點兒馬虎，別那麼認真計較，如果廣大的老百姓們聰明點兒，別讓天災人禍搞得一發不可收拾，那革命還不見得會成功哩。

一直到1916年我回到同胞身邊時，這場浩大的革命盛事還老讓我有所幻想。本來我還相信它會給政治跟社會方面帶來確確鑿鑿的好處，但我後來卻大失所望，坦白說我看不出它給百姓帶來什麼好處。唯一切身感受到的結果，就是辮子沒了。這倒是讓有些漢學家到今天還在抱怨，因為他們覺得那玩意兒活靈活現，把中國人的性格都給刻劃了出來。

雖然我的冒險精神十足，老被同鄉們責罵，但那一天，當「努比亞」（Nubia）號輪船離開吳淞老家的心靈堡壘時，我心可還是揪在一

---

[2] 譯者按：宋春舫誤引。此句並非出自雨果之手，而是法國詩人阿侯庫（Edmond Haraucourt, 1856-1941）詩作《永別迴旋曲》（*Rondel de l'adieu*）的第一句。

起的。人怎能離棄故鄉，尤其是正當同胞們互動干戈的時候？雖然人們總說，祖國就像你一生摯愛的那個女人，不管她到頭來怎樣不忠，怎樣任性。

印度給我留下無法忘懷的印象。站在那些壯闊恢弘的建築前，古老神話歷歷在目；在喀利亞（Kayraha）與提里巴提（Tripatty）神廟前，我掉入無止盡的神遊裡。人性儘管脆弱且虛浮，總還是成就了一些作品，讓人著迷於它的永恆無限。過了不久之後，同樣的感覺再度出現。那是我來到金字塔底，細細尋思人面獅身的司芬克斯（Sphinx）謎樣面容時。

一眼望去亞丁城（Aden），它座落在乾涸岩壁上，窮兇惡極的環境叫我害怕。索馬里人躺臥沙地，懶洋洋地拿著絲綢與鴕鳥羽毛好招徠過往遊客。

對航向亞洲的人來說，紅海是場夢魘。因為它隱約浮現的那幾個小時裡，熱得足以讓你窒息。不過人人都預期碰上的熱浪，終究沒有出現。相反地，是溫柔的風伯（Le Sagittaire）[3]一路伴隨我們同行。

今日世界盡為白人所把持，唯獨沒法讓四方風土人情乖乖聽命。最顯著的例證嘛，看看他們在亞洲所耗費的氣力就曉得了。事實上在熱帶地區，黃種人的人力已是不可或缺，因為黃種人既比白種人耐勞又比黑人好用，哪怕在有些地方被當成黃禍。所以在熱帶地區，白人現在沒辦法，將來恐怕也絕對不可能完全不仰賴中國人或日本人。這一點也適足以證明，人不可能所向披靡，不管使出多少力道想宰制天下。

---

[3] 譯者按：「Sagittaire」即西洋神話裡的射手座。「風伯」一詞是作者原譯，為原書註腳。

2. 誤會

參觀博物館的藝術品總讓我心醉神迷。瘋狂嘗鮮的旅行者也都有這項狂熱愛好。我曾經花上整整好幾天的時間，遠觀也好，近看也罷，就為了研究那些名畫。然而，有次我偶然看到一幅未來派的畫，地點是在蘇黎世新建的藝術博物館裡。從來就沒有其它畫作，能夠像這幅一樣深深吸引我，叫我久久不能離去。畫的尺寸不大。至於作者是誰，之後我也回想不起來。畫的是一個半裸露的女子，傾靠著椅子。我在想她究竟是正在穿衣服，還是正在脫衣服。自問自答，倒也自得其樂。只是我繞著畫轉啊轉了幾圈反覆觀察，還是沒法斬釘截鐵下斷語，說她到底是打算穿呢還是打算脫。女人啊，實在是神秘難解的一道題！

關於裸身露體這件事，我們還有其它更有趣的奇遇。人們常會這麼描述，說中國人逛羅浮宮時，看到那些裸體畫總覺得渾身不自在……這時導遊就會親切殷勤地對中國人解釋說，在歐洲，人們認為裸體是一件再自然不過的事情；反倒是半裸不裸，那才叫做驚世駭俗。中國人牢牢記下這個審美觀，當天晚上來到了歌劇院。形形色色的女士盡收眼底，舞臺上有，包廂裡也有。她們個個身著低胸禮服，香肩微露，一身裝束只能用輕薄短少來形容，似乎是為了印證劇院內外大家老掛在嘴邊的一句話：「我家裡呀，連一件像樣的也沒得穿。」中國人聽到這話，實在是忍不住要跟朋友們告解，說他無論如何就是參不透歐洲。

只是說到底，這不過就是一場小誤會。其它還有更多更大的誤會。就在第一次世界大戰爆發後不久，德國人千盼萬盼，心急如焚，眼巴巴地就盼著日本宣布加入同盟國並肩作戰。不久之後，一位中國學生來到柏林。他一從住所出來，忽然就被人群團團包圍。震天價響的歡呼聲中，他只聽到「日本萬歲！日本人萬歲！」想抗議也沒用，因為他會的德文沒幾句。很快地，他就被一個德國男人扛在肩膀上，後面尾隨一大群歡欣鼓舞的民眾，衝進腓特烈大街（Friedrichstrasse）上的每一間咖啡館裡。紅酒白酒、啤酒，甚至還有香檳，肉品、香腸，全都免費招待，他也毫不客氣和大家一起大碗喝酒、大塊吃肉！接下來的好幾個晚上，同樣的場景和遭遇不斷重複……然後日本對德國宣戰的消息傳來柏林了。群眾的歡欣鼓舞，一夕之間轉為咬牙切齒的憤怒。但我們那可憐的同胞還一無所悉。當晚，他照舊出門，滿心期望有同樣的境遇。可他一出門就立馬被逮。這回他使出吃奶的勁兒，在警局監牢裡拼命狂喊，「我壓根兒不是日本人，我是中國人！」「克制一點，親愛的朋友！這幾天下來和我們大夥兒一起酒足飯飽，事到如今才滿口否認自己是日本人，這豈不是太丟臉了。」事情拖了十天，多虧一位中國部長的要求，他才被放了出來。

顯然洋人總把我們當成是日本人，特別是沒了辮子以來。只是又有誰能想像沒了辮子的中國人，是不是有朝一日可以戲謔地嘲弄洋人，耍個洋猴戲。再說皮膚的顏色到底不同，讓人一眼就識破了！

倒是對洋人來說，中國人跟日本人的不同，不過就只是可可豆跟巧克力的差別罷了！

3. 文明人

盧梭怎麼辦到的？十八世紀的社會組織架構還不太複雜，工業革命也根本還沒起步，他為什麼會挺身反對當時的社會與各種人類文明機制，並且鼓吹回到自然狀態？要是盧梭生在今天，親眼目睹人類文明催生的第一次世界大戰，他會作何感想？

人類的貪婪沒有界限，而文明恰好給了貪得無厭的人絕佳口實。於是歐洲征服世界與殖民的時代就這麼開始了。天下萬物任其所有，但不幸的是，天下萬物不是漫無限制的。平衡的理論產生搖擺，不可避免的事情也就發生了。

在中國人的眼裡，文明一詞恰好證明了這句話：「拳頭硬才是硬道理。」不然的話，英國有什麼權力強迫我們吸食鴉片？日本怎麼有辦法向我們提交《二十一條》？那是為了用文明教化我們，讓我們更加明白文明帶來的好處。只是文明是要付出代價的。中國跟歐洲國家接觸以前，本來是個富強的國家，但今天卻是哀鴻遍野。這麼說吧，文明，它的代價可還真高！

文明也為人的自私自利提供正當性。在所有社會機制當中，中國人的家庭縱有百般缺點，總還是一種利他主義的具體實踐。都說百善孝為先，這就顯示亞洲人的社會裡，多半有犧牲自我的觀念。雖然現代化的亞洲社會在進步，但日本人的家庭觀念還是不可動搖，中國革命的巨變也沒能讓家庭消失。那麼，歐洲人的家庭是什麼樣呢？且看這段描述：

「家，就是座監獄。這座監獄外加親情、友情種種鎖鏈，越顯複雜。一個家庭，就是夫人、先生，再加上另一個人；一群哭鬧又全身髒兮兮的小孩。再加上一點做牛做馬，一點荒謬可笑，一點不光彩的事，混合起來倒還挺吸引人！」[4]

其實，文明的腳步是跟著個人主義走的。某些人身上的個人主義走過了頭，就發展成利己主義，極端自私並且損人。

也就是利己主義，才讓文明人這麼定義中國的治外法權：「我們要的不過就一件事，希望好好兒被保護。實在是因為貴國亂無章法，所以我們才認為有必要在貴國土地上爭取些領事裁判權。」永別了，中國人當家的主權！

每個人的智力才能的確不盡相同，自我發展的機會也有所差別，不過天下人心或多或少有些相同的情感。這就是文明人還無法理解的，也正因為如此，所以他們不斷想教化全世界，好讓大家變得更文明！

---

[4] 作者原注：見Claude Farrère, *Les Civilisés*。譯者按：《文明人》（*Les Civilisés*），是法國作家法瑞爾所著小說，1905年出版，同年榮獲法國龔古爾文學獎。

4. 馬賽

經過一段漫長的航行之後，內心總渴望重見陸地。那感覺完全就像夏天過後，看見妻子從鄉下度假回來。無論如何就是想擁抱她親吻她！

我們在地中海上唯一聽到的，只有浪潮拍打的窸窣聲，還有耳邊陣陣海風呼嘯。埃特納火山（Etna）、斯特龍博利火山島（Stromboli）永無止盡噴發的濃煙，[5] 縷縷朝我們飄散，持續好幾個小時，讓我們歎為觀止。這差不多就是唯一的消遣。於是我們瞭解到，自己有多迫不及待想看到陸地，認識新面孔，離開船上這些逐漸叫人厭倦的老面孔。就是這種求新的渴望，讓我們重新享受陸地時，總覺得街道比想像中熱鬧，商品陳列比原先設想的壯觀，就連女人也遠超出預期的漂亮！

我在馬賽靠岸下船的時候，還跟所有亞洲人一樣，堅信上海是世界上最美的城市（我這話說得斬釘截鐵，還盼日本人原諒我小小的放肆）。不過一旦離開亞洲，我們馬上就瞭解這是錯誤的認知。

歐洲城市只有一樣東西沒有，那就是黃包車。

為什麼黃包車沒引進到歐洲來呢？黃包車方便、實用，重點是還那麼便宜。它甚至不會堵塞交通，因為歐洲員警把秩序維持得井然有序，想必管理起黃包車也會比在中國城市好得多。有人覺得黃包車是野蠻落後的習俗。真是這樣嗎？那為什麼日本（雖然我們心裡頭有點不情願，但不得不承認它還算是個文明先進國家）沒拋棄這個習俗呢？若把黃包車引進歐洲，可以讓更多人有機會掙碗飯吃，降低生存的緊張壓力，說不定還可以因此避免眼前的這場大戰哩！……

來到了馬賽火車站前。見到一對外型體面卻年邁的弗萊蒙

---

[5] 譯者按：埃特納火山位於義大利西西里島上，斯特龍博利火山島則位於西西里島北方。

（flamand）夫婦，[6] 從一輛四輪馬車上下來。他們兩位滿臉皺紋，老淚縱橫，頭髮斑白。做丈夫的要遠行，做太太的來送他。

火車在鳴笛了。緊緊擁抱的老夫老妻頸項交纏，開始互吻。他們用盡氣力，使勁兒地摟得更緊，好像要互相勒死對方一樣。這是我生平第一次，親眼目睹這番送別景象。我因此想起一首史畢斯（Henri Spiess）的詩：[7]

人生苦短，
一點夢想，
一點愛，
說聲日安！

我沉浸在這些思緒裡的時候，有位旅客無疑也被這兩位老人家激動的愛情嚇呆了。於是他冷不防轉頭對我說：「先生，在中國該不會是吻鼻子吧？」[8]

世道果然全憑第一印象！……

---

[6] 譯者按：弗萊蒙是比利時北部區域，所使用的弗萊蒙語近似荷蘭語。

[7] 譯者按：此詩原作者應該是生於法國的英國作家莫黎耶（George du Maurier, 1834-1896），原詩以英文寫成，字句略異於此處所引。史畢斯（Henry Spiess, 1876-1940）是瑞士法語區詩人。宋春舫於瑞士求學期間，可能讀到史畢斯引述或翻譯的莫黎耶詩句。

[8] 譯者按：這是19世紀流行於歐洲的中國想像，認為中國人見面時以吻鼻為禮。

5. 柏格森[9]

農民馬天榮二十歲上喪了偶，家貧不能再娶。這天在田裡鋤地，見一妙齡少婦迷途於阡陌之間。馬天榮對女子指點迷津，順此機會戲言：「先回家去吧，我隨後亦到。」當晚午夜，女子果前來馬家敲門。因女子細毛遍體，故馬天榮疑其為狐仙。[10] 女子坦言不諱。馬對其言：「既為仙狐，當有求必應，若可贈我財貨，濟我貧困，我必感恩不盡。」女子應允，但什麼也沒帶給馬天榮。

不過有天晚上，女子從袖裡取出兩錠白銀，各有六兩重。馬天榮見狀欣喜不已。數日後，欲以此銀償還債務，方知日前所見白銀，不過只是粗製濫造的錫塊。馬天榮驚愕之際，對女子咆哮。女子回說：「只怪你自己命薄，受不起真金銀。」

馬天榮詢問道：「常聽人言，曰狐狸幻化之女子美貌無與倫比。何以你並非如此？」「你連白銀兩錠都無福消受，何況美人？我固然稱不上美貌，但相較於駝背、大腳之女，我倒可算是國色天香了。」

數月匆匆而過。有天，女子表示就此與馬天榮仳離。「你總怒言以對，怨我不曾給你財富。如今三兩白銀相贈，你當可憑此迎娶佳偶。」馬天榮回嘴道，三兩白銀哪夠抱得美人歸。女子當場撂話，「人間婚姻但憑月老註定，凡人只能聽天由命。」

隔天，倒還真有位媒人前來馬家提親，聘金只要三兩白銀。雙方約定日期，前往女方家中訪察。看過之後皆大歡喜。

大喜之日，馬天榮大驚，因為新娘駝背雞胸，頸縮如龜，大腳嚇壞了所有賓客。跟媒婆日前引見的待字閨女完全不同！

馬天榮該知足了，這下他才明白狐狸的美貌之說是怎麼一回

---

9 譯者按：柏格森（Henri Bergson, 1859-1941），法國哲學家。

10 作者原注：在中國，人們假想狐狸可以幻化成人形。

事！[11]

在中國的民間故事裡，狐狸所扮演的角色，常有超乎凡人的能力。直到今天，中國北方的百姓對狐狸仍懷有宗教性的畏懼。這種念頭，是否應該歸之於純粹迷信呢？

說到這兒，我們得請出偉大哲學家柏格森的理論。根據柏格森的說法，智能與本能不應當互相混淆。一般人常以為本能是智慧的原始狀態，但這個推定是錯的。其實本能是跟智慧一起發展的。就人類來說，智慧會逐漸改進；然而對動物來說，卻剛好相反。在動物身上，是本能持續不斷發展，讓人刮目相看。就像螞蟻和蜜蜂，它們的本能有時可以發展到與人類智慧相抗衡的地步。

或許狐狸的本能高度發達，以致讓它有幻化成人形的能力，甚至超越了人類……的智能？

---

[11] 作者原注：故事引自《聊齋志異》。譯者按：見蒲松齡《聊齋志異卷三・毛狐》。

6. 日內瓦

「待下來不高興，離開了又難過。」——梅特林克[12]

人世間有三個天堂。奧地利是工人的天堂，勞工保護法令犧牲了老闆，讓工人變得懶散而傲慢。美國是女人的天堂。瑞士則是旅人的天堂。整個國度氣象萬千，風光秀麗，交通運輸方式齊全，組織架構完善，旅遊產業發達，而且瑞士人民親切和氣，這些都不在話下。

瑞士的每座城鎮，都同時兼具整潔、玲瓏、奢華、質樸等特質。一天，有位瑞士華僑這麼對我說：「我很想在中國看到跟日內瓦一樣現代化的城市，但恐怕得等上一個世代。」這話竟一點都不讓人覺得冒犯！

日內瓦加入瑞士聯邦大家庭的時間最晚。這也因此可以說明，為什麼日內瓦總保有一種歡喜洋溢的特質，就跟一般法國城鎮一樣。她不是一座令人感到壓迫的城市。她不是一個招搖的女人，用豔光四射的妝扮炫人耳目；她是個氣定神閒的女人，有種獨特的魅力與自然散發的優雅。日內瓦人不吵不鬧，節儉持家，但卻頗好飲酒。

日內瓦的週邊環境雅致，搭配著萊芒湖（Léman）上來去的小船，構圖完美，令人回味。汝羅山脈（Jura）的落日，有時讓你宛如身在夢境，願意沉浸在這長日將盡的餘暉裡，陶醉忘我數個小時。

日內瓦或許是全世界最四海一家的城市。1913年時，日內瓦大學有3200位正式生和旁聽生，其中2250位是外國人，來自31個不同國家。正可謂：

同是天涯淪落人

---

[12] 譯者按：梅特林克（Maurice Maeterlinck, 1862-1949），比利時法語劇作家。本引言出自其劇作《青鳥》（*L'Oiseau bleu*）。

相逢何必曾相識[13]

大雨最愛降臨日內瓦城。在上海，人們老抱怨天氣太乾，以致於各種灰塵細菌漫天飛舞。日內瓦人最常吐的苦水卻是：「老天啊！我的風濕病又犯了！」

對我這樣一個中國人來說，在薩雷夫山（Salève）山乘著小雪橇滑雪，實在再愜意不過了。冬季運動在中國不為眾人所熟悉。一說到要賭上身命性命，從高處冒死落下，中國人對這種耗盡心力的事情，立刻就打退堂鼓。因為中國人還不明白，危險是生命不可或缺的因素！

最有意思的運動，當推有舵雪橇（Bobsleigh）滑雪莫屬。說得準確些，是這種運動喚起你最激烈的感情，因為它讓你一路追逐著危險跑。而且，若有女孩們共乘雪橇一路相伴，每逢雪橇轉彎時就發出歇斯底里般的尖叫！被溫柔地抱緊，後背貼著她們的酥胸，該有多叫人愉快呀！

日內瓦老城區裡的聖彼得大教堂邊上，有間樸實無華的中國店，上頭招牌寫著「開門大吉」！老闆姓陳，原來也是位天朝子民。太平天國之亂時，這位 中國人逃離了自己的祖國。娶了位日內瓦女士後，開始經營茶葉生意，並且歸化入籍，還信了基督教。天氣不錯的時候，就把太太擱下，留給她一點零花錢，然後自己躲到這座秘密花園裡做白日夢，彷彿回到遙遠的地球另一端！

---

13 譯者按：此處宋春舫只用漢字書寫，未附法語翻譯。原排版為直書，此處調整為橫書。

7. 在德國

以下摘錄自我的報紙：

英美的幽默小品虧德國人說，在一張德國床上，你別想同時給胸口和雙腳蓋上被子，天註定你就是得著涼感冒！他們說笑的功夫還真絕！

柏林這個城市，就像一個男人剛買了一整套全新西裝……只不過全身上下都是特價品。我敢打包票，絕不是開玩笑，柏林的生活真的比較便宜，因為大家都逼你喝啤酒，沒紅酒也沒白酒可喝。柏林週邊環境叫人回味無窮，就跟所有歐洲其它國家首都一樣。

德勒斯登這城市所有人都在睡。

大學城波昂有座新建成的橋，美輪美奐。有個奇怪的習俗跟橋有關，也是人人稱讚，那就是過橋得付費，跟在土耳其一樣。口袋空空的中國政府，倒是該實施這個好辦法！

法國城市與德國城市之間，存在一個根本性的差異。在法國，巴黎就是一切，外省的城市不過只扮演了次要角色。在德國，所有城市都很迷人。慕尼黑、漢堡、法蘭克福，都可以與首都媲美。從這一點上來說，德國是個地方分權的國家。

只是有件事叫我不舒服。那就是幾乎所有德國家庭裡，都可以看到德國皇帝的照片。

反覆灌輸到德國人腦海裡的觀念，不是自由，而是對責任的敬愛。在德國，到處都會看到「警方嚴格禁止！」的告示。撇開政府裡頭的制度不說，德國差不多是世界上最有條不紊的國家了。

德國人在歐洲不受歡迎。一般覺得德國人自視過高、粗魯無禮且傲慢。事實果真是如此嗎？五十多年以來，德國勵精圖治，展現前所未有的努力，工業實力深入到各個領域。或許只有嫉妒，才能說明這些指控！

德國的人口持續增加，可相反地，外來移民的數量卻停滯不前。從人口統計學的角度來看，這個現象還頗耐人尋味。

德國家庭的組成，是歐洲國家裡頭最小而美的。從中國人的觀點來看，這也是全歐洲裡最好的。德國就像一個最講道理也最腳踏實地的女人。這倒不是重點。重要的是她任勞任怨，做牛做馬。在她身上，有各種犧牲自我與深情奉獻的念頭！

8. 文學

對我們中國人來說，研讀西方古典文學真是一件耗盡心力的人間慘劇。但丁、莎士比亞、拉辛（Racine），還有高乃依（Corneille），他們同時代的人怎麼想，就算我們知道了，又有什麼意思呢？對我們來說更要緊的，是認識我們當代的文學，藉此足以瞭解到這些民族的各種思想、心理，以及不同的偏好。他們的物質文明，可是遠遠超過我們呀！

德國的經濟擴張，直接影響其民族的文學發展。1870年以來，德國文學轉入衰頹時期。沒有任何一位詩人可與羅斯當（Rostand）[14]、吉卜林（Kipling）[15] 匹敵；用德語寫作的史匹德勒（Carl Spitteler）不算，因為他是瑞士人。散文作家的情況也不例外。戲劇方面多虧有易卜生，讓它成為唯一突飛猛進的文類。我們可以確信的是，這個德國寫實主義的流派，[16] 將在戲劇世界裡留下許多不朽的作品。總之毫無疑問的是，物質主義扼殺了文學創作天分。在今天的中國，雖然在不少核心問題的態度上非常反動保守，足以令人撻伐，然而就文學方面來說，大家還是只欣賞那些從未被物質主義污染過一丁點兒的作家。

自王爾德以降，英國文學除了吉卜林以外，沒有產生任何一位有名望的詩人。從戲劇的角度來說，英國作家的表現倒也非常卓越，像是蕭伯納的《人與超人》（*Man and Superman*）、《芭芭拉上校》（*Major Barbara*），還有高爾斯華綏（Galsworthy），曼殊菲爾的《忠實》（*Faithful*）等。此外，更不用說還有科幻作家威爾斯（Wells）了。

---

[14] 譯者按：羅斯當（Edmond Rostand, 1868-1918），法國劇作家，最知名的作品是《大鼻子情聖西哈諾》（*Cyrano de Bergerac*）。

[15] 譯者按：吉卜林（Rudyard Kipling, 1865-1936），英國作家，1907年獲諾貝爾文學獎。

[16] 譯者按：易卜生（Henrik Ibsen, 1828-1906），挪威劇作家，著有《玩偶之家》、《海達蓋伯樂》等作品。宋春舫誤將其歸入德國作家之列。

義大利以擁有鄧南遮（Gabriele d'Annunzio）、塔瑪洛（Mathilde Saraio）等作家自豪。後者是唯一享有女作家一詞之殊榮者。

不過文學天分卻鮮少在女性之中生根，雖然歐洲的女權主義、騎士精神都持續發展，民眾對此也多所鼓勵。「女性書寫」（frauen schriftstellerei），在德國根本不值一提。若不是因為社會主義，涅格麗（Ada Negri）完全沒機會獲得群眾的熱情掌聲。喬治・艾略特（George Eliot）與喬治・桑（Georges Sand）恐怕也就後繼無人！

法國文學因為有梅特林克、柏格森、羅斯當，以及安納托爾・法朗士（Anatole France）等人，故仍足以為同時代最燦爛耀眼者。

至於中國文學，我們或許可以這麼說，自從它開始與西方國家接觸以來，已經完全喪失其獨特性，幾乎不能與過去輝煌的歷史相提並論。今天的中國，只有譯者！再見了，才華洋溢的詩人和作家們，雖然中國過去曾是孕育他們的搖籃。

政治的衰頹，是否也呼應了文學的衰頹？

9. 戲劇

今日不再是詩歌的時代，而是戲劇當道。一首詩得到的迴響就一星期，報章雜誌滿心喜悅對這首詩大肆批評一番。當然更常遇到的情況是，詩作刊登後就引來各種尖酸刻薄的爭論，有時還掀起沸沸揚揚的筆戰。然後，一切就沉寂下來，永遠塵封在遺忘裡！

相反地，哪怕二三流的戲劇也可活得好好兒的。話說日內瓦戲劇院（Comédie de Genève）上演了歐耐（Ohnet）小說改編的《冶金廠廠主》（*Le maître de Forges*）。劇終幕落時就兩句話：「您愛不愛我？我是全心愛你啊！」這臺詞說有多普通就有多普通！但總還是得去看看這齣戲，因為觀眾一片好評！

中國戲曲在社會上或文學領域裡，都沒扮演什麼舉足輕重的角色。不過西方戲劇，因為有了易卜生的緣故，所以差不多可以說在整個歐洲掀起了一場革命。

易卜生的作品主旨無他，就是對抗二字。個人必須對抗社會，且應該要戰勝社會。但要達到這個目標，犧牲在所難免。《玩偶之家》裡的娜拉拋夫棄子，義無反顧出走，毫不後悔。這一擊實在太漂亮了。從此，我們的社會就只能眼巴巴地把各種傳統包袱綑綁在男人身上，讓男人永遠成為社會的奴隸。這到底是進化，還是革命呢？

易卜生的想法到處生根，遍地開花。德國劇作家霍普曼（Haupmann）與蘇德曼（Sudermann）無疑受到易卜生影響。就連當今英國最偉大的劇作家蕭伯納也不例外。在斯拉夫國家裡，特別要提到的就是普萊畢茨維斯基（Przybyszewski），他的作品還融合了梅特林克的神秘主義。就連在拉丁民族裡，像是賈科薩（Giacosa）、布堤（Butti）還有布拉科（Bracco）等，都可算是易卜生的門徒，作品流露對大師的景仰擁戴。在法國，人們倒是沒那麼熱衷易卜生。儘管如此，在居艾爾（Francis de Curel）和巴塔耶（Henri Bataille）的作品裡，還是可以清楚看到同樣的創作傾向。

在中國，一切都要恪遵祖訓。個人的事情家庭說了算，故鄉的事情社會說了算。我們只能一個字都不吭聲，靜靜看著奴隸在脖子上套枷鎖。有一天，等到中國人民開始起來反抗千年來的各種體制，那麼中國的未來才有希望！

遠東，是歐洲舞臺偏好的主題。由於音樂之故，《蝴蝶夫人》總是觀眾的最愛。但我們絕不能原諒浦契尼，因為他讓這齣歌劇的第一女主角像隻青蛙似的在臺上跳啊跳的。日本女性婀娜優雅的步態，她一點兒也沒學會。

有件事讓中國人很吃驚，那就是在歐洲，同樣一齣戲碼會連演好幾個晚上，甚至不乏有同一季演出幾百場的。難道歐洲人比中國人更忠誠嗎？

10. 帝制或共和？

「聖人不行。」——老子[17]

中國人身上背負著四千年的歷史。一直到1911年以前，中國人知道的政府型態不過就一種，那便是絕對君權，雖然晚清的最後幾年間也曾規劃過君主立憲。

為什麼共和的思想從沒出現過？是不是我們對政府的組成太過保守？

要找出原因的話，恐怕還是得從中國家庭說起。過去中國的家庭影響力甚大，擴及日常生活每個層面，而且也是一切政治、社會與宗教機制的基礎。

在歐洲，社會的根本要素乃是個人。社會為了發展，到底應該不應該犧牲個人？這個問題歷來激起唇槍舌戰。許多偉大的思想家、革命派、安那其主義者，對此都高舉反對意見。

類似的想法從來沒滲入中國人的腦袋……在中國，社會的根本要素是家庭；家庭就是一切，個人什麼也不是。

每個中國家庭裡都有位領導，一般來講是作父親的那一位。根據傳統，父親掌握家中大權，家裡其它成員都得聽命於他。發號施令的是父親，決定獎懲賞罰的是父親，主持祭祖的也是父親。凡是觸及家中成員利益的問題，都是由父親決定。對家裡的成員來說，父親是一位貨真價實的帝王，卻絕不能是暴君。

中國的政府體制就是根據家庭的形象塑造的。對中國人而言，整個國家不過就是一個大家庭，而皇帝扮演的角色就跟父親一樣。皇帝

---

17 譯者按：語出《道德經》第47章，全文為「不出戶，知天下；不窺牖，見天道。其出彌遠，其知彌少。是以聖人不行而知，不見而明，不為而成。」宋春舫只引了原文的一部分，亦即「聖人不行」。

必須愛民如子，把臣民看作是自己的家人，並且像父親一樣，背負應盡的責任與義務。

此外，中國的君王體制從來不是絕對君權。四萬萬民眾繁衍生息的中華大地，既是皇帝的家，也是他的私人財產。所以皇帝應該要溫和、寬厚、仁慈，時時以天下蒼生為念。話雖如此，這倒也不礙著皇帝，他還是可以大權在握，貪圖一己之私！

1912年，成千上萬的中國人民拋頭顱、灑熱血，中國的皇權也隨之煙消雲散。中國人成為共和國的子民。不過家庭體制撐了過來，跟革命前一樣沒什麼變，跟四千年前也一樣沒什麼變。

從此以後，中國人心上老擱著一個複雜難解的問題。既然治國與齊家互為一體兩面，那麼為什麼政制和家法之間，竟有如此顯著的衝突呢？要怎樣才能調和這兩套扞格不入的價值觀呢？

法國第三共和進入第48個年頭，前後有過八位總統。話說法國可不缺保皇黨。中國卻始終有各種風聲，說是帝制要復辟。其實這也沒什麼好大驚小怪的……畢竟，家庭始終都在啊！

中國家庭的命脈，是靠祭祖這件事來維繫的。然而這不過就是為了表態，好像深深愛著傳統和過去，讓自己顯得沒那麼薄情寡義罷了。

11. 義大利萬歲！[18]

義大利的一切深深吸引著我。首先想到的，就是米蘭大教堂。它是歐洲最令人讚歎的大教堂，每年要花掉政府二十萬法郎來整修，真難想像要整到何年何月方休了！其次還有威尼斯、史卡拉歌劇院、大小湖泊以及魚湯！

但這還不是全部。義大利語之美麗，只有蘇州方言堪可匹敵。「托斯卡尼的語言，羅馬的舌頭」，[19]理想中的義大利語就像這樣！

翡冷翠的秀麗，叫美國人特別為之心醉神迷。各種店鋪羅列在翡冷翠的橋樑兩側，不禁讓我想起中國的橋也是這樣。只是在中國，這樣叫做原始；在歐洲，這樣叫做美輪美奐！不過翡冷翠其它方面都無趣透了，因為每個車夫千方百計想跟你聊的全是鄧南遮的作品。

羅馬是歐洲的珍珠，這話說得一點都不誇張。儘管什麼年代的建築物都有，但用「協調」一詞來讚譽它，仍然十分貼切。

義大利參戰，就像藝術上的神來之筆。這一出招實在太漂亮了！至於這一筆下去畫得到底好不好，只有未來才能知道了！義大利這個民族，本質上是很藝術家的。他們不只苦心經營實際利益，而且還有更崇高的企盼。

義大利的未來不可限量，因為一切都正常穩健發展。而且人們以傳統自豪，也知道如何維持傳統！話雖如此，義大利人出了國門的名聲卻很糟糕；原因出在世界各地的義大利移民身上，特別是在英美國家裡。唉！他們的臭名聲可沒這麼快甩乾淨！

---

[18] 譯者按：《海外劫灰記》以法語撰寫，所錄各篇文章與標題亦為法語。惟本篇標題「義大利萬歲」原文乃義大利語「Evviva l'Italia」，並非法語。

[19] 譯者按：義大利各地方言甚多，十九世紀下半葉統一後的義大利，以托斯卡尼的方言作為其國語的基礎，並以「Lingua toscana in bocca romana」一詞來指稱標準義大利語，亦即帶有羅馬口音的托斯卡尼方言。

比起其它歐洲各國的姊妹們，義大利女孩可沒那麼快活，因為她們到現在還是得對父執輩百依百順，任憑其專權桎梏。而且，義大利的丈夫的醋勁又特別大。已經有些義大利女性開始反抗這種雙重的奴役。不過，除了各種傳統與根深柢固的習慣之外，還有宗教的包袱，這也得考慮進去。

梵蒂岡就像一座巨型的遠東廟宇，只不過它看上去更具有科學精神，也更加雄偉壯。大致上如此。

義大利人也玩猜拳，是當地主要的國民遊戲。由此鐵證也就可以確信，義大利是率先朝覲中華天朝的歐洲國家。

眼見龐貝古城，叫我不免悲觀，且對人生充滿懷疑。羅馬人是怎麼辦到的，竟可完成如此令人歎為觀止的工程？如果不是某些奇妙的因緣際會，讓人類意外發現大自然的奧秘，進而開展了工業革命，今天的我們又會變成什麼樣呢？

該是中國政府出手，採取有力措施保存古蹟的時候了。中國大江南北，處處斷垣殘壁，傳統俯拾皆是，毫無疑問可以成功喚醒國族的自豪，以及國民對祖國的熱愛。要知道，一個國家不是只活在當下，同時更是活在過去啊！

12. 婚姻

「女人的責任是結婚；男人的責任是要避免結婚。」[20]

吾國的婚姻有個大缺點，那就是太過簡單。中國人結婚前，兩人既不打情罵俏，甚至從來沒見過面。所謂情書，就是裡頭什麼漫天扯淡都可以寫給對方，但這玩意兒中國壓根兒沒有。父母親不互相登門拜訪，於是也就沒有什麼精心巧設的騙局。[21] 不打契約，也不討論聘禮嫁妝。當事人完全聽從父母之命，而父母呢，則是任憑「媒妁」之言安排。所謂媒妁，通常是位婦道人家，說謊的本領人盡皆知，唯一掙錢的看家本領就是為人作嫁，藉此收取金錢報償。金額多寡則是由雙方家庭的經濟狀況決定。

整樁婚嫁差不多可以進行得完美無瑕。結果定下後，也不會有爭執。中國的婚姻裡，不時興演什麼愛情劇，因為男女雙方在大喜之日前從沒見過對方。

私以為吾國的婚姻，似乎應驗小仲馬那句看似矛盾的話：「兩人的婚姻若有愛情，愛情會在日復一日的生活裡被扼殺；兩人的婚姻若沒有愛情，日復一日的生活倒是可以培養出愛情。」[22]

此先按下不表。對歐洲人來說，沒有什麼比中國人的婚姻更不堪了。這倒不難理解。但歐洲的婚姻又如何呢？

一個天生就有追根究柢精神的中國人，很快就會注意到，許多年輕美麗、身材高挑，清新可人又腦筋靈光的女孩，總是苦心追尋未

---

20 譯者按：此引文出處不詳。宋春舫亦未指出語出何處。

21 譯者按：此處宋春舫使用「poudre aux yeux」一詞，形容互相欺瞞的行為。這個詞直譯是「把灰塵灑到人的眼睛裡」，引申為騙人的意思。法國劇作家臘必廬（Eugène Labiche）曾寫過一齣以此為名的劇作，故事是兩戶人家為幫子女安排婚事，故意吹噓造假自家身世的趣味情節。宋春舫對這個劇本讚譽有加，在1923年出版的《宋春舫論劇》裡曾經多次提及。

22 譯者按：出自小仲馬的小說《半上流社會》（*Le Demi-monde*）。

來，卻每每難竟其功。相反地，外貌不佳，個性也不討喜的女孩，總是很容易找到一些傻頭傻腦的小子，輕鬆把他們拴進婚姻枷鎖裡。當前社會上，想成親的男子追求的，往往不是女孩本身，而是看中嫁妝。這固然是人性使然，但我們也免不了要譴責社會環境一番。這些沒有嫁妝的姑娘，本來也幻想著家庭的甜蜜，但最後不免傷心絕望，痛苦不已，只能委身為情婦，終身蒙羞。人們莫可奈何，因為婚配的嫁妝制度源遠流長，所以雖然歐洲人一點兒也不保守，但仍然沒辦法擺脫這些延續近千年之久的風俗民情。

中國人的蜜月總是相當詩情畫意。感謝老天爺！現代人的潮流是盡可能讓這段時光持續得短一點。理由自然不在話下。怎麼說好呢？蜜月就是一種「婚姻顯微鏡」。兩人結褵的所有不幸與痛苦，都淵源於此。結婚以前，大家或多或少有點兒盲目。至少男人如此。感覺就好像是在打獵一樣，一心只想追到兔子，眼裡全是牠在跑呀跑的……其它的細節都視而不見，或至少是假裝視而不見。至於岳母大人和婆婆呢，或出於小心謹慎，或出於良心善意，總是睜大了眼睛。接著蜜月終於來了，災難也就一發不可收拾。年輕夫妻的所有親友，甚至包括岳母和婆婆，都暫且不管這小倆口，讓他們一點一滴慢慢地、仔細端詳對方的醜陋與缺點。也就是從這個時候起，小倆口開始感覺無聊得要死。往日那些充滿機趣的言語，如今顯得愚蠢不堪；談戀愛時的種種淘氣任性，如今放在家庭生活場景裡，一舉一動看了都叫人討厭。有人說廢掉蜜月這種習俗，說不定會減少離婚的人數。我覺得我差不多被說服了。

中國古代經典文學作品裡，夫妻分手有時倒是可預料的結局，不過現實的中國裡，一直到最近這些年為止，一般人還是盡可能不要走上那一步。然而離婚在歐洲倒很常見，尤其是在美國，以致於現在開始有股強烈的反彈聲浪，不管是基於社會的角度來看，或者是基於人口結構的角度來看。

話雖如此，對怨偶們來說，離婚卻是唯一一個勉強說得過去的解決之道。事成之後，少不了在報章雜誌上引起軒然大波。讀起來是刺激，只是女人的心理負擔不小。

倒是俗話說得好：「離過婚的女人就像一本被翻閱過的書！」[23] 這話聽起來多誘人啊！

---

[23] 譯者按：這句話出自法國劇作家波多利奇（Georges de Porto-Riche, 1849-1930）的劇本《女戀人》（*Amoureuse*）。

13. 女人

女人的分類：

1.可以明媒正娶的

2.可以打情罵俏的

3.可以出門約會的

法國女人就是可以出門約會的那一型。過去易卜生劇本裡的女人，是可以打情罵俏的那一型。不過時至今日，只有在斯拉夫民族裡能遇到堪稱可調情的女子。適合娶回家的女人要往德國人裡尋，而所有中國女人和日本女人都屬於這個類型，這倒是一點也無庸置疑。她們心裡想的是犧牲，精神上體現的是順從。

大部分在歐洲的中國人，是一個比一個自我中心，每每千方百計要娶歐洲女子為妻。難道他們都沒發覺，歐洲女子要比中國女子專斷跋扈得多，而且從某些觀點來說，不像中國女子那麼適合為人妻嗎？

反過來說，年輕的歐洲女孩心中常懷抱極度天真浪漫的情感，想像那些玫瑰色的異國情調，就像《秘密花園》、《菊子夫人》的作者筆下描寫的那樣。[24] 人們難道不知道中國人早早成婚，所以納妾這種犯行屢見不鮮嗎？

話說，婚姻裡要緊的並不只是男歡女愛。為了要一輩子幸福，就必須要互相心靈浸潤交融。這種緣分說來奇妙，就連娶了德國太太的法國人也不一定有辦法做到，雖然德法本屬同一個人種。於是乎，跨越人種差異而娶歐洲女子為妻的中國男子又怎能做到呢？

---

[24] 譯者按：《秘密花園》（*Le Jardin des supplices*）是法國作家米爾博（Octave Mirbeau, 1848-1917）於1899年發表的小說，故事描述一位有虐待狂的英國夫人在法國騙子陪同下，進入中國廣州的監獄，欣賞各式各樣的酷刑。《菊子夫人》（*Madame Chrysanthème*）是法國作家洛蒂（Pierre Loti, 1850-1923）於1888年發表的小說，描寫一位法國軍官與日本女子短暫的情愛生活，書中並大量描繪了日本的風光與民俗風情。

斯特林堡（Strindberg）與蕭伯納這兩位偉大的劇作家，都不否認女人優於男人。斯特林堡在他著名的小說《瘋癲人的辯詞》（*Le Plaidoyer d'un fou*）以及其他劇作裡，[25] 大抵都以一種英雄主義的態勢，接受女性戰勝男性的事實。至於蕭伯納，他也同意「除了手上的撲克牌、腳底的鞋釘之外，男人根本沒辦法和女人較量」。[26]

整個歐洲文明不過就是女人的傑作，這還需要說嗎？

---

[25] 譯者按：斯特林堡（Auguste Strindberg, 1849-1912）是瑞典作家。自傳體小說《瘋癲人的辯詞》發表於1887年，表達了作者對於妻子的強烈恨意。

[26] 譯者按：語出蕭伯納的劇本《人與超人》（*Man and Superman*）。

14. 猶太人

「宗教關乎全國之必需。」

「要讓野人改信基督教，就像要讓基督徒改信野蠻教一樣。」[27]

如果說在歐洲有什麼是叫我敬謝不敏的，那肯定就是丈母娘跟猶太人。姑且先把丈母娘放一邊，讓我們抱怨一下猶太人！

在拉丁語系與日耳曼語系國家裡，猶太人幾乎跟其他族群受到一樣好的待遇，但唯獨就是在斯拉夫國家裡，猶太人的命運多舛。這麼說吧，猶太人的不幸最終導致了波蘭整個國家的不幸，而俄國革命之後，猶太人的前途又會是如何，也不禁叫人揣測。

猶太民族天生聰明才智過人一等。他們每到一處邦國，總能迅速把那兒變成自己的家。然而猶太人的圈子其實是個國中之國。他們自己倒是很快就習慣成自然。不過鼻子騙不了人！一看猶太人的臉就會抓到這條狐狸尾巴！[28]

猶太人是個精打細算的民族，隨時隨地準備好做各種大小買賣，哪怕是旁人完全摸不著頭緒的生意，他們照做無誤。從錢財的觀點來說，猶太人的確是富裕無虞，且其堅毅性格完全展現在宗教上頭，這些都叫旁人看了嫉妒眼紅。

歐洲人一向宣稱宗教自由，近日也群起抗議土耳其境內的亞美尼亞大屠殺。奇怪的是，正當俄羅斯境內屠殺猶太人，三藩市的華工也慘遭迫害時，難道這些歐洲人一點兒都不會感到痛心疾首嗎？

中國給世人呈現了獨一無二的宗教景觀。三種宗教起源不同，本質也不相同，但卻彼此交錯融合，以致於許多個人與家庭同時信仰兩

---

[27] 譯者按：語出蕭伯納的散文集《給革命分子的名言錦句》（*Maxims for Revolutionists*, 1903）。

[28] 作者原注：「狐狸尾巴」是一種中文表達方法。

種宗教，甚至三種全都包了。話說，一個中國人若宣稱自己是孔子門徒，並不妨礙他去佛寺問僧齋戒，也不妨礙他去道教大仙塑像前焚香磕頭。整體來說，中國人同時是儒教徒、道教徒跟佛教徒。這樣說其實並不過分。

這三種宗教和平共處，相安無事。西元五、六世紀時常見宗教迫害，以政治理由而非宗教理由遂行之，如今這種事情已不復見。對宗教事務的淡漠，教我們免去許多災禍，避免手足相殘，但卻引起基督宗教傳教士的好奇與嫉妒。他們試圖解釋這種奇怪的現象，卻又百思不得其解。這種對宗教的淡漠，某些人認為該予以大加撻伐，但卻也正是這種淡漠，凸顯出中國人的心胸寬大。話說，宗教創造出來的目的是要給我們帶來幸福快樂，而非不幸和痛苦；是要讓我們團圓聚首，而不是要讓我們反目成仇。但這件事可不是所有人都瞭解啊！

以色列人的不幸命運讓我又想起華工。其實華工跟以色列人一樣，都是因為世人漠不關心所導致的犧牲品呀！

15. 我們很嚇人嗎？

單眼皮、塌鼻子、顴骨外翻、下顎突出：中國佬不外乎就是長成這副德性。

關於人類的各種感覺，若要分析起來，審美眼光是最主觀也最因人而異的。習慣與生活圈的影響，毫無疑問扮演了最重要的角色。住在非洲國家兩年下來，就算本來不是黑人，也可以分辨出誰是黑美人，誰又是醜黑妞。

在中國，人們實在很難想像頭髮除了黑色以外還有別的顏色，儘管我們喜歡把女子的頭髮比擬作青絲。不過總的來說，在歐洲的中國人，到底還是比較偏好金髮女郎吧？

也很常見的情況是，北歐人只要看到不是金髮的人，內心就會油然而生一種本能的反感。這是所謂的反作用理論吧？還是生活圈子的影響呢？

膚色完全不會影響人的美貌，古代希臘人想必早已感同身受。大洋洲群島上的人們遲早有天會讓我們相信，窮困女子的黝黑膚色，其實看上去最讓人愉快也最誘人。

中華民族過去曾經是最俊美的民族之一，但現在毫無疑問正處於最頹唐的時代。首先，裹小腳已經給婦女造成災難性的斲害。同樣地，鴉片數世紀來繼續肆虐神州大地。這玩意兒會叫人變成什麼樣的醜八怪，你我心知肚明。此外，衛生缺乏、又對體育活動完全敬而遠之，中華民族體態之所以退化，這兩件事也有份兒。

外在衣著和天生美貌還得靠脂粉來畫龍點睛。話說化妝雖然佔有決定性的地位，但一個中國女人要是穿得太緊（豐腴的乳房一向是叫中國女人倒盡胃口），就算臉上搽了脂粉還是沒法花枝招展，因為她的酥胸整個看上去就像壓扁了變形似的！

雖然我們抱怨中國女人的體型太瘦弱，但所有歐洲女人的夢魘就是無以復加的發胖。她們一過三十歲，就開始肥胖得不像話。唉呀！歐洲人的精力和生命，不過就只有十年光景而已！

總之，中國人的審美眼光在許多情況下跟歐洲人是相反的。中國人看歐洲人，或是歐洲人看中國人，總覺得對方不夠順眼，這實在是再自然不過的事。反正只要不是中國人，就一概給他安個「洋鬼子」的稱號。但這還是阻擋不了歐洲街頭的小鬼頭，追著華人身後叫囂著「這隻醜……」[29]

[29] 譯者按：宋春舫原文為「Quelle g......」，意指「Quelle gueule」，中文可譯為「這隻醜八怪」。因法語「gueule」一詞較為低俗，故宋春舫以「g......」代替。

16. 他們比較幸福嗎？

再怎麼淡漠的旅客，當城市的美好與壯觀躍然眼前，也不能不無動於衷。那些大道、交易所、豪廈、百貨公司，還有沾滿煤灰的道路，到處總能見到各式愉悅的衣裝，讓人心甘情願駐足良久。凡此歷歷在目，無非賞心樂事。只是人間悲苦每每悄然而至。世上不是只有倫敦才有東區（East End）；每個首都級的大城市都有這麼個區域，因為地球表面上處處有慘劇，只是有沒有發現它！

看到這些貧窮悲慘的人們，不禁就要問，歐洲國家表面上的富裕榮景，骨子裡是否只是富人剝削窮人？到底歐洲人是不是有我們幸福？

從經濟的角度來說，答案應該是否定的。人人喊著生活花銷昂貴，尤其大戰以來，這種說法已蔚為潮流。昂貴的原因無它，乃是因為國家需要令人咋舌的鉅額歲收，好用來面對急速飆漲、與承平時代完全不成比例的支出。苛捐雜稅名目多得不得了，而研究和發明這些名目的人更是錙銖必計！

大戰之後，人們固然可能削減當前投注在軍備彈藥方面的支出，不過對某些國家來說已經太遲了。駭人的戰禍，將由銀行破產為它畫下淒慘的句點。

在中國，人們抱怨賦稅高漲已經好一段日子了。不過中國人說到底還是世界上繳稅負擔最輕的！……

從社會的角度來說，我們的負擔其實更輕。公共生活持續發展，一日勝過一日。總有一天我們可以集體吃上社區大鍋飯，就像現在德國一樣！這種公共生活就是家庭消失的前奏曲。

大部分在中國的歐洲人都不打算回故鄉去。對他們來說，在中國生活比較容易，生存奮鬥也沒那麼緊張。女人們心甘情願固守這片異鄉，因為她們在此尋得一方舒適愜意的天地，根本沒有意願返回歐洲。而且，我發現在中國，好像都是做丈夫的在伺候太太！即使沒有治外法權，他們還是留在那兒！

至於，從政治上的角度來說呢……？

17. 水都

在巴黎，人們欲拒還迎；到了有水之濱，卻是直接墜入愛河。湖光山色的度假勝地妙就妙在這兒，因為骨子裡根本是婚友聯誼所。隨便拿起一本小說，都會讀到這種句子：「我們是在一座水都相識的。」接下來轟轟烈烈的愛情戲就要登場！

倒是在德國，諷刺漫畫家一看到家庭式浴池就忍不住要哈哈笑了。

還有博奕。這玩意兒叫人入迷，不知所以。蒙德卡羅每天的大事就是聽聞有人自殺。提醒諸君，對國家來說，博奕是穩賺不賠的財源。大戰以後，歐洲各國尋求修補鉅額虧損的辦法。於是公共財政的條文裡，博奕占了重要章節。最近廣東省試圖重新開張賭場，因為他們相信，面對公共支出，只有博奕收入可以解決問題。

博奕在歐洲國家扮演的角色，就像日本的買春一樣。要是日本沒有買春，那麼它在歐洲大戰前早就該破產了！

不過，必須承認中國人是最愛賭的民族。在中國的歐洲人鐵定見識過。中國的博奕遊戲五花八門，其中「麻將」是我在世上見過最有意思的了。但是撲克牌已經撲天蓋地席捲中國，橋牌出現也是指日可待。這又是一個走向文明的結果！

所有的水都之中，蒙德卡羅始終是最有名的，因為該處賭場眾多。相較之下，蒙特勒（Montreux）是最近才開始名聲大噪。那兒天氣異常溫和，所以全歐洲的老人盡往那兒去！奧斯滕德（Ostende）入夜以後是名符其實的天堂。人人都想重溫在那兒度過的時光，再嘗嘗那兒舉世聞名的生蠔。

「市立賭場」一舉擄獲我心。對阮囊羞澀的公家財庫來說，這套制度教人歡欣鼓舞。一流的交響音樂會、戲院、秀麗宜人的步道，還有……女人！

鐮倉浴場在遠東地區相當知名。在那兒可以看到一尊大佛，背上開了兩扇窗子，讓人還以為是煙囪呢！日本人在鐮倉海水浴場遊樂：真可說是天下奇觀，東方與西方似乎要伸出手來言歡一番哩。

外來思想總是通過水岸城市悄悄滲入一地，而且很不幸地，這些思想常常都是各種奇風異俗。身處在這些水岸城市之中，覺得多麼天下一家呀！我老想，為什麼和平會議不在這些大家偏愛的地方舉辦。大家你讓我，我讓你，想必會得出更叫人滿意的商談結果呢！……

18. 跳舞

人人都知道，中國學歐洲不過就像東施效顰。辛亥革命期間，幾個爭取婦女投票權的分子手持炸彈，威脅南京臨時政府，希望全民皆可獲得投票權利。她們的行徑，完全就是潘克魯絲特夫人（Madame Pankrust）[30] 之流……過去幾年來，汽車業在上海發展的方式令人眼睛一亮，就算是老一輩的滿清官員，也拋棄了舊時華美的轎子，改乘628型老爺車了！歐洲的服飾同樣也蔚為風潮，叫人發自內心痛陳中國美好衣衫的消逝。

其實當今中國的潮流，就是只要歐洲的東西全都愛。文明影響人心風俗，其後果之可憎於此可見！所謂「自由」的婚戀，還不是照樣導致離婚。而手槍進口，徒然讓家庭悲劇和自殺更方便罷了。

話雖如此，中國人但凡一心喜愛歐洲娛樂如電影、馬戲者，以及捨麻將之趣味而就撲克牌者，皆不識舞蹈。北京的國賓跳舞場（bals d'Ambassades）裡是有幾對中國男女出現，[31] 但此為偶例，不可一概而論。直到今天，在歐洲甚至全世界引起騷動的「探戈」一詞，中國還沒有人知道那是什麼玩意兒。這是因為中國人本質上是個有道德感的民族，或者更進一步說，是壓抑欲望太過。於是乎很自然地，就不能忍受在大庭廣眾下看到一個女人臥倒男人臂彎。話說中國男女之防可是清清楚楚規範，小孩從七歲起就不可男女同桌。要是知道這些，那麼見到中國人扭捏害羞的樣子，也就沒什麼好大驚小怪的了。

看到重要的大人物們，紛紛使出渾身解數抨擊探戈，說它是人類社會最大的罪惡，想想也覺得奇怪。教皇、德國皇帝，甚至法蘭西學院的院士們，對此主題都發表了長篇大論哩。

---

[30] 譯者按：潘克魯絲特夫人（Estelle Sylvia Pankhurst, 1882-1960），英國女權主義者，以爭取婦女投票權聞名。

[31] 譯者按：此處宋春舫所說的跳舞場中文正確名稱為何，待考。

當今歐美的舞蹈都有種馬戲的趨勢，大部分的現代舞多少都有點兒反節奏。固然舞蹈可以帶點兒馬戲的味道，像是俄羅斯舞或者波蘭馬厝卡舞那樣，但是違反節奏的舞蹈就不太能原諒了。

天下最哀傷的事，莫過於舞會散場之際了。夜已盡，人已睏乏，女子的醜態滿室亂竄。唇上的胭脂、面容上的白粉，以及身上的香水，若是還殘存點兒什麼，不過就是陣陣汩出的汗酸臭。音樂開始昏昏欲睡，就像垂死的人咽下最後一口氣……一切就這樣結束了！

19. 決鬥

地點在水浴場旁的一座賭場裡。戰爭期間。C夫人由丈夫護駕，翩翩到來。她閃閃動人的美貌，迷倒眾生的妝扮，以及遠近皆知的名聲，立刻賦予她一股魅力，讓所有人拜倒在她的石榴裙下。突然間，一位雅致瀟灑的年輕男子進入同一個大廳。C夫人很快發覺這年輕男子的雙眼打量著她，那股勁兒像是要吞下她似的，讓嬌羞的她彷彿全身上下被冒犯。幸虧C先生也注意到了。他對這位年輕人說，「先生，您看著我內人的方式教我難以忍受。」但是這位年輕男子假裝沒聽懂，繼續盯著C夫人瞧。於是C先生給了他一張名片。年輕人心平氣和收下名片，隨手撕了它，用一股清楚高亢的聲音冷淡地說，「先生，一位高貴的公子絕不會和C家女人的先生打鬥。」說時遲那時快，他拿起他的高頂帽，離開了大廳。

根據他們的說法，一個人的榮譽要是受到損害，唯一的解決之道就是訴諸決鬥。人家羞辱了我，我奮力一鬥，最後讓人把我給殺了。文明國家之輩，推論竟是如此！

然而要想讓眾人認識自己，決鬥卻是萬無一失的方法。諸君從開始與人打鬥那一刻起，尊姓大名就堂而皇之出現在報刊上。要是人們對您的生平事蹟和所作所為感到興趣，這招倒是貼心。這會給您一種幻覺，彷彿人人都關照著您似的。接下來就是一場又一場的決鬥。怎麼鬥也鬥不死的決鬥，互不血刃而名聲早已傳遍。說到底，只有傻子才會真的把子彈裝槍上膛；科學進步神速，就連決鬥的人也不必玩命！

決鬥時，女人經常是一項不可或缺的元素。吾人若為錢的事情，總少不了法定執行人、律師和法庭。但要是為了女人而起口角，或運氣更好一點，是女人為諸君起口角，那麼決鬥似乎變成唯一還算合情合理的解決辦法！

過去決鬥是德國學生最喜愛的運動。他們的想法是，臉上受了劍傷反而增生光采，而男子臉上掛彩越多，在女子眼中就越有味道。多叫人莞爾的美感呀！

實在得再說一次，決鬥這種公平正義的念頭，完全是歐洲式的！

20. 時髦

「自己穿在身上的叫時髦；別人穿在身上的，叫落伍。」——王爾德[32]

情感方面也好，經濟方面也好，做女帽的師傅在每一個國家都有極大的影響力。成千上萬的絲綢商、羽毛商都得靠他哩……連記者也是！

不管是王公貴族、外交官員還是博學鴻儒，一站到做女帽的師傅旁就黯然失色，因為真正能夠成天讓那些太太們心煩意亂的，只有做女帽的師傅。

二十世紀是反抗的世紀。那麼我們是不是也該出版幾本手冊，教人反抗女帽師傅的暴虐無道呢？

一般來說，時尚無可避免會導致荒謬，因為它叫人喪失了原本個性。今天人們在歐洲嘲笑中國女人穿的褲子，但哪天這種褲子跟短裙一樣蔚為風潮的時候，大家又會迫不及待套上它了。

說起上海的時髦——說上海是因為它在中國扮演的角色，就像巴黎在世界上扮演的角色是一樣的——上海現在流行的就是女人家出門不戴帽，哪怕天氣狀況再嚴峻也不管。顯然人們愛此流行，遠甚腦袋瓜兒傷風感冒或者腦充血！時下還流行要中國女人戴眼鏡，莫非近視的女人比較忠貞！

是時尚讓巴黎成為人間花都，也是時尚讓女人紅杏出牆！

在歐洲，人們對中國血統的狗，像是北京狗、哈巴狗、鬆獅犬什麼的，特別有股熱情。

過去豢養照料名犬是宮內太監和官員的活兒。自從大清帝國亡

---

[32] 譯者按：這句引文出自王爾德劇作《理想丈夫》（*An Ideal Husband*）第三幕的臺詞。

了，太監和官員都沒好日子過。要是他們知道自己養的狗價格高得天花亂墜，在美國至少超過好幾千法郎，他們一定毫不猶豫搶著管這檔事，而且肯定變成中國各種民族工業的勁敵！

在中國，人們倒是比較喜歡鳥。一個中國人可以心甘情願花上一整天的時間，就為了教會他的八哥或鸚鵡幾個字，繞著鳥籠轉上老半天，細細欣賞這些鳥兒。要是能花上同樣的耐心教養孩子，那中國的教育不知進步會有多驚人哩。

21. 夜晚

人在中國，是白天享樂，晚上睡覺。到了歐洲，是白天工作，夜裡逍遙。其它國家風俗各自不同。

歐洲文明裡，有一大半只在夜裡得見。舞池、音樂會、戲院……玉腿只在夜裡獻媚，因為女人在燈光下要比大白天裡漂亮多了！

柏林的夜晚忒漫長，巴黎的夜晚花樣多，布魯塞爾的夜晚很民主，那不勒斯的夜晚吵雜亂，倫敦的夜晚只有沉悶。紐約成千上萬的電燈投射出各種廣告，照得城市光輝燦爛。每晚上百萬塊錢的代價，好用來證明廣告巨大的威力，讓富甲天下的美國人也是心悅誠服。

凡是戰前到過巴黎的人，今天總忍不住苦著臉數落巴黎變糟了。那些大道區，過去可是熱鬧的同義詞呀。現如今在那兒尋尋覓覓，只為了找尋身上還沾染著它香味的姑娘！

酒吧是歐洲年輕姑娘的夢想地。禁果到底還是令人想嚐的，只不過在這兒成就的大多是些齷齪行為。那麼，我們怎麼能容許類似這樣的場所呢？實在是因為營收驚人又穩賺不賠。這種國家獨營事業，可是占盡窮苦不幸的姑娘們的便宜哩。

說來有意思的是，第一次到訪某個城市，竟是夜半深夜之時……火車站裡頭，兩三個職員瞧著你，那眼神一半帶著懷疑，一半昏昏欲睡。出租汽車全都已經回自家去了，於是我們只能被迫走上一大段路，方才找到旅館，只是那旅館恐怕還不給你開門哩！

山裡頭的夜晚很有味道。籠罩著霧氣的大海，剛隨著壯觀的日落而消逝眼前。山丘腳下的小村燈火開始一一亮起，彷彿叫人見到星子墜落的幻象。

在泰晤士河上划船！在雷曼湖裡搖槳，或是繞著貝拉島！[33] 幾隻

---

[33] 譯者按：萊芒湖（Lac Léman），位於瑞士西南方的瑞、法邊境上。貝拉島（Isola

遲歸的鳥兒、燈火，不時聽見村莊狗吠。田園風光，說的就是這樣！

Bella），字面上的意思是「美麗的小島」，位在義大利西北部的馬焦雷湖（Lac Majeur）裡。

22. 戰爭

「戰爭從愛國主義裡破殼而生。」——莫泊桑[34]

戰爭的可怕大家耳熟能詳，若是我再強調就沒什麼意思了。

但是戰爭無疑製造出令人激賞的結果，這倒是我們所忽視的。

科學從未如此進步神速。壕溝日新又新，不斷改進；75毫米野戰炮以及其它各種火炮如巨獸般威猛驚人；潛水艇和飛機上裝載著人類智慧心血所創造出的最新發明，還有馬鈴薯代替麵粉做成的黑麵包也不能不提，這些東西為戰爭科技開啟了嶄新時代。

戰爭教會歐洲各國百姓的事情，就是國家的底子得更堅實、不膚淺，才能確保將來的和平。像盧森堡、比利時這些小國家原來想努力維持中立，但卻徒勞無功，因為世上首屈一指的軍事強權，本該保障這些小國家免於侵害，結果卻自己允許自己將簽署過的諸多條約視為廢紙一張。

文學也大有斬獲，至少從量方面來說如此。報章上的論辯、法國兵士的戰場，都給文學高手們前所未有的機會，讓他們大展身手！

人們對地理懂得更多了，彼此的認識也更深了，甚至那幾乎一無所知的巴爾幹半島子民，還有塞內加爾來的射擊手，也讓我們覺得有幾分好感！

不過，戰爭創造出來轟動一時的新事物，到底還是以社會層面為主。肉品跟牛油的配給券、地鐵上的女乘務員、充當馬車駕駛員的女人、開電車的女司機，甚至還可以代替別人結婚！

除此之外，不能不好好認清戰爭在女權主義裡扮演的角色。到目前為止，女權主義者不過只想著要爭取投票權利。似乎一般人都忽略

---

[34] 譯者按：引文出自莫泊桑1882年出版的短篇小說〈我的叔叔索斯丹〉（“Mon oncle Sosthène”）。原文是「愛國主義更像是一種宗教。戰爭由此破殼而生」。

了一件事，那便是諸如此類的抗爭，經濟獨立是第一步。女人手頭上拿得出辦法給自己買頂帽子的時候，她就誰也不在乎了。戰爭，真是兩性平等的開始。

和平天性越是得到充分發揮的國家，往往也正是戰火頻仍之處。1840年以來，中國始終是戰爭的舞臺。外國人在那兒打，中國人自己也在打。和英國打了兩次，接著太平軍作亂，1860年是和法國打，還有甲午戰爭、庚子八國聯軍，最後是1911年以來的三次革命，教成千上萬的人們身上都灑滿了鮮血。只是話雖如此，我卻差不多可以鐵口直斷，說世界上沒有別的民族比中國人更愛好和平了！

23. 正義

隨著戰事一開，人們也疾呼讓比利時復國，讓諸多小國家也有生存下去的權利，還要讓波蘭獨立。比利時仍在德國佔領之下，而當我們眼見蒙特內哥羅、塞爾維亞、羅馬尼亞等小國一個接著一個消失，我們不禁自忖，是否能繼續樂觀相信正義終將戰勝強權。然而，我們總有理由期待普魯士軍權主義必將垮臺，而它垮臺之日，就是波蘭與諸多小國重生之日。這些小國現在只是暫時不存在罷了。

波蘭獨立！戰爭剛開始時，各個參戰國的政治人物們的確抱持這個信念。它燃起了波蘭愛國人士的喜悅與期待，因為波蘭比其它國家更有權利談獨立。一個半世紀以來，波蘭受盡煎熬，卻從來不曾停止過對歐洲文明的貢獻。「你往何處去」（*Quo Vadis*）這幾個字就足以令人信服：試問，是哪國人寫了這本巨著？[35]

但令眾人錯愕的是，波蘭的問題突然就被擱置在一旁了，像是無關緊要的背景擺設。根據協約國政府所發表的聲明，波蘭問題竟只成了俄羅斯的內政問題。

因為正義不能決定政治，而是政治決定正義。不然的話，文明世界不是應該要嚴斥日本對中國提出的二十一條嗎？不然的話，何以眾人對日本桎梏下的韓國可以睜一隻眼閉一隻眼呢？

人們當然還是可以為日本辯駁。韓國成為大日本帝國的附庸以前，不也是天朝帝國的藩屬嗎？不過只是換了主子而已。再說，韓國百姓的日子從那時候起改善很多。天然資源發展，鐵路正在興建，教育日漸普及，民間迷信思想也消失了。

---

[35] 譯者按：「你往何處去？」一詞，語出《新約外典・彼得行傳》，是使徒彼得遇到耶穌基督時所提的問題。1895年，波蘭作家顯克微支（Henryk Sienkiewicz, 1846-1916）以《你往何處去》為其歷史小說書名，書中描寫尼祿統治時期的羅馬帝國社會，並以此書於1905年獲頒諾貝爾文學獎。魯迅、周作人都曾譯介過顯克微支的作品。

日本人倒是正經八百提出政治上的理由，說明侵略韓國是師出有名。他們說，韓國不足以作為獨立國家，而且萬一它掉進俄國人手裡，對日本來說不啻芒刺在背。

人們知不知道，日本的暴政就像其它所有殖民者一樣，用文明為藉口全力發展，只不過是犧牲了韓國以壯大日本的武力？人們知不知道殖民地的征服者是怎樣對待被征服者？一切的不公平與壓制，莫甚於此！

「一個失去政治獨立的民族，要靠語言當作打開牢房的鑰匙。」但是長期以來，韓語書籍與報刊被嚴禁出版，所有使用韓語的高等教育院校也已消失。

韓國人民天性純良溫順，充滿夢想又不躁進。他們一邊痛陳政治主權淪喪，哀歎籠罩各國的愁雲慘霧，同時又一邊讓日本主子為所欲為，遂行剝削之能事。為了自我安慰，心裡就想著「有些人天生註定是要微笑的，有些人天生註定是要落淚的。」[36]

人們是不是要假設，受苦是人性必要之磨難，而一個民族之所以偉大，是不是就像勒南（Renan）說的，[37] 端視其受苦的能力而定？

要堅信武力的壯大，還是要將正義置於武力之上？這兩種觀念如何才能在國際關係中得到協調？先釐清根源問題，才是世界和平真正的基礎。

---

[36] 作者原注：此為韓國諺語。

[37] 譯者按：勒南（Ernest Renan, 1823-1892），法國作家暨歷史、文字學家。

24. 人口過剩與人口衰退

即使資料匱缺，導致我們無法斬釘截鐵斷言，但是中國受到人口過剩之苦，卻是不爭事實。從最新獲得的湖北人口資料來看，可以略知一二。1901年普查得出的結果是3528萬居民；1908年是3565萬。到了1917年，人口數直達3584萬8215。也就是說，16年內，湖北省的人口就增加了57萬名，哪怕這段期間中國遭受了各種各樣的天災人禍。尤其湖北受創最深，因為無數參與革命軍的戰士都是來自湖北。

家庭制度是中國人口過剩的直接原因。正如一般人所知，家庭曾是中國所有政治與社會機制的核心。即使中國帝制徹底消失的那段期間，家庭仍然不曾動搖。家庭制度的力道，從這點上就讓我們看得一清二楚。

然而，這套家庭制度是鼓勵婚姻的。不管有錢沒錢，所有中國人都有這麼一個相同信念，也就是做人第一要務，乃是要保存和延續自家香火。單身之徒永遠遭人恥笑。所以中國年輕女子要比歐洲的幸運得多，因為她們絕不會變成老處女！

只是在鼓勵男婚女嫁的同時，人們也不遺餘力鼓勵男人三妻四妾。先賢孟子何其不幸，得向人們鼓吹「不孝有三，無後為大」[38] 的教條，因為彼時人倫家庭恐有消失之虞。只是這種敬祖的孝道又是誰搞出來的呢？總之也就是因為這個緣故，於是有錢人家找到納妾的絕佳藉口：首先，要是明媒正娶的婚姻關係沒有子嗣，可偏又不是丈夫的問題，那麼納第一房妾便不成問題，依此類推下去。因此，人口過剩主要也是三妻四妾所造成的結果。

只要同樣的家庭制度持續下去，那麼人口過剩就始終會是中國最嚴重的問題之一，沒有解藥可尋。反過來說，法國的人口衰減問題，

---

[38] 譯者按：此處作者以漢字標注原文。

卻有更大的壞處。

甚至早在大戰以前，人口衰減就已經是法國經濟學家關注的問題，而且是所有問題中引起最多爭論的。唉！這場戰爭製造出許多難以彌補的災難後果。先不說日復一日為法國捐軀的士兵了。從經濟的角度來看，這場戰爭同時也給予女權主義者獨一無二的自我發展機會。只不過女權主義是人口過剩的大敵，特別是女人贏取經濟獨立的時候。

通過法律條文、廢除嫁妝聘禮制度、完全禁止離婚等手段，不管是國家公權力的干預也好，或是個人層面的努力也好，恐怕都只能產生微不足道的效果。可惜三妻四妾這一帖萬無一失的人口問題良藥，在這些文明國家裡早已不再有正當性！

直到目前為止，法國男人似乎已經被鼓勵得夠多了。眼下倒是特別應該重新恢復法國女人的健康心態。法國女人很漂亮，而且希望永遠漂亮。凡是會讓女人變醜的，總叫她們反感；而且她們心知肚明，一旦有了小孩，就得打破所有美麗幻想，老老實實地瞭解到自己是在為祖國出力。

歐洲國家裡頭，德國和義大利的增長最為迅速。也許義大利準備好了要奉獻犧牲？義大利人不移民到法國了嗎？不拿法國籍，幫助法國填補三年戰爭造成的巨大人口缺口嗎？

25. 在美國

對唯我獨尊又愛好和平——姑且不說是冥頑不靈又好吃懶做吧——的中國人來說，歐洲人彷彿有種孜孜矻矻的狂熱，對工作如此深愛，又有認識新事物的強烈欲望，老是把我們搞得心神不寧。但是人們會發現，美國人身上這種狂熱要強過歐洲人十倍！

美國集結了許多類型的人們，說著各種各樣的語言，甚至信仰完全相反，種族全然不同，但是他們都有相同的秉性與理想，追求著同樣的目標——那就是競逐金錢。在這裡，每個人不過就是一部活生生的機器，不停地運作，只為盡可能獲得最大效益。

洋基佬天生是個生意人，骨子裡務實，踏出的每一步都是為了錢，不管是在商場上還是情場上！

說實話，還多虧了這種工作幹勁和金錢追捧，讓許多驚人的進步能在科技領域裡落實。那些幾十層樓高的巨廈，自然而然要刺痛貧窮中國人的心哪。

在歐洲是國營壟斷事業占上風，開戰以來尤其如此。美國則跟歐洲發生的情況不同。在美國，個人主義發展得令人歎為觀止。所有的商家企業、交通運輸，像是銀行、鐵路、電車等，都是私人經營的，而且運作良好，叫人佩服。

只有在政府運行良好的小國家裡，國營壟斷事業才行得通，像是瑞士和日本。一個國家要是像中國那樣大，有一個同樣貪污的政府，那麼管它是國營事業還是民營企業都不會興旺。

順帶提一下，1911年辛亥革命的近因，乃是皇帝下詔將鐵路自此收歸國有，於是引發了民眾的抗爭，最後帝制覆滅。

中國菜在美國搏得亮眼成績，在歐洲倒沒獲得這樣的成功。除了巴黎、倫敦有幾間小中餐館之外，其它就只有人們想像裡的燕窩和魚翅了！但是在紐約，有差不多兩百家「炒雜碎」餐館，一般都是美國人經常光顧，看到象牙小筷也絲毫不驚。所謂黃禍蔓延，於此可證。因為，抓住人心總是先從抓住胃口開始！

美國的新聞業如洪水猛獸，美國的新聞記者叫人避之惟恐不及，天曉得他們竟然還很清楚自己這一行是在幹什麼！筋疲力盡的遊客是他們的天字第一號受害品。剛進到下榻酒店，房間電話就開始作響，話筒傳來記者的聲音，說是要訪問你。好容易打發了他，三分鐘過後，又是接二連三的電話陸續打來，不同的聲音問的是同樣的主題；而當你經過市場，他們會突然跳出來求你讓他們拍張照，好登在星期天的版面上！

26. 假民主

誠然，不是所有歐美人士都是贊同民主的。若說總有些人貪戀舊歐洲的貴族制度，倒也不是什麼惡意誹謗。對這些人來說，貴族制度代表了西方文明史上的重要部分，他們國家什麼都不缺，就缺貴族！

不應該把美國的民主跟瑞士的民主兩相混淆。瑞士沒有億萬富翁。天生貧瘠的土壤，迫使國民不得不辛勤耕作，以對抗天生不幸的命運。一般人因此擁有某種程度的安適，而整體來說財富分配算是相當平均。大部分的瑞士人過得簡單、樸實，奢華一詞是從未聽聞。不同階級之間的財富落差深淵，確切說起來並不存在於瑞士。如此一來，社會平等就強化了政治平等。就人性觀點而言，社會平等要比政治平等重要多了。

政治上來說，黑人與白人彼此之間是平等的。但就社會層面來說呢？

職業之間也存在著不平等。比如在美國，牙醫跟一般醫生就不是站在同樣的基準點上；批發商和零售商也不一樣。這種職業上的差異就好像印度的種姓制度，只是沒有宗教基礎罷了。

不過美國現今碰上一個更嚴重的危險，那就是女人。

年輕的美國姑娘工作勤奮，時間長到連結婚的念頭都不會閃過一下。但是一旦結婚以後，她就想著要亂花錢，穿金戴銀、珠光寶氣一番，縱情舞場，還得買幾條北京犬逗樂。那麼先生呢？不外乎兩條路可選擇。要嘛就任憑太太讓他散盡家財，要嘛就發了狂工作好滿足她。美國女人是條好鞭子，對付遊手好閒的丈夫最有效。

人們常覺得中國人的孝道太過頭。但假使所有美國丈夫對父母就像對太太那麼百依百順，他們肯定會成為世界上最孝順的兒子，並且孝行絕對超越中國人！

美國女人太喜愛社交生活。家庭生活的瓦解，固然造成這不可避免的結果，但間接來講，也是因為人口衰減的緣故。美國在這點上跟法國一樣，要是沒有外來移民填補空缺的話，就會嘗到人口衰減帶來的苦果。

一位朋友和我一起去過舞會一次。門房接待問我們是否有伴同行。我們回答他說，只有年輕男子而已。於是他面露難色，不讓我們進門去，說是沒有女伴的男士不能放行。在歐洲，是女子要求我們護駕同行；在洋基佬那兒，反倒是女人成了我們的護花使者。瞧，世界就是這樣在變化。

今天，女權主義這個詞倒是應該從美國人記憶中拭去，「男性主義」（法蘭西學院請原諒我造字！）遲早要成為主流。總有一天輪到男人起身反抗，只是時機還不到！

正所謂「牝雞司晨，惟家之索」啊。

27. 華人移民海外（I）

關於種族對立這件事，歐洲人把它拋在腦後。當今這場戰爭是最佳證明。土耳其人跟同盟國並肩作戰，黑人則為保衛法國而戰。此外更不用說日本軍隊還到歐洲加入戰局哩。

然而，人心總對種族有種天生直覺，某種可歸結於外型不同、審美差異所造成的心理因素，讓人偏愛自己所屬的種族。

說得誇張一點，這種天生對於種族的直覺，可能會造成極端嚴重的後果，並因而讓社會秩序動蕩不安。它不但荒謬可笑，而且對激勵人性也沒什麼幫助。看看美國就可以得證。一個這樣民主的國家，竟然還存在排華法令呢。

話說要證明某個種族的優越性，那是不可能的事。有些種族和國家天生資源比其它種族國家來得多，地理位置也比較利於發展。至於外型與美感，在相當程度上涉及個人觀感，很難對某民族的外型與美感妄下定論。

拉丁語系的國家裡幾乎感受不到種族的優越感。相反地，在日耳曼語系國家裡，種族優越感卻是發展得非常蓬勃。盎格魯薩克遜人親身實踐它，德國人則把它當成理論。好幾個世紀以來，英國人稱霸海洋；這個事實讓英國人相信他們自己是個優秀的種族。戈比諾（Gobineau）與張伯倫（Chamberlaine）的理論，則造就了今日普魯士人的優越心態。

四海都有華人移民，而在各個殖民地裡，他們都成了當地殖民主必須嚴肅以對的事務。在中南半島如此，在菲律賓群島也如此。菲律賓還被西班牙統治時，荷蘭人到此只需要單純處理經濟問題，但到了盎格魯薩克遜人殖民時期，經濟問題同時也變成了種族衝突。

向海外移民是解決人口過剩的一劑良藥，但前提是必須要仰賴強有力的政府，不管通過何種方式，都足以保護其海外僑民。如果沒有這個後盾，移民就只能仰賴僑居國政府公權力所施捨的恩惠。過去中國人向海外移民，總是這樣的情況。

此外，海外移民不太能代表他們的祖國。由於他們對生存水準的要求勢必不高，所以他們給當地人的印象，讓當地人對他們國內同胞的評價也多所偏差。例如移民到北歐國家的義大利人，其實本來值得更好的口碑的。

因此，中國唯一的良藥，就是停止向海外移民。哪怕中國有四萬萬百姓，但對中國來說毫無困難。中國是一個新興的國家。鐵路有待修築，礦業有待開採，工業有待發展。當國家準備好大力拓展時，我們需要取之不盡的人力。這一天，我們已經漫長等待多年了。

隨著工業發展，工人階級就能獲得所需，不再成天想著離鄉背井，因為中國人比世界上任何一個民族都更安土重遷。海外華人發財以後每每返回中國，就是最好的例證。

要是中國政府還能找到所需要的資金，打造一支千萬人的大軍，這也不失為遏止人們移民海外的辦法！

28. 華人移民海外（II）

自古以來，海外移民總引發一連串的司法與社會問題，其解決之道，總是隱約與國際秩序的維持相關連。牽涉到的不只是移民者的母國及其踏上的新國度，同時還包括了移民過程中所行經的國家。這一點在歐洲尤其常見。移民者的身分是否合法、領土主管部門的權力與義務、對社會與經濟領域造成的干擾等，這些關乎政治和國際層面的棘手問題，都是移民所引發的。

華人海外移民史可以上溯到1850年，當時加州發現的金山引起一片淘金熱。1880年簽署的條約允許美國有權暫緩華人移入。同樣的問題預料也將出現在澳大利亞，特別是自從1881年和1888年的法律通過以來。當地人們排華情緒高漲，尤其是在維多利亞省。厄瓜多共和國自1896年起已經禁止華人遷入。秘魯政府也在1909年5月14日以行政命令暫時中止華人移入。然而自從1905年國內發起抵制美貨運動以來，在中國人的記憶裡，華人移民問題早就已經解決，並且給我們的政府遠遠拋在腦後！正所謂：

「牧羊人必須離開你，
夏天已經過去了。」[39]

中國移民壓根兒沒想過要入侵歐洲。那兒沒有中國人過去心心念念的金山。但是眼下的戰爭，讓法國人口減少的問題雪上加霜。早在1870年歷經普法戰爭蹂躪，法國人口就開始減少。1860年法國還有3750萬人口，到了1910年仍只有3950萬人口。然而同一時期的德國，

---

[39] 譯者按：原文為德文。出自德國詩人席勒（Schiller, 1759-1805）《威廉泰爾》（*Wilhelm Tell*）裡的〈阿爾卑斯山牧人的告別〉（Des Sennen Abschied）：「再會了，牧草地！陽光遍佈的牧野！牧羊人必須離開你，夏天已經過去了。」（Ihr Matten, lebt wohl! / Ihr sonnigen Weiden! / Der Senne muß scheiden, / Der Sommer ist hin.）

人口卻幾乎成長了一倍。

事實擺在眼前，法國只得向外國勞力招手，尤其是華工。但是中國政府要採取何種因應作為呢？是否要停止中國人向海外移民呢？

歐洲工業革命以來，勞力就被視為一種商品。它自然而然變成一樁交易，一場買賣，任何人、任何國家都可為之。用來支付勞力的薪水就是它的價格，於是勞力既可販賣，也可購買了。

雖說是中立國家，但美國沒有提供軍需給參戰國嗎？丹麥沒有出售馬匹給德國嗎？中國完全不生產也不製造75毫米野戰炮，但中國如果想賣點什麼的話，倒是可以輸出勞力，而且得充分利用這個獨一無二的好機會，變成最有生產力的國家！

法國華工的問題，因此是取決於供需法則。所以說，它會讓經濟學家和社會學家感興趣。要是在國際秩序上引起了什麼麻煩的問題，那也單單是法國和中國之間的事。德國或其它任何國家，都沒有權力介入。

這場中國入侵歐洲的結局還真令人好奇，因為這可是有史以來頭一遭。我們多少也有些擔心地想，是否中國的入侵會變成法國黃禍的根源……！

29. 在日本

老天，真不敢相信自己的眼睛！眼前只有英國女人，牙齒向前突出，迎著風披頭散髮在街上閒逛，一副跩得二五八萬似的，毫不在乎臉上嚇唬人的妝扮，讓人害怕得發抖，而沒有一絲雀躍！那麼，男人怎麼樣呢？路上只遇得到英國商人還有美國猶太人。這些猶太人像德國佬似的，挺著大腹便便，自以為腦袋聰明，無所不能。幾個外國外交人員費盡心思說英語，但說得有多糟就有多糟。拉丁民族風趣討喜的愉悅氣質，完全被盎格魯薩克遜民族收編而不復見。為了讓畫面更加完美，還得有英國國教、長老教會的傳教士，人數要多得超過想像。他們看起來心高氣傲，洋洋得意，說著自己國家的語言，就像愚蠢的小兔崽仔似的。凡相信，就必能。其它的事，他們當成是放……！[40] 此情此景，真讓人想把一星期前吃的東西全吐出來。

就像我前面說的，長久以來英國人把一切都收編進自己的文化元素裡，想方設法霸佔一切。但我們是不是要假裝英國的影響都是好的呢？

日本的富裕也是戰爭的自然結果。看到東洋佬在中國的影響力日漸壯大，英國人嫉妒得紅了眼。日俄戰爭以前，人們不停表達對日本的讚美，頌揚日本人擁有的可敬特質。時至今日，卻心甘情願改口叫日本人是亞洲的德國佬。輿論轉變之大，莫甚於此！

日本人自己倒是也覺察到這一點。話說在日本呢，人力車夫對白種人的敵意可表現得特別明顯。他們沒事就想找機會跟老外理論，而這些老外還以為那些車夫跟他們在上海見到的苦力是老鄉哩，還以為只要用手杖抽打個兩下，就一樣可以把這些低賤的傢伙弄得團團轉

---

[40] 譯者按：作者原文是「ils s'en f......!」，以刪節號代替較為不雅的詞「fichent」。「Ils s'en fichent!」，中文的意思就是「他們不在乎這件事」、「他們把這件事當成是放屁」。

啦！諸如此類在街頭吵起來的事情，最後常常硬給鬧上警署去。那些自以為高人一等的種族，可還真是在日本上了一課。真有你的！日本鬼子！

從今以後，遊客要慨歎吉原遭逢的變化了。[41] 以前商家的陶瓷小暖爐前，坐著許多可人兒，身上是五顏六色精心搭配的和服，彷彿成了一場稀有鳥雀的展覽。然而今天此情此景已不復見。取而代之的，是一張張藝妓的臉，印刷在硬卡紙上的難看照片。給人的印象是死氣沉沉又哀淒。吉原的美名從此消失了！

美國會想把菲律賓拱手讓給日本人嗎？對美國國會的某些議員來說，佔有菲律賓有損美國在世人眼中的觀感。然而美國撤出菲律賓群島之日，恐怕就是日本遂行野心之日。日本人將會宣稱，這些島嶼不過就是太平洋邊上蛇形島鏈的延伸，從千葉群島以降延續到此，而日本人也自認為是唯一有能力成為此處共主，且讓大家心服口服的種族！

---

[41] 譯者按：吉原，是江戶時期東京的著名風化區。

30. 錯誤！

對日本人來說，「亞洲人」這個詞除了原本的字面意義以外，還有沒有另外的解讀呢？我們不清楚。但不容懷疑的是，自從馬關條約簽訂的那一天起，日本人就戒慎恐懼地維護著日本的國家獨立自主，始終秉持「亞洲人的亞洲」政策。

日俄戰爭的原因是什麼？1905年以前，俄國在中國北方的影響力之大，大到不只直接威脅中國，而且還威脅到日本。日本人日夜警惕，而莫斯科在此的影響力終於在樸茨茅斯合約簽訂後徹底瓦解。

於是乎，我們便見證了太平洋邊上某種「亞洲勢力平衡」。在北方，日本佔有的旅順港與英國佔據的威海衛、德國佔據的青島三足鼎立。在南方，福爾摩沙島與香港互相牽制平衡。[42] 這個情況直到歐洲大戰開打才有所改變。要是日本沒有遵守英日同盟，而是像義大利那樣背棄德國的話，又或者要是日本更進一步加入同盟國的作戰行列的話，那麼今天的政治局勢一定是大大不同，因為「亞洲人的亞洲」政策就會付諸執行了！

自從1905年被日本重擊以後，俄國就徹底放棄要征服中國北方的念頭。但是還有英國、法國、葡萄牙和荷蘭虎視眈眈。其實葡萄牙人的數量可以略過不計，因為葡萄牙與其說是獨立國家，還不如說是英國的附庸。至於荷蘭，對日本人來說，要是能切斷他們在亞洲的控制權，倒也不是一件什麼壞事。事實上，有些法國政治人物的意見正是把印度支那讓渡給日本，只要能彼此協商出各種大同小異的利益擔保就好。要落實「亞洲人的亞洲」政策，英國會是最大的阻礙，因此它也是唯一一個國家，得讓日本聯合德國打敗的。日本無疑可以不費吹灰之力擊垮亞洲水域的英國海軍，直搗黃龍，挺進印度與澳大利

---

[42] 譯者按：福爾摩沙島是臺灣的舊稱。

亞。英國將無法派遣艦隊前往保衛各個殖民地，因為英國的情況相當危急，就像各個交戰國在戰爭開打初期的情況那樣。而歐洲大戰早該可以結束，因為自從印度失守後，英國就無法再以世界強權之姿立足了。今天在亞洲只有一個歐洲國家，那就是德國，只是它也將遭受其它強權一樣的命運，而我們看到亞洲人統治亞洲的日子也不遠了，亞洲版的門羅主義將成既定事實！

因此，日本加入協約國的同時，也就犯了人類史冊記載最大的錯誤，因為它這麼做，等於是讓自己成為中國的死敵。

但是日本的政治人物，至少那些曾經待過歐美的，他們應該能瞭解，這兩個國家遲早會擺脫他們。他們想見日本人在未來將扮演的角色，心中只有吃味。

難道日本人從不知道，是協約國政府之間進行的協商，把日本士兵調度到歐洲來打仗嗎？法國難道沒準備把印度支那讓給日本，好當做補償嗎？甚至克列孟梭在《被縛的人》（*L'Homme enchaîné*）某處也表達了這樣的意願。[43] 不過英國擔心日本一旦取得印度支那，就會直逼緬甸，成為印度的夢魘。為此英國反對法國的構想。不過這只是政治上的理由罷了。說到底，為什麼歐洲列強拒絕讓日本真正打進他們的社交圈子裡呢？還是讓泰戈爾替我說吧。他去年夏天在東京發表了這麼一場演講：

「歐洲雖有各個不同的國家，但根本的理念與觀點是一致的。與其說歐洲像是一塊大陸，毋寧說他們像是一個國家，尤其是他們遇到非歐洲人時所展現出的態度。假如蒙古人威脅要奪取一方歐洲領土，所有歐洲國家必定團結起來抵抗。」

日本不停地進步，人們說它將成為「蒙古式的威脅」。那麼，為

---

[43] 譯者按：克列孟梭（Georges Clemenceau, 1841-1929），法國政治家、作家，曾任法國總統。《被縛的人》是他於1913年所創辦的報紙，原名《自由人》。一戰爆發後，本報被禁，遂更名為《被縛的人》繼續發行。

什麼亞洲人不試著努力，結合起來以抵抗歐洲的宰制呢？為什麼應當全心想著神聖團結的時候，中國人和日本人仍然互相仇視呢？

中國人對日本人的恨意與日俱增，這是事實。日本人不受歡迎，可以從十年前開始說起。從併吞朝鮮、二辰丸案，[44] 到侵擾滿州的殖民政策等，以及歷次中國革命期間袖手旁觀，乃至於藉由二十一條急切掠奪青島，這一連串事件既令人髮指，且根本上讓吾等亞洲人民感到無比遺憾。今天，不管日本有什麼企圖，原本的用意又是什麼，中國人一概是小心提防。

然而，中國人和日本人首先必須要瞭解到，他們同屬一個種族，而且他們都是亞洲人。中日兩國緊密依存，唇亡齒寒。因此，他們必須一起為了「亞洲人的亞洲」這個理由共同奮鬥。

雖然當今的大戰與種族問題無甚關聯，但種族問題過去曾是、現在也是普天之下政治發展與成形最重要的因素。

---

[44] 譯者按：「二辰丸」是日本的一艘輪船。光緒34年（1908），二辰丸自日本私運軍火至澳門，被廣東水師截獲，全案因領海主權等相關問題，引起清政府、日本與葡萄牙之間的外交糾紛，最後以清政府妥協告終，引發廣東民眾抵制日貨運動。

附：《海外劫灰記》書評[1]

先說這標題還蠻自相矛盾的。那場蔓延的戰火讓世上幾乎所有民族都反目成仇，而讀者們正準備好要在書裡看看作者有什麼感想時，卻發現作者對於戰爭的點點滴滴，還真沒吐露出什麼意見。

事實上，更確切給這本書定調的乃是副標題——「一個天朝子民在旅途上的鉛筆速寫」。

而這些鉛筆速寫，隨手拈來卻又流露滿滿自信，看了怎不讓人大獲啟發！作者在我們眼前展示一幅幅畫面，同時也展現出他作為散文家的天賦。

這也許是第一次，我們看到一位中國人致力於世界文學的問題。他提出的個人觀察，通常還頗為公道，卻也總是一針見血，並且在字裡行間證明他博覽群書，或至少是翻遍了許多材料。

我們可以在書中找到許多嶄新的觀點。其中之一就是讓我們相信，對中國人來說，研讀西方古典文學還真是一件耗盡心力的人間慘劇。「但丁、莎士比亞、拉辛，還有高乃依，他們同時代的人怎麼想，就算我們知道了，又有什麼意思呢？對我們來說更要緊的，是認識我們當代的文學，藉此足以瞭解到這些民族的各種思想、心理，以及不同的偏好。他們的物質文明，可是遠遠超過我們呀！」

瞧這觀點多麼中肯。對我們來說，如果研讀所謂的古典文學是不

[1] 本文原標題：〈北京，書目：《海外劫灰記》，宋春舫先生撰〉（Pékin. Bibliographie. *En parcourant le monde en flammes*, par M. Soong Tsung-Faung），收入1918年3月3日出版之《北京政聞報》（*La Politique de Pékin*），n° 9 de l'année 1918, 3 mars 1918, p. 22. 本文所載之《海外劫灰記》法語標題與實際出版標題略有差異。

可或缺之事，足以讓我們追溯歐洲語言的源頭，追溯那些由品味與和諧所規範的形式，那麼對於一個中國人來說，這還真不是什麼要緊的事情。對中國人來說，首要之務是要浸潤在現代主義以及仍然通用的語言之中，因為現時流通的語言才能承載現代思想，並且精確表達當前生活之中千絲萬縷的思維。

在宋先生書中，我們還可以查找到另一番評論，是他看到德國到處都有「警方嚴格禁止」的標語，且家家戶戶都懸掛著皇帝玉照，於是我們注意到宋先生毫不假辭色予以批判。

他說，「重要的是德國任勞任怨，做牛做馬。」

整體而言，《海外劫灰記》這本書讀起來舒服愉快，趣味叢生。書中見證了作者鞭辟入裡的觀察，以及他時時豎起耳朵聆聽的好奇心。全書風格靈活如脫兔般敏捷，處處機鋒，棉裡藏針，不時耍個話術，言而未盡卻又叫人回味無窮。

本書作者的天分毋庸置疑，寫作前途無量。藉助本書之力，假以時日——他不過才26歲而已——人們有十足的理由對他寄予厚望。新知識所滋養孕育的中國作家之中，他必將佔有令人欽佩的一席之地。

當代中國文學

（宋春舫著，羅仕龍譯）

獻給我的母親

寬宏大量的讀者啊！

這本書若沒法避免文句不通、錯字連篇的問題，不正因為寫書的是個中國人，而印書的是中國工人嗎？

T. F. S.（宋春舫）

前言

要是把歐洲人帶到中國看戲，他走出戲園子後對看過的戲有什麼印象呢？不外乎是頭痛得要命，只記得鑼鼓喧天叫人給嚇破膽，彷彿台上演員是一邊取笑他們這些洋人，一邊喝茶品頭論足，談笑之間順便就把台詞給念完了。歐洲人不免要覺得，中國人好像隨便弄點什麼玩意兒便可以心滿意足，拿根掃帚棍虛晃就可以當成一匹馬，拿面小旗子揮舞就足以權充大海。

要是跟歐洲人講起中國文學，情況也是差不多的。他們不禁要懷疑，究竟是什麼樣的妙筆生花，可以把各式各樣的詩詞吟詠、語言和故事情節，全都用稀奇古怪的符號給轉譯出來，而且這些符號還跟埃及方尖碑上頭的象形文字一樣叫人費疑猜。

歐洲人怎麼樣誤解中國戲劇，就怎麼樣誤解中國文學。然而，中國文學之所以存在，正如中國戲劇之所以存在，並且兩者都是隨著西方文學與戲劇的演進而同步產生本質的變化。

光是用鑼鼓聲和象形文字，差不多就足夠把中國人的傳統、虛構想像和一切世俗成規全給涵括起來了，而這些恰好就是中國戲劇和詩歌的迷人魅力之所在。

幾乎沒有作者花時間跟我們認真解釋過這些道理。少數幾位漢學家或許嘗試過，但他們的鴻文大作可是跟珍稀名玩給擺在一塊兒。廣大歐洲群眾對中國的藝術和文學運動仍一無所知，然而出人意表的迴響卻早已在彼處發生。

我們不能不對宋春舫先生大加讚賞一番，因為接下來您將閱讀到的篇章就是由他所做。宋春舫先生是北京大學教授。這所大學身處於眾多學派的年輕氣息之中，就像前哨站一般，裡頭有致力於改革的社會學家和藝術家，他們期望明天的中國能更加美好，而且他們確實為此努力準備著。宋春舫先生每天仔細觀察這一波知識分子的運動，詳加記錄並且在書中予以評述。

這本書篇幅不長，也並非宋先生第一本著作。凡對遠東事物好奇者，或對神祕遙遠的中國心心念念者，絕對應該仔細拜讀本書，並且興味盎然時時查閱。

也許讀了這本書以後，會將您心中某些傳奇色彩給消抹殆盡。也許這本小書不見得符合某些遊記的標準，畢竟諸多偉大的旅行家是上知天文下知地理，遊歷四方，信手拈來就成長篇巨著。

或許某些作家或藝術家讀了宋先生的著作之後不免感到驚訝，也或許在眾多文人雅士、騷人墨客、專欄作家、商務經理、裝潢設計、書報編輯、新聞記者等等各行各業人士之中，有許多人不願相信宋先生筆下所言。

對上述人等我只有一言奉告：快來瞧瞧這本書再說吧！

那世寶（Albert Nachbaur）

1. 當代中國文學

事實證明，一個民族若難再產出文學傑作，多少便可說是其衰亡的徵兆。中國文學給我們提供的例證最為撼人。中國的政治在過去五十年間衰敗無力，莫說守住古代文學的光輝，就連延續唐代與元代傲人的文學傳統，所付出的努力也是少之又少，甚至可說是根本什麼也不做。這段漫長的時間裡，我們中國作家之中沒有誰對世界文學有什麼貢獻，讓世界文學的份量再多增加那麼一點。能跟泰戈爾相提並論的作家，在中國一個也找不到。

中國文學的光芒是黯淡了，但導致它衰頹的原因卻是很刺眼。明初以來，文學是古文的天下。康熙年間，桐城派蔚為主流。正是在這段期間，出現各種無益的約束與規範，讓文學作品個個像是同一個模子澆灌出來似的。古文派本質上敵視一切個性的表現，並且反對各種創新。誰要是想掙脫古文派的桎梏，誰就會遭受古文派群賢毫不留情的口誅筆伐。其影響之大，箝制一切意圖自由的躍進。

從另一方面來說，一個重獲新生且再度朝氣蓬勃的社會裡，自然而然會孕育出新的文學。正是如此，所以說法國大革命乃是法國浪漫主義運動的主要原因之一。古典藝術委身以符合其所用的貴族政權，大革命將它剷除了，從此宣布凡人便得享有思想的自由，普天之下，人人皆有容身之處。工業革命不也間接啟發了左拉的作品嗎？只有中國不是這樣。縱然改朝換代，但中國仍然靜滯不動。中國作家差不多可說是自外於世界其他民族，新興的思潮沾不到一點邊。結果就是把中國作家硬生生推到死胡同裡，叫他們越發困在裡頭，到頭來只知小家子氣地膜拜形式。他們難以將目光放遠，心態排外，而藝術的觀念仍然相當幼稚。

雖然不得不承認，今天的中國作家不乏精采傑作，但無可否認的，卻是我們當前使用的語言著實硬生生缺少彈性，以致於幾乎不可能翻譯外文作品。中西雙方可說心無靈犀難點通，衍生的後果是中國文學作品始終籠罩在愁雲慘霧裡，沒法撥雲見日。

古典詩仍是文壇大宗。王闓運以《湘綺樓詩集》為題名出版的詩選，極可能繼續受到青睞。此名士與家中老媽子之間的豔情，叫人想起米爾博（Octave Mirbeau）知名小說裡的某些段落。之後陸續登場的詩人還有樊增祥、陳三立、鄭孝胥等。這幾位是做古典詩的能手，作品出色，其中樊增祥的詩作特別充滿諧趣。然而他們忘記的是，詩作一旦寫成，其讀者就不是只有詩人自己，還得給其他平民大眾閱讀的。這是他們的重大缺失。

以散文見長者，則有馬其昶、林紓、繆荃孫等。他們延續桐城傳統，恪守古文典範。其他作家則已受到外國影響。接下來略述之。

梁啟超自然是箇中翹楚。梁師事康有為，歷年編纂報刊有《新民叢報》、《國風報》、《庸言報》、《大中華》等，其著作收於《飲冰室文集》。梁啟超是當代中國作家著述量最多者。儘管他二十餘年間參與政治活動未嘗停歇，屢屢出逃，但他仍不斷在各種報刊上刊載文學與政治方面的文章。其所擅長者，無疑是懂得如何普及歐洲的思想，並使其符合中國民眾之心理。

創辦《不忍》月刊的康有為，是個不折不扣的保皇派，即便1917年復辟失敗後仍未改其志。 無論如何，康有為足以自詡的是他樹立了一家之言，諸多有份量的文人皆出自其門下，例如梁啟超、譚嗣同、文廷式等。譚嗣同著有《仁學》一書，其英年早逝，頗遭惋息。

同一範疇的文人還可列入蔡元培、章太炎、嚴復、劉師培等。蔡元培係專研哲學與美學之學者。作家章太炎之文章深入但晦澀難解。翻譯家嚴復譯有孟德斯鳩、斯賓賽、赫胥黎、亞當斯密等人著作。劉師培則主辦《國粹學報》。

****

中國小說有著光榮的過去。《西遊記》、《聊齋志異》，還有其他多本小說，皆為歐洲讀者知悉。然而，不管是從形式風格或是敘事內容方面來看，中國小說現狀實為淒慘可悲。總的來說，中國小說甚至完全不值一評。

漢譯歐洲小說始於上世紀末。然而譯者對外國語言與風俗的認識不足，是故致力於譯介事業者並不總能忠實傳譯原作旨趣。由於林紓的努力，讓中國民眾得以接觸到大小仲馬、司各特、歐文、狄更斯，甚至哈葛德等作家的諸多作品，雖說林紓譯本常大為扭曲了原作。

****

歐洲戲劇在歐美當代文學裡佔有一席之地。蕭伯納、高爾斯華綏、辛格（Synge）、麥坎（Percy Mackaye）、霍普特曼（Gerhart Hauptmann）、史尼茲勒（Arthur Schnitzler）、白里安（Eugène Brieux）、埃切加賴（José de Echagaray）、契訶夫等，都是廣受歡迎的劇作家。不過中國作家卻從來沒寫過什麼嚴肅的戲劇作品。皮黃戲登臺之後沒多久，中國的戲劇與純文學就此分家。中國作家完全摒棄了戲劇創作。

文學月刊《新青年》1918年初復刊，標誌著中國文學史翻開新頁，讓我們隱約看到不那麼黯淡的未來。

《新青年》對語言、社會、宗教等主題都有相當明確清晰的觀點。此為本刊特別出色之處。

中國語言之困難重重，不只外國人，就連中國人自己也承認的。中國語言建立在龐大的文學基礎之上，典故與譬喻繁多。就像掌握各種不同文學形式一樣，要掌握中國語言少不得一番苦功。

所以，中文主要缺點就在於其繁複。前述《新青年》月刊的目標就是要將中文簡化。

怎樣達到這個目標呢？唯一之計就是徹底棄絕文言，僅用白話文。不只日常對話如此，詩文寫作也當如此。此番改革恰似現代義大利語及法語形成之過程。當時人們召喚這些語言，取代數個世紀以來早已被淡忘的拉丁語。原本在中古時代是常民使用的粗言俗語，如今已是溫文爾雅，足以完美述說人類最微妙細膩之思想。

早在上世紀末，中國文學的各種革新潮流已顯而易見。過去從來沒有任何一場文學運動如此激進又如此全面，也從未遇過如此強烈的反對聲浪。某些因循守舊的文人裝作滿不在乎，認為這場運動既不理性且無關緊要。有些人則故意宣稱，廢止文言將會導致中國文學消亡。

****

《新青年》以先鋒自許，讓當代文學為中國所認識，其中討論過易卜生、杜斯妥也夫斯基、梅特林克等作家，以及柏格森、尼采等哲學家。他們的一部分作品已經以白話文譯成中文。

若想通過生動精確的方式體會一個民族的心理與社會狀況，當代文學事實上要比古典文學更佔有優勢。閱讀托爾斯泰、杜斯妥也夫斯基、契訶夫、高爾基，可以瞭解俄羅斯農民受的苦難，以及上層階級的貪污腐敗。顯克威支（Henryk Sienkiewicz）的歷史小說扣人心弦，描繪波蘭的不幸、歷史之美，乃至其被併吞的慘況。相反地，認識但丁或莎士比亞的同時代作家，或即便是較為晚近的雨果、司各特同一時期作家，只能給我們呈現歷史方面的趣味……

2. 文學革命辯說

元代戲曲之所以偉大，並不是因為其熟稔現代戲劇之技巧，更不是因為其風格形式之美，而是因為它徹底洞悉人生。無論什麼時代，洞悉人生乃是各種不同文類的同一目標。俄國現代作家比其他地方的作家更深知箇中道理，所以名列最優作家之林。托爾斯泰、杜斯妥也夫斯基、安德列夫（Leonid Andreïev）以及其他許多俄國作家都有這項共同特質：正因其本質來自於人性，是故作品具有普世性。

「為人生而藝術」，這是今日的文學唯一當接受的理論。與此相對的理論，是「為藝術而藝術」。這個理論既錯誤且危險，然而卻曾在王爾德的作品以及十九世紀的法國喜劇裡佔有一席之地。固然他們筆下尖酸刻薄的神采迄今無人可及，其處理文學主題的手法並且世代留芳，然而文學到底源自於人生，難道其唯一目標只是就藝術層面精心雕琢嗎？如果美與真實不過是一體兩面，那麼詩人、劇作家與小說家在面對社會與道德問題時，是否真能毫無立場地保持中立呢？更何況，這些問題的解決之道正是決定人類幸福的關鍵呢。

無庸置疑，元代以前的中國文學不幸正受到「為藝術而藝術」論點的影響。在此之前的文學貧乏枯槁，欠缺創造精神。

文學很快便淪為工具，僅供少數文人所用。事實上，到底什麼是「八股」？什麼又是「駢體」呢？「八股」自明代伊始以迄清王朝結束，宰控中國文人精神，而駢體則是一種格律工整的流行文體。無疑，這些文學形式雖然經常可以將作者的文采展現在我們眼前，然而其作者卻忽視了文學的根本原則，乃是文學即生命本身。

貧瘠蒼白、矯揉造作，於是成了中國文學的特色。因此，現今沒有什麼比文學革命更迫切的了。《新青年》月刊正為其喉舌。它不但是這場文學運動的先驅，也是革命靈魂之所繫。《新青年》之後另有兩份期刊出版，即《新潮》與《每週評論》。這些刊物一開始的創立宗旨，是要鼓吹不管文學內容本質為何，寫作時都要徹底使用「白話」。「白話」就是一般人平常說話所使用的語言。這一新興運動發展極快，令人出乎意料。今天，《晨報》、《國民公報》等兩份北京的日報，以及上海的《時事新報》，都採用這種新的書寫形式。就連中國現今最有聲望、產量最多的作家梁啟超，也都經常使用白話寫作，這叫人看了怎不歡欣。

同意或反對使用「白話」者，各有各自提出的道理，在此我無意一一討論。只需提醒諸位，以民眾教育為訴求的呼聲如今到處皆可聽聞，舊的文體已不再有存在的理由。文學應為眾人皆可親炙，而非少數文人之樂趣。一如阿諾德（Matthew Arnold）在其文論裡所說，文學乃人生的批評。

因此，新文學運動先驅的作為並不令人驚訝。他們宣稱，使用「白話」本身不過只是推廣一種既精且簡的形式，問題就這麼簡單。除此之外，他們力求將新的道德與社會規範灌輸於民眾精神裡。對新文學的先驅來說，孔子的教誨已不足矣。一方面，是因為這些教誨相距現代生活甚遠；另一方面，根據演化法則，經年累月的舊思想應該騰出位子給新的思潮。儘管在某些老一輩的士子文人眼中，推翻老祖宗的法則是多麼大逆不道，但有識之士顯然是同情新文學運動的。而那些老一輩的文人可總也不明白天下大勢，固執且絕望地捍衛著某種過時的理想，即使這理想只有他們自己還覺得珍貴。

3. 中國小說：歷史研究

中國小說的起源，一如中國戲劇的起源，同樣被層層難解的謎團所包圍。儘管有人認定小說在宋代已經勃興，但若要說全面發展，恐怕還是元代以降的事。別忘了，這些朝代的君王總有辦法讓人嚴格遵守孔老夫子那些僵化又無人性的仁義道德。這些仁義道德明令禁絕享樂。於是，就連讀書人的娛樂也是不容許的，哪怕他們所謂的娛樂，無非也只是想聽人說說奇聞趣事，或是什麼精采漂亮的故事。

然而，知名史家、《漢書》作者班固相信，非口傳而用文字寫下的小說可溯源自朝廷設立稗官之際。這是一種特殊的低階文官，其職責在於記錄民眾的風俗人情與經濟生活。根據張衡的說法，「小說八百，本自虞初」。《虞初》乃《漢書》提及的許多著作之一，小說應當起源於此。只是《漢書》所言的這些著作今已無一倖存，吾人難以論斷其優長。到了漢代，「小說」一詞所指的，是否就是我們現在所理解的小說呢？恐怕並非如此。或許我們可以大膽地這麼說：《漢書》提及的大多數作品，其本質同於弗洛里昂（Florian）的諷世寓言或是《聖經》故事。另外還有一些作品的作者是以帶有神秘色彩的筆法，論斷長生不老之類的問題。

兩本短篇故事選集出版於漢、魏、唐時期。它們分別是《漢魏叢書》與《唐代叢書》，收錄志怪、想像故事，有時雜糅人物傳記概略。其風格通常清楚明晰，其形式出奇精省，直至今日仍受讚賞。

就結構佈局及角色人物方面來說，這兩本選集裡的某些短篇故事無疑可與巴爾札克、莫泊桑的作品相提並論，且被中國文人視為同一文類中之最優者。因此《虯髯客傳》毫無疑問可說是中國的羅賓漢故事。《揚州夢》真可說是世上最哀戚的短篇愛情故事，其字裡行間皆有哲思，且充滿戲劇效果，是中國短篇小說裡少有的特質。

****

西元200年到1000年間，小說產量之所以稀少，可以有好幾種解釋方法。其中最說得通的理由，就是中國人從沒把小說看成是好的文學形式。錯就錯在孔老夫子。他對作家的影響，直到他過世後還繼續不斷擴大。子曰：「雖小道必有可觀者焉。致遠恐泥，是以君子不為也。」此話可真要了小說家的命。接下來的時代以復古為尚，打壓無所不在，新思想的抒發、社會與政治組織的批判，在在受到抑止。接下來的另一個時期，則是由於蠻族入侵，大唐陷落，導致時局動蕩，中國內部紛亂。這給文學帶來致命一擊。

然而，中國小說很快就迎來它最好的時光。宋代不只小說產量驚人，就連詩詞創作、思想論述也一樣多產，雖說此一時期的詩歌與哲學多少有點賣弄的味道。據說宋仁宗非常喜歡聽故事，沒有一天不叫人給他說說奇聞軼事的。仁宗也熱衷讀小說。統治者的寵愛，在中國往往是有利的刺激因素。自此，中國小說持續穩健發展。或許以下幾種變化是觀察的重點：

第一，小說家用以創作的語言是白話而非文言。這項進步至為關鍵，因為只有通俗的語言能夠以更為生動且精確的方式描繪人事物，同時在表達思想時更為自由。若語言沒從文言改為白話，小說或許就不可能在中國大受歡迎。

第二，從這一時期起，小說的篇幅開始變長，以部或章節為區分。「章回體」於焉建立。元代戲劇成就出色，小說同樣也取得長足發展。《水滸傳》一百零八條好漢的故事，就是在元代末期出現的，並且廣為流傳。成書於清代的《紅樓夢》是最偉大的愛情小說，無疑可與《洛娜杜恩》（*Lorna Doone*）相提並論。此外，筆者還要特別指出《儒林外史》一書。大多數我們當代的作家都以這部作品為模範。

****

然而，在這些中國小說裡，卻似乎總可以感到作者對貧窮略而不見。知名的小說家幾乎不太會在作品裡談到窮人。《紅樓夢》描述的是富貴人家，《金瓶梅》講的是地方鄉紳，《儒林外史》說的則是書生文人。《水滸傳》雖刻劃行兇逞惡之徒，但他們並非貧窮之人。為什麼我們筆下沒有像哈特（Bret Harte）的《礦工》（*Les Mineurs*）那樣的世俗即景，也沒有像左拉的《酒店》（*L'Assommoir*）和《土地》（*La Terre*）、毛姆的《蘭貝斯的麗莎》（*Liza of Lambeth*）、高爾基的短篇小說等等諸如此類的作品呢？原因在於，中國迄今鮮有或根本沒有工業建設，所以工人階級幾乎還沒誕生。另一方面，中國的農民則是生性和順，就跟舊俄時代的莊稼漢一樣，內心自得其樂，不同之處只在於中國農民從不會耽溺於伏特加或者其他酒類之中。既然如此，又有什麼必要大費周章，去抱怨那些本來就不需要抱怨的人呢？即便在當代的寫實小說裡，這種對於人生困境無關緊要的態度，彷彿也沒有多大改變。

****

受到西方現代思潮湧入中國之影響，過去數十年間出現許多相關作品，茲列舉其中數本如下：

《海上繁華夢》與《九尾龜》描繪妓女生活。當中固然可以看到像《莎弗》（*Sapho*）裡的芬妮萊葛虹（Fanny Legrand）或是《茶花女》的瑪格麗特那樣的人物，但書中描寫的大多數女性卻是任性自私且無情。其他寫實小說如《官場現形記》、《二十年目睹之怪現狀》、《留東外史》、《廣陵潮》等，毫無疑問是其中最優者。這六部小說標誌著中國文學史的新時代，寫實主義已經徹底勝過浪漫主義。

4. 中國小說的特點

不得不帶點羞愧地承認，每當我拿起托爾斯泰的小說，總是沒有勇氣卒讀。長篇大作《戰爭與和平》卷帙浩繁，徹底讓現代人打退堂鼓。比起上個世紀的人來說，這一代人在現代文明的壓力下，耐心要少得多了。這個現象甚至可以充分解釋為何現代文學乃是旋律性強的抒情詩歌、短篇故事、獨幕戲劇的天下，勢力遠勝過其他各種文類。話雖如此，但司各特、狄更斯、托爾斯泰等人的作品——還有，別忘了也得提一下羅曼·羅蘭的《約翰·克里斯朵夫》——就長度來說，還遠不及中國小說哩。《紅樓夢》有120回，分為20卷。《三國志》、《水滸傳》的長度也不相上下。不過，說起篇幅延伸最長的，要算把故事編成用來說唱表演的底本。這種本子構成的文類，我們稱為「彈詞小說」，其中最有名的有《鳳雙飛》，長度26卷。其他還包括《再生緣》、《天雨花》等。這類型的小說特別符合中國婦女的口味。對她們來說，人生或許就只是無止盡地重複家裡的煩心瑣事呀！她們存在世上的每一天都如此單調，充斥無聊時光，而閱讀彈詞小說就是她們排遣無聊時光的唯一辦法。

狎邪小說在歐洲自然也有，但數量微不足道。此外，這些小說過去不曾、未來也不會在歐洲大受歡迎。然而，帶有淫意的片段卻是中國小說的常客，幾乎每本中國小說裡都能找到。儘管如此，我們必須提醒自己，中國小說裡的淫意不過就是意淫，不能用寫實主義的角度去看，也不同於薄伽丘、左拉等作家某些作品裡的元素。例如，布蘭托姆（Brantôme）的《風流夫人》（*Les Dames galantes*）就不等同於《金瓶梅》，因為這類型中國小說裡所營造的淫意並非建立在魚水之歡的事實本身，而是通過什麼方式去描寫這件事情。雖然有這類作品的存在，但我們也不應該認為中國人是個放蕩淫欲的民族，因為中國人對性愛的態度，甚至到了今天都還被視為是全世界最純潔的。之所以有這些敗德誨淫之書，唯一該負責的或許就是中國語言，因為它不但巧妙，並且豐富。像中文這樣敘事能力強大的語言，我想在其他現存的語言裡恐怕很難見到，除了波斯語以外。

中國小說的另一項特點，乃是歷朝歷代除了史官筆下保留的正史年鑑之外還有小說，雖然這些小說不管涉及朝代為何，幾乎全是宋代以後寫成的。《開闢演義》和《女媧補天傳》通篇描述開天闢地的經過。關於後續各個朝代歷史的小說，根據其時代先後次序則為《少康中興記》、《封神榜》、《列國志》、《兩漢演義》、《三國志》、《隋唐演義》、《征東征西》、《岳飛傳》、《英烈傳》。

在中國作家的心目中，歷史是取之不竭的文學素材。所有歷史人物都帶點浪漫色彩。就算一開始沒有，後來也很容易變成有！

中國古典小說少不了套路。要是小說主題無關乎歷史或愛情，那還真不知道在故事裡能放進什麼哩！中國小說每一回起首，固定不變要放上「卻說」兩字，翻譯過來差不多就是「關於」的意思；每一回結尾則必定是「欲知後事如何，且聽下回分解」，意思就是「如果您想知道接下來發生什麼事，請您聽好下一章回裡將向您說的事」。這兩句相對稱的表達法就好像章回標題一樣，用稍微不那麼直接的方式，略點出下一章回裡可能要發生的事情，因而激發讀者的興趣。當代小說作家完全不打算拋棄這些套數，因為他們之中的大多數仍然傾心喜愛結構工整對稱的詩句，像是「白玉釧親嘗蓮子羹，黃金鶯巧結梅花絡」云云。

中國小說發展遲緩，基本上可以說是受了「團圓主義」這種奇怪的人生觀影響。莎士比亞說「凡事結局若好，就是好事一樁」，這句話大概是唯一可以用來解釋「團圓主義」人生觀的，而且意義還算接近。為了讓諸君明白，此處以一齣著名的中國戲劇《目蓮救母》說明。目蓮的母親原本極度虔誠，樂善好施。見有僧侶化緣必定以齋飯供養，並且長期燒香念佛。有天她的兒子莫名離家，遠遊修行，自此杳無音信，不知下落。失子一事讓目蓮之母完全轉變，以致於不久之後，她對宗教的態度有了十萬八千里的徹底改變。

過去，她曾帶著無以名狀的喜樂供養衣食予僧侶，如今卻開始將他們悉數趕除，斥責毆打。她甚至毀棄灶神神龕，哪怕從前她在灶神面前說盡多少內心話。無比絕望的她在痛苦中病倒了，五鬼將她搜捕帶回。在另一個世界的主宰面前，她承受各種難以想像的酷刑，然後被押送到陰曹地府去。多虧她兒子無與倫比的善德美行，她最終被釋放了，而她的兒子之前之所以四處杳無音信，純粹就只是因為他想外出追求長生不老之道。

這齣戲的結尾，如果是目蓮的母親對宗教態度一百八十度大轉變，那該會是多麼有意思啊！打倒偶像自然令人振奮，而且根本上是很有戲劇性的。不過，若是對離經叛道之事睜一隻眼閉一隻眼，沒讓受到懲罰，中國觀眾恐怕要坐立難安的呀。在這一點上，中國人是不懷疑宗教的。中國人不能相信正直之人常無回報，而作惡多端反而常常逍遙法外！

愛情小說的結局如果不是結婚，一般總被讀者認為不合乎情理，要不就是被認為不符合道德教化。《紅樓夢》是世上最偉大的愛情小說之一，故事以女主角香消玉殞作結。光是這樣，就足以引起許多人的責難與不悅。於是自此之後衍生出許許多多續作，讓讀者看到林黛玉死後還魂，結局則是有情人終成眷屬。《西廂記》是中國最重要的戲曲作品之一，可惜原作第四本結局沒讓男女主角成婚，於是就有另外的劇作家，特意給它加上第五本，讓男女主角終成眷屬。《水滸傳》的結局是亡命之徒從此安居樂業，但是中國讀者看到逞兇作惡之徒竟也可安詳度日，心理肯定格格不入。於是俞仲華編寫續集，讓一百零八條好漢陸續被逮捕、斬首。諸君若讀過吉卜林小說《消失的光芒》（*The Light That Failed*），就不免想起這部偉大的英國小說竟不幸地與《水滸》續篇有相似之處。

中國人被這種謬誤的人生觀欺瞞著，一旦失去反而難於度日。正因為這種觀念作祟，以致於外國人從沒法真正瞭解絕大多數的中國小說。即使中國小說之中肯定不乏佳作，但也從來無法在世界上享有聲譽。

5. 小說在中國的影響

小仲馬宣稱戲劇有一種純粹絕對的力量，在民情風俗方面所展現的影響力無遠弗屆。不過小說倒也不能不說是從一開始出現時，就已經在社會與政治領域裡扮演著舉足輕重且具體有效的角色。吾人豈敢質疑《愛彌兒》（*Émile*）、《尼古拉斯・尼克貝》（*Nicolas Nickleby*）、《黑奴籲天錄》（*Cabane de l'Oncle Tom*）的影響？各種思想正是從這些想像的作品裡漸漸孕育且落實成形，而這些思想繼之成為一連串既定事實，使民族律法得以修訂，啟發個體的所作所為，不但促進社會前行，並且激勵個人心靈。中國小說一如其他國家的小說，為證明此一真理給我們提供了最肯定的證據。根本上來說，所有小說——中國小說也絕不例外——都有個道德難題攤在讀者眼前，經過爭辯之後，最終達到某種意義上的解決。有朝一日當我們自己身陷類似的境況時，書本裡的記憶就不知不覺在我們身上起作用。從小說書本裡衍生出的想法，甚至可普及於不讀小說的人身上，因為這些想法在我們周圍四處飄蕩擴散，形成一個時代的道德氛圍。

《水滸傳》

史上首度成功地完全佔領天朝帝國的外族，乃是蒙古人。這個種族的人豪放縱情恣欲。於是乎，他們自然完全不懂統御之術，特別是要統治一群柔順服從的漢民族。即便如此，他們還是不顧一切，硬生生把枷鎖套在漢民族的身上，時間整整超過八十年。只是，當社會情況實在變得忍無可忍時，施耐庵判斷翻天翻地覆的轉變時刻來臨了，便出版《水滸傳》，藉此致力喚起同胞的反抗精神。儘管盧梭在《社會契約論》裡宣導人皆生而平等，但施耐庵卻認為，只有不見容於社會的邊緣人群中，才能找到真正的民主與人性的正義，因為他們保有一部分人類原始的天性。這樣的理論顯然說不太通，但在當時的中國社會裡，它的而確之是一股引導中國步上新命運的力量。在小說《水滸傳》裡，施耐庵以無比昂揚的熱情，向讀者描繪他理想中希望見到的新生社會。即便在這一百零八條好漢之中還是有個首領，但他的地位其實沒比其他人高出多少，而且他想成為首領一事也不斷在作者筆下被嘲諷。

《水滸傳》的影響深遠，因為這是第一本以正面態度鼓勵反抗與爭奪的小說。正如人們一而再再而三肯定的，正是這本小說出現，因而迅速導致元朝覆滅。

《紅樓夢》

《水滸傳》的影響主要發揮在政治層面，《紅樓夢》的影響卻特別是在文學層面。這是唯一一本把愛情認真當作一回事的小說。對中國人而言，女人可真是非比尋常的民族偶像呀！人們總把心頭上最好的位子留給女子。時至今日，仍然時不時聽到文人欣喜若狂稱道：「男人是泥做的，女孩兒是水做的。」王爾德在他一齣荒唐滑稽的喜劇裡，向讀者昭示他對淚水的不屑。可我們這唯一一本愛情小說《紅樓夢》卻完全不是這麼想的：女子落淚時的容顏，無非是她唯一聊以自慰之事。或許可以這麼解讀作者頗不落俗的想法吧？女子珠淚漸漸滴，柔情嬌媚點點增！

《紅樓夢》的這位感性小說家，其雅致文風及其對女子的觀念，為許多後繼者樹立典範。言情小說迄今仍為風尚。不過就是幾年前，我們同時代的一位小說家也嘗試同類作品，出版一本題為《淚珠緣》的小說，堪稱小型《紅樓夢》。人們圖的不過就是讓人類的淚珠永垂不朽呀！

此外，《紅樓夢》歷代都被視為是文學史上的謎。喜愛本書的讀者在字裡行間找出或者試圖找出種種蛛絲馬跡，在警句中看見渺不足道的隱藏意涵。書中人物固然是虛構或僅為寓言，可有些作者試圖將他們對應到歷史人物身上。其實呢，這樣做就是把事情看得太過認真了呀！

根據這些人的說法，《紅樓夢》的主角不是別人，正是順治皇帝和他所深愛的董妃。同類型的批評研究中不乏能者，在提供宏大歷史事件的同時，為我們召喚出最微小的歷史細節，而這些細節甚至是逃過史家法眼的哩。要補充說明的是，在這些批評研究之中，最知名且最佳者，當推北京大學校長蔡元培的著作。

彈詞小說

「彈詞小說」的社會影響不容我們忽視。這類小說原本就是為傳唱而編寫。時而出自專業藝人之口，時而傳唱於私人聚會之所。這種帶有部分說唱的作品，乃是女流之輩心頭好，凡喜愛者幾乎無一例外皆是女子。女子玉潔冰清不容毀的教誨，正是通過彈詞小說成功灌輸於這些女讀者的腦海。如果今天的中國女子遠較天下女子貞節，始終無怨無悔忠於丈夫且不計較其是否值得託付終身，恐怕正是這些小說值得我們推崇的功勞哩。

《三國演義》

《三國演義》的作者無疑是軍事專家。他筆下規劃的非凡謀略，讓後世許多廝殺戰役都還以此為師。清代初年某知名將領就曾對其部屬坦蕩宣稱，說他一切輝煌戰績必得歸功《三國演義》。

其實中國小說對中國戲曲產生的影響更是不容置疑。關於此點，本書後續章節會再詳述。此處暫且只需指出，天朝民眾將坊間流行小說改編為戲劇，本是慣常之事，其淵源起自《唐代叢書》選輯裡的精采片段編為《會真記》演出。其實中國小說不僅在傳統戲曲作家之中大受歡迎，就連現代戲劇作家也深好之，不論他們平常如何宣稱自己有多激進。於是現在我們幾乎每天都可以在戲院看到《饅頭庵》、《黛玉葬花》之類的演出。話雖如此，他們卻很少完整演出一部中國小說。原因在於，大多數的中國小說不過就是短篇故事集結起來。這些故事多少都稱得上是匠心獨具，結構精巧，分別拆開搬上舞臺演出不是問題哩。

6. 新評《紅樓夢》

《紅樓夢》作者曹雪芹是個反抗者。這本書在中國知名的程度，就像《保羅和薇吉妮》（*Paul et Virginie*）在法國一樣。曹雪芹生於十八世紀初，很有可能聽聞清軍入關之事。然而，中國社會（或毋寧說是中國家庭）對於朝代更迭向來無動於感，一如過去千百年來，他吸收外來元素並予以同化，但並未給漢民族本身的優劣帶來什麼顯著的變化。曹雪芹很幸運地，不但是一位出類拔萃的小說家，而且更是一位優秀的心理學家。他細心觀察一切事物，即便是枝微末節；尤其是那些構成家庭的細節，因為家庭是中國社會的基石。在他那個時代，還沒有人設想到家庭制度竟會衍生出許多令人氣惱的後果，而這些後果正是我們今天所痛斥譴責的。

婚姻裡的種種不合理規範，乃是曹雪芹首先反對之事。家長始終握有權力，一點兒也不需要子女的同意，便可指派子女之婚事。《紅樓夢》的主角寶玉與他愛人林黛玉之間有著真正的愛。他們從小一起長大，彼此瞭解對方，以致於如果 其愛情夢想得以成真，那將是最完美的結合。但是寶釵突然出現了。寶玉夢想的婚姻成為泡影。他一時在精神混亂的狀態下與這位愛情關係的闖入者成親。林黛玉成了被拋棄的人兒，心中始終有道無法癒合的傷口，不久之後香消玉殞。而此時寶玉大病初癒，劇烈的悔恨席捲心頭，最後他離開賈府，遁入空門。賈府失去了唯一的兒子，整個家庭迅速分崩離析。

這個大家族之所以樹倒猢猻散，原因不待外求。林黛玉曾是寶玉心中永遠的愛，是不是因為寶玉惑於第三者的美貌，所以不再愛黛玉了呢？還是因為黛玉對第三者寶釵心懷嫉妒，以至於心生怨恨，不再願意嫁給寶玉了呢？都不是。真正的原因得歸於賈府老太太。根據中國傳統，作為一家之主的她，有權為孫子寶玉決定婚姻大事，但她卻只因私心，寧可選擇她偏愛的寶釵，而不是林黛玉。

憾事還不止於此。《紅樓夢》裡的諸多婚姻，只有兩樁是成功的。對於中國婚姻的缺陷狀況，作者的態度是很明顯的。

曹雪芹關注的第二個問題是中國的大家庭體制。過去幾乎所有中國人都認同這項體制，甚至到了今天仍廣被認同。寶玉一家上下，連僕役在內差不多有三百口人。表面上看起來，大家在裡頭過得安詳平和。可實際上卻是兄弟、姐妹、姑嫂之間永無休止地內鬥，以至暗潮洶湧，徹底腐壞。叔伯將甥侄女賣給別人，或是父祖的妾室與子孫有染，像這樣的情況時有所聞。然而，在當今中國的大家庭裡，是不是仍然繼續上演諸如此類的事情呢？……

同樣令小說作者憂心的，還有教育方式的問題。寶玉天生聰慧醒悟，卻從小被捧在一個老頑固的掌心裡，備受家中女眷與婢妾呵護。她們一心只想將寶玉帶上偏途。老祖宗疼愛孫子，寵溺有加，就算寶玉怠惰不勤也對他多所褒獎，只求讓他開心。不幸的是，這恰恰是這類型大家庭裡的忠實寫照，有個像賈母一樣掌權的大家長，還有個完全不理家中事務的父親，讓子女的教育整個出了錯。

《紅樓夢》作者起身抵抗且大力反對的，還包括了中國女子所受的奴役。然而，書中看到那些女性聊以度日的活計與消閒，還真不能說是啟迪心靈的呀！不幸的是，這正是所有中國女子的境況。尋常百姓家的女子即便被繁重家務拖垮，她們的夫君卻也只顧著計算如何少請幫傭。至於達官顯貴家的女子呢，則是讓底下的人去幹活，她們自己玩玩骰子或是其他無甚意思的小玩意兒，時間就這麼消磨過去。若是覺得能力許可，有些女子至多就做做詩詞，聊以排遣。她們大門不出二門不邁，甚至沒什麼機會跟其他男性說上幾句話。

可惱的是，《紅樓夢》從未被看作是社會小說。這是因為曹雪芹對女性人物的分析太過細膩又充滿洞察——從這點上來說，曹雪芹倒是可以與布林傑（Paul Bourget）、普雷沃斯特（Marcel Prévost）等人並列齊名——以致於他原本自許達到的目標，反而因此難以彰顯了。

7. 中國小說裡的武將

文學評論對中國小說裡的軍士將相，不應視而不見。歷朝歷代更迭之間的連番征戰，成為多數中國小說家筆下取之不盡、用之不竭的文學素材。即使通俗文學也是如此。例如彈詞小說，雖然是憑藉談情說愛吸引讀者全部的目光，但仍然可以在其中找到一兩場甚至多場戰役，而這些戰役多半取自傳說。

小說家筆下的古代中國人是如何打鬥呢？一般來說，總是兩軍之首領單槍匹馬，兵刃相見。使用的武器也相當原始，就像過去希臘羅馬人用的那樣，劍、矛、錘、刀、戟、鐮、耙、鐧、銅棍、鐵棒、鉞、斧等。

兩軍交戰，若其中一方陣營之主帥殲滅另一方之主帥，那麼將領被滅之陣營立即自認慘敗，不管陣營裡還餘下多少戰士。小說家們認為，此時的兵卒已再無戰鬥的可能。在戰場上，兵卒的功能就只有為將領搖旗吶喊，從頭到尾都是扮演被動的角色。他們既不燒殺擄掠，也不姦淫婦女。這跟今天的戰士弟兄可真不同！

若是要褒揚戰士強勁體魄，或是他們矯健滅敵的身手，中國小說家一般不說「此將帥在兩分鐘之內把對手給殺了」，而是說「如此將帥，過招三回合便打敗勁敵」。「回合」的意思就是雙方兵器各交鋒一次。有些主帥與其交戰對手勢均力敵，非得大戰三百回合才能致對方於死地，甚至還得更多。中國的孩子們總是天真好奇地問大人，回合是什麼意思呀，時間長不長呀？大人經常很不好意思回答！

在神怪想像類型的小說例如《封神榜》裡，凡是大將都擁有超自然神力。風、火、雷、雨任其所用，只消一個指令便乖乖聽命。他們能搬移山麓，也能使江河氾濫成災。此乃是史詩本質，而中國的作者予以充分利用。其廣袤無邊的想像力，及其對崇高、怪誕的嚮往，使他們作品很容易就帶有史詩類型風格。

在中國歷史上，封建時代是一連串的諸侯交戰。小說《列國志》就是描述這段期間的歷史。小說作者生活的時代比諸侯晚了差不多三千年，以致於得下一番苦功，翻遍檔案和史家留下的著作，像是《左傳》、《史記》、《國語》、《國策》、《管子》、《晏子春秋》、《吳越春秋》等。《列國志》書中所描述的戰爭場面，並不像中國人對戰爭所想像的那麼生動，那麼不可思議，以致於這本小說相對來說沒那麼廣受歡迎。

不過，我們卻可以在《三國演義》的作者羅貫中身上，看到小說家與歷史學家兩種筆法。直到現在，《三國演義》仍被看作是同類型小說裡寫得最巧妙的。

五代十國也好，或是蒙古人與滿人入侵的時代也好，動亂與混戰不比過去少，但與這段時期相關的戰爭小說只能用平庸兩字形容，像是《五代殘唐》、《岳傳》、《英烈》等。或許這些時代可寫的歷史材料不夠多吧。

中國小說裡最受到讀者喜愛的武將有哪些呢？首屈一指的肯定是關羽，其義勇讓他成為讀者心中地位不朽的武將之一。之後還有岳飛，他忠貞不渝的節操讓他成為另一位讀者喜愛的武將。不過，卻特別是因為戲曲裡的武戲，讓前人的驍勇善戰與英雄氣概長存於中國人的記憶之中。因此，早在元代，就已經有《單鞭奪槊》之類的戲彰顯戰功之彪炳。

根據中國式的榮譽觀念，將領一旦被俘，唯一能做的就是在不同的自盡方法之中做出抉擇。也就是說，中國的將領一旦戰敗就毫無活下去的機會。關羽以及其他許多將帥就是這麼亡命的。所謂「但有斷頭將軍，無有降將軍也。」這樣的觀念難道真的合乎人性嗎？

話又說回來，岳飛的死為什麼那麼充滿悲劇色彩呢？他可沒吃過任何敗仗。相反地，是敵營金兵被他打得落花流水。金人用高價銀兩買通岳飛的政敵，而正是因為這個政敵進獻的讒言讓皇帝將岳飛處死。雖然岳飛膽識過人且戰力十足，但他卻束手就擒，就像一頭溫順的綿羊，聽從主子的聖旨發落。其實他盡可以率兵反抗不公，調動當時最強大的軍隊起義發難。這支軍隊愛戴岳飛。借其之力，岳飛本來可以成功登上王位，並且可以徹底逐退金兵。可見，天子手下的軍事將領把效忠皇帝一人看作是神聖不可侵犯的教條。我們對此心知肚明，而且沒有任何討論的餘地！

還有些其他帶頭殺敵的，我們不妨稱之為「先鋒」。最有名的或許可以說是牛皋和程咬金。牛皋跟岳飛是同時代的人，程咬金則是活在唐代。根據小說作者的描述，這兩位衝鋒陷陣的武將雖然蠻力比不上前人，但剛勇卻是他們兩位共同的特點。除此之外，他們每次出招都是福將。話說牛皋有次喝得酩酊大醉之後步出軍營，正要跟難纏的敵人交手。對方看他喝得醉醺醺的，就站在那兒動也不動，得意地看著牛皋嘔吐。突然，牛皋清醒過來，冷不防抽出兵器就擊倒了他的對手。

除此之外，這些將領都是些奇人。程咬金只有前三道板斧才嚇人，到了第四道斧時，他就跟個娃兒似的不堪一擊。所以，要是他沒在三道斧之內把敵人殲滅，那麼接下來肯定是他被擊倒！

「武將」小說，或者說與戰爭相關聯的歷史小說，到了當代就不再出現。是不是因為寫實主義扼殺了中國小說的想像力呢？或許原因要從當今戰爭的方式裡頭去找？現今打仗的方式跟史詩時代大不相同。是不是因為這樣，所以戰爭已經很少能再給予小說家靈感？

8. 彈詞小說

彈詞小說是不是一種「小說」？在歐洲，文學一般分為劇詩（十九世紀的英國人將其稱為「書齋劇」）和詩劇。詩劇是做來場上搬演，劇詩寫好只供案頭閱覽。如果從形式上來論斷，彈詞小說基本上可以說是戲劇作品。其實如果放到中國的舞臺上來看，彈詞小說跟戲劇作品沒有兩樣，因為彈詞小說不過也就是一堆對話拼湊在一起。或者說，更多時候是敘事形式的獨白，唱段部分每句由三、五、七字組成。也就是說，每句讀起來有三、五、七個音節，大部分句子之間押韻，但不是根據韻書裡的古典嚴謹韻腳，而是作者根據每一個人天生就有的音韻感，自然而然把字句的音韻組合起來。

不過彈詞小說並不是真要拿來舞臺上演出的，雖然某些部分或情節的確常採用非常戲劇化的手法呈現。彈詞小說主要還是用來閱讀的，尤其很對中國婦女的口味。中國女子但凡或多或少能識幾個字的，無不爭相閱讀《鳳雙飛》，學唱書中唱段。此書無疑是彈詞小說之中最優者。其它諸如《天雨花》、《玉釧緣》、《安邦定國》、《再生緣》、《三笑》、《雙珠鳳》等，廣受歡迎程度之高，也是令人稱奇，就像孩子們總喜歡看些打打殺殺的小說一樣的呀。至於《紅樓》、《水滸》一類的社會小說，從來沒領過這種風騷。就算有，差不多也只是局限在讀書人的圈子裡。讀書人自古以來，其人數相對來說就不是特別多的。

彈詞小說既對女子習性影響甚大，那麼這種通俗小說起源自何處呢？根據以下抄錄的南宋詩，可以推定彈詞小說約可溯及同一朝代，也就是金兵南侵以後。

斜陽古柳趙家莊
負鼓盲翁正作場

身後是非誰管得
滿村爭唱蔡中郎

所以我們似乎可以推定，這些小說起初應該是出自一些受歡迎的說書人之手。這個範疇之下包含極為傑出的藝術家，可以拿來與西方中古時期的吟游詩人相比較。不同的是，中古吟游詩人挨村挨門，行過家家戶戶，而中國說書人的場子則在寬敞茶館裡進行，像是日本人說的「冗舌家」那樣。然而，中國女子一如所有東方女子足不出戶，於是人們便有個主意，要為這些女子把說書人唱的或說的內容給印下來。這也就可以解釋，為什麼彈詞小說的篇幅浩浩蕩蕩，動輒有十幾卷之多，因為說書人的目的，就是要盡可能吊住觀眾的胃口，時間拖得越久越好。我們或許也可以這麼理解，當女性讀者群應運彈詞小說而生之後，作家們為了討女子們歡心，於是也開始創作彈詞小說。尤其中國女子除了終其一生待在閨房之外，實在百無聊賴。她們要嘛用茉莉或是其他花草染染指甲，要嘛用芬芳的髮油滋潤髮絲，再不然就是呵護著那一雙三寸金蓮，把它們放進小巧的鮮紅緞子鞋裡頭。作家們便認為，小說內容要是能無限延長的話，那麼就可以幫這些女子消磨時光。影響所及，作家們從來孜孜不倦於無止盡的重複再重複，而筆下登場的人物也總是相似難辨。

話雖如此，這些通俗小說卻在中國女子身上烙下叫人髮指的不良影響，因為它們完全阻絕了女子心中的反抗之情。要是有人問我，中國為什麼沒有出現易卜生《玩偶之家》裡的娜拉，或是蘇德曼《故鄉》裡的瑪格達，我會把原因歸於彈詞小說。這些小說反覆灌輸到女子腦海裡的觀念就是順從。除此之外還有要命的貞操觀念，以致於常變相鼓勵女子自盡。但凡女子遭受羞辱，不論是身體受到強暴，或是沒能依其意願秘密守住心中複雜的愛情心計時，都不免走上絕路。閱讀彈詞小說，讓中國女子從直覺上認定自己低於男性。於是乎，除了低聲下氣、受盡折磨，以及身心桎梏之外，到底還留下些什麼給中國女子呢？

此外，這些小說鼓吹一夫多妻制度，或者說是一妻一妾制度。彈詞小說的男主角一般都有好幾個妻妾，然而這些妻妾所處的社會階級，多半一樣低下。

就這方面來說，名聲響亮的唐伯虎該是特別幸福的了，因為坊間彈詞小說的作者，可是為這位《三笑》書中的主角安排了九個太太呀！其中最小的姨太太，過門之前原本還是位大官蓄養的家奴哩。所有彈詞小說裡，只有《天雨花》是個特例，書中主角自始至終貫行一夫一妻。於是，就像彈詞小說的作者一樣，我們也不免會認為一夫多妻制度是情有可原的。再說，或許——我又怎麼會曉得呢？——中國歷朝歷代總是女性人口過剩，就像當前歐洲的情形一樣。

彈詞小說的故事套路大同小異。主角總是出身官吏門第，而父親通常是恪遵當朝典章的高官。這主角原本多多少少縱情於幾段風流韻事之中，但馬上就得被迫逃家，因為其父母雙雙鋃鐺入獄。主角隱姓埋名，參加科舉考試，高中魁首。接著，他便帶領勁旅抵抗番邦入侵。凱旋歸來，班師回朝，其政敵也迅速瓦解。這位主角終得一舉迎娶多位女子，樂享齊人之福。

儘管皇上讓故事的主人公背上各種各樣的黑鍋，但主人公從來不會想到要叛變，寧可自己被殺頭，也不願被捲入改朝換代的風雲裡。就這個意義上來說，彈詞小說是強化了絕對君權的觀念。彈詞小說裡凡是叛亂者，沒能僥倖逃過一死的。此外，小說裡也大力讚揚傳統科舉考試制度。所有彈詞小說的男主角都高中「狀元」，在考試裡拔得頭籌。

非如此不可嗎？

過去的彈詞小說不時喜歡描寫有情人終成眷屬的故事。是不是因為中國人的平等觀念，所以男子但凡擄獲女子芳心，不管是一個也好，數個也罷，都不得不通通娶回家來？總之，小說要緊的是有始有終，好的開始要有好的收尾。於是乎，即便結為連理是再庸常不過的了，但又怎能找到比這更皆大歡喜的結局！

時至今日，此種通俗小說氣數仍未盡，在不識字的群眾之中備受歡迎。不過總有一天它會拱手把位子讓給心理寫實小說。這情況就好比中國戲劇，遲早有天會把它在劇壇的位子讓給易卜生或司克里布（Scribe）一樣……

****

《再生緣》為彈詞小說裡所罕見者，可謂中國少有的「女性主義」小說。故事的女主角天生麗質，卻因父親受其政敵一連串陰謀所構陷，不得不離開閨房，逃往他處。改名換姓後參加科舉考試，不但一舉得魁，並且在官場平步青雲……

難道不能說這是場奇蹟嗎？

9. 廣陵潮

《廣陵潮》並非如一般人所想的，與錢塘灣浪潮有什麼關聯。所謂的錢塘潮，乃是每年春秋分時節，滔滔江水受阻於港灣而激起的壯闊景觀，吸引中國各地眾多遊客爭相奔赴目睹。篇幅七卷的《廣陵潮》則只是中國諷刺小說之一，旨在揭露當今社會的弊端。

揚州城迄今以近一千四百年的歷史傳統自豪，總自視為中國最繁華之地。且聽唐代詩人如何歌詠揚州之美：

二十四橋明月夜，玉人何處教吹簫。

揚州乃中國古城之中盡善盡美者，生活安逸，女子可人。縱有清初「揚州十日」屠城，所幸揚子江地區的鹽商財力雄厚，得以讓滿目瘡痍的揚州迅速恢復元氣。換作是別的城市，早就不堪此一致命打擊。乾隆皇帝下江南之際，揚州全城欣喜若狂，毫無節制地大肆興建園林與亭臺樓閣，各式各樣的戲臺接連搭起。當時揚州固然仍保有一切舊日遺留下的聲望，而今這聲望或許早已消逝殆盡。

****

《廣陵潮》的作者開宗明義就告訴讀者，過去二十四橋所在的揚州，如今與其說是城市，不如說只是座村落，因為這些建築甚至已無留下任何痕跡。過去的二十四橋，如今只剩下二十四座茅屋，裡頭的窮苦人家過著日復一日的單調生活。中國變了，揚州也變了。但是揚州的居民難以忘情舊時代的奢華。從這個角度來說，他們過去和現在的品味倒是一樣的。揚州的人們跟兩百年前一樣任性，一樣奇怪，並且一樣荒謬。

《廣陵潮》把讀者帶回辛亥革命前的好幾年。民心久思造反叛亂，讓那段期間的中國深受其苦。小說的主要故事線就是由此而起。作者在書中高談廢除帝制，結果引起揚州城眾多文人群情激憤。當然，全書是以諷刺的筆調來處理的。

小說裡說到五位好賣弄學問的讀書人，不計任何代價要對皇帝效忠，並且下定決心與大清王朝共存亡。他們把遺囑寄給所有認識的人，選定一天要共赴孔廟自縊殉國。

他們對彼此說道，從列祖列宗到我們今天三百年來效忠的大清王朝啊，我們怎能眼睜睜看著它一夕之間灰飛煙滅，心裡頭卻不深自折磨呢？孔老夫子定下的規矩是用來做什麼的呢？不就是要我們尊君敬上，甚至不惜以身相殉，給皇上陪葬嗎？

倘若如此這般真是這五個角色的內心信念，那麼他們會各自在家中自盡，誰也不事前預告。或是堅持共同赴死，那就會選擇其中一人的家中進行。但是這樣一來，他們的虛榮心大概就滿足不了了呀。他們扭怩作態是為了要別的，特別是要給廣大民眾留下深刻印象。這就是為什麼他們還選定日子，全都動身前往夫子廟去。廟祝在樑上懸掛好五根繩子，一大群人你推我擠地爭相目睹，就好像法國大革命恐怖時期，人人爭看斷頭臺的盛況呀！這五個愛演戲的呢，各自站上一張椅子，把頸子放到打好的活動繩結裡，只等其中一人發號施令，他們就可以一塊兒步上黃泉路。廟祝在一旁伺候著，待聽到發令者一聲咳就把椅子給移開。但是肩負重責大任的那位，喉嚨裡口水多到咳不出來。人們在現場等了足足超過五分鐘，這時大家見一婦人進廟門來，揮舞著手臂把其中一個要死不活的給推倒在地，對他拳打腳踢，一邊哭喊著，就算你要死要自殺，那也得我來，讓你的另一半來幫你了結，你自己沒這權利。

大家都怔住了。一場煽情的自盡戲碼就這麼亂了套。這幾個愛演的也沒打算要重新再來一次，雖然他們全心全意想盡忠於孔老夫子的門規！

《廣陵潮》通篇敘述巧妙，寫作技巧無與倫比。一會兒氣氛悲從中來讓你哭泣落淚，一會兒又是滑稽突梯，讓你笑到流淚止不住。

還有另一個段落也不失趣味。故事是村子裡有個年輕人從大學堂念了書回來，於是也想辦學，教育地方子弟。主意聽上去挺好，連地方上的官員也爭相出力幫忙。很快地，一切該裝的該建的什麼都就緒了，甚至學生人數也是相當地多，就在這時大家才不經意發現缺了教員。大家在大街小巷貼出告示，可就是沒人前來應聘。好不容易想方設法找來幾個，課就這麼開始上了，相信假以時日，總是能找到其他教員的。幾天後，還真的來了一位教歷史的。於是學校迫不及待雇用了他。不幸的是，這不過就是個說書的，茶館裡高談闊論那一套他倒是拿手。學生們特別愛聽他講稗官野史，只是他賣藝時所慣常的大呼小叫把學生嚇過了頭，最後還是把他給解聘了。又一天，來了個地理教員。姑且算是個挺特別的地質學家吧，因為他在課堂上教學生的，是怎樣給死人找一塊安葬寶地！接著又來了第三個教員，說自己是教畫畫的，但說到底其實就是個泥水匠，粉飾寺廟牆壁的功夫倒是要得。從第一堂課起，他就開始把一連串的圖給畫在教室四面的牆上；這壁廂是赤髯將軍，那壁廂是策馬奔躍，琳琅滿目。錯就錯在他最後給學生畫了一尾龜。學生調皮搗蛋，到處都依樣畫葫蘆給添上了龜。校長也只好請這位裝飾畫家捲舖蓋回家去了。

這充滿生氣與趣味的形形色色或許還算蠻接近事實，但我們不禁要問，揚州的社會百態是不是真的像作者為我們所描繪的那樣。我們也不禁要問，作者是不是稍微誇張了他所取樣的人物類型，以致於犧牲了事實真相與精準，而這兩項要件恰恰是寫實小說最需要的。

10. 寫實小說與黑幕小說

中國小說裡的寫實主義並非始於昨日。如同一些史料所推定的，《儒林外史》出版的時代，恰好是法國的索瑞爾（Charles Sorel ）開始寫作的年代。不過，《儒林外史》的作者並未像這位《法蘭西昂趣史》（*Histoire comique de Francion*）的作者一樣，專事描寫社會的底層。相反地，《儒林外史》以鮮明生動的篇章，將中國士子文人的人生百態呈現在讀者眼前，其刻劃之精準令人咋舌。所謂的士子文人階級，乃是一個虛偽且無所事事的群體。他們是令人憎惡的傳統科舉考試產物，儘管把孔子的聖賢教條背得滾瓜爛熟，但最拿手的不外乎是奸猾狡詐、信口開河、卑躬屈膝，以及漫天扯謊。

同樣不可否認的是，《紅樓夢》早在十八世紀中期就已經問世，這可比巴爾札克動筆創造他不朽的《人間喜劇》要早得多了。時至今日，沒人能質疑曹雪芹風格之卓然出眾。看他的作品，我們就知道根本不需要再去特地創造什麼寫實小說，因為曹雪芹早就了然於心，知道怎麼樣把自己的藝術意識與觀察力連結起來。這正是所有寫實主義小說家應該要取得的才能呀。

當代中國小說的歷史，可以說長期交纏著浪漫主義與寫實主義兩種潮流而發展。主張浪漫主義者，往往醉心於充滿想像力的英國小說家，其中包括哈葛德（Henry Rider Haggard）的小說中譯本。一般民眾對於充滿想像力的作品也很著迷。這種現象可以解釋為何柯南道爾（Conan Doyle）以及勒布朗（Maurice Leblanc）的偵探小說在中國大獲成功。

首部寫實派小說《二十年目睹之怪現狀》如今也算是經典了，而其實它不過就是延續《儒林外史》的傳統。自本書問世以來，中國小說家便在讀者眼前展現形形色色如過江之鯽的官員與妓女。《官場現形記》裡盡是些荒謬卑污的官員，《海上繁華夢》裡盡是些城府深、心眼壞的妓女。雖然這些社會小說成功轟動一時，但說實話不過就是把《儒林外史》當範本，依樣學樣畫葫蘆。儘管如此，自滿清覆滅以來，寫實派的影響日益擴大。民國五年的一份上海報刊上頭就出現了一系列名為「黑幕」的短篇小說。黑幕小說的作者們從不諱言他們無意當個偉大的作家，只想單純當個敘事者，在小說裡揭露一樁又一樁的伎倆與計謀，看看人家是用什麼樣的方法騙取同胞荷包裡的銀兩。

****

「一部氣派的車停在城裡最大的珠寶店門口。見車上下來一位無比優雅的夫人，身後跟著位清秀的女僕，懷裡揣著幾個月大的娃兒。進到店裡頭，夫人挑選了幾個裝飾得光彩奪目的戒指，一條珍珠項鍊，一對琺瑯墜子，還有幾塊金錶。夫人一邊走著，一邊撫摸著睡夢中的孩子。孩子的臉上罩著芳香的薄紗，小手臂上掛著閃閃發亮的金鐲子，鐲子上嵌著豆大的鑽石。一片鑲著玉的金鎖從脖子上垂下來，帽子上裝點著珍珠與寶石。商店的夥計心裡琢磨著，這一身上下大概至少也得值個幾千塊錢吧。

價格談妥了以後，這位夫人帶著剛買下的珠寶獨自走出店鋪，說是去拿錢。於是大家便讓她離去，不疑有他。女僕本來不是還心平氣和地跟熟睡的孩子一起待在店裡嗎？可是夜晚來臨，這漂亮的女僕開始顯得坐立難安，彷彿擔心她女主人是否遭遇不測。她說，『我家主人該不會落到歹徒手裡成了犧牲品吧，上星期警察局才接獲好幾起報案的呀！』她向店家要求讓她去找女主人，於是便離開了，把睡得依然香甜的孩子留在沙發上，三番兩次要夥計好好照顧孩子。現場沒人反對她出去找女主人。嬰孩全身上下的華美行頭，乍看之下難道不比夫人帶出去的珠寶值錢嗎？再說了，那貴族般優雅的氣質讓人毫不懷疑眼前站的是位出身名門世家的夫人啊。

然而夜已深沉，店鋪理應要打烊了。孩子睡得依然香甜。店裡頭的人悄悄走近嬰孩，輕輕掀開罩在臉上的面紗。瞧他們瞥見了什麼？

一具小女孩的死屍。至於那些珠寶呢？金鎖算起來價值不超過幾十塊錢，其它全無例外都是假貨！」

****

敘事既精準又生動，刺激讀者的好奇心，好像把這些故事從「黑幕」裡給揪出來一樣，以致於某段時間所有寫實小說都標榜是黑幕。很快地，各種雜七雜八的元素都混雜進來，這類型小說也就無甚可觀了。1918年最出名的兩本黑幕小說是《簾外桃花記》、《隔牆紅杏記》。

有幾本黑幕小說讀起來津津有味，讓我想起雷斯蒂夫德拉布列東（Restif de La Bretonne）的作品。雖然我必須承認黑幕小說還是不乏支持者的，但這些小說的確引發讀者諸公許多不悅。「通俗教育會」很快就加入戰局，印了一封專門給黑幕小說作者的警告信。黑幕小說似乎在它正盛行的時候就玩完了，但難保哪天它不會東山再起，原因是不少人覺得在黑幕小說身上的確看到中國文藝向前邁進了一步。

真正的寫實主義並不僅止於描繪風俗民情、人性醜惡。一般人很容易做如是觀，而心理派也是這麼痛批自然派的。不過，寫實主義也會描述並分析人性心理和短暫激情的，而且特別喜歡心理方面的元素，哪怕是最細微的情感也不放過。然而黑幕小說的作者對這些可是一丁點概念也沒有。他們筆下沒有所謂的分析，人物不會思考，只知本能反應。這也就是為什麼黑幕小說的作者從不向讀者描述人物內心的焦慮或是掙扎。相反地，他們描寫一個人的時候只關注他的外表，不但是讀者平常就可以看到的人物外表，而且還得照著作者筆下描繪的方式去想像。比方說，僅僅一句「面若桃花」或者「身如垂柳」就此帶過，卻從來沒有深入挖掘人物性格。一般來說，中國文學的描寫都太細膩微妙了，以致於看不出主題的真實面呀！跟歐洲作者比起來剛好呈現驚人的相反。巴爾札克、狄更斯、莫泊桑，他們筆下人物多麼豐富，又是多麼精確！

除此之外還有風格狎邪問題，前面已經提過。中國的小說家絞盡腦汁花費大把力氣描寫縱欲荒淫場景，個個都修煉成了巨匠。不過，一本小說除卻諸如此類的描述，是不是就失去它的趣味，失去它的寫實呢？黑幕小說的作者總是藉口說，揭露罪惡乃是為了回歸正道。然而他們真如此相信嗎？

不管黑幕小說有什麼缺點，我仍真心相信它在中國寫實小說的演進歷程上佔有重要位置。它所獲得的成功也好，它所引起的爭議也好，都是難能可貴的指標，顯示中國人民的心智朝向更積極的方向前進，雖然品味或許不是太高。

11. 一則中國現代筆記小說

中國筆記小說的歷史遠不及埃及莎草紙記事或是印度智者畢耳培（Pilpay）的寓言那般源遠流長。儘管如此，早在孔子的時代也已經存在大量的諷喻故事與各種典故。中國的筆記小說無論古今，不管故事裡登場的是個唐吉訶德似的英雄，或是阿涅絲（Sainte Agnès）般的宗教人物，又或者是鴃舌南蠻、奇花異草，總是帶有人物傳記或記事的性質；而另一方面，若是涉及鬼魂、狐魅和自然現象，就不免顯得迷信。

一直到唐代以來，中國筆記小說多講幻仙之事，例如《西王母傳》類型的故事。特別是唐代史家干寶所撰《搜神記》，多充斥怪力亂神之迷信。正是從這個時代起，狐狸開始被賦予超自然力量，迄今持續在小說裡扮演這樣的角色。也因為如此，十二卷《太平廣記》裡有九卷是跟狐狸有關。

《聊齋》作者蒲松齡以及《閱微草堂筆記》作者紀曉嵐，無庸置疑可被譽為清代筆記小說雙璧。然而除此之外還有其他作者，並多以詩歌見長。袁枚著有《子不語》，而詩中大家兼評論家王漁洋，則是著有《池北偶談》。中國作家如此熱衷於筆記小說，一本寫完再寫一本，看了怎不叫人歎為觀止！

蒲松齡生存的年代是十八世紀，當時中國已被滿人征服。一般認為他常懷反抗之心與叛逆精神。他的筆記小說裡有一半是以狐狸為主題。狐者胡也，意指滿人。狐狸的狡猾奸詐讓人聯想到那壓迫漢人的民族。不過，為何《聊齋》故事裡大部分狐狸總被描寫成色可誘人的女子形貌呢？實在是因為自漢代《西京雜記》以降，中國筆記小說裡的狐狸就被賦予法力，可以隨心所欲化作各種人形啊！

蒲松齡風格過於考究，常為世人詬病。誰要是讀他的筆記小說沒有註解，不少章節段落的意思將難以掌握，尤其許多用典其實無甚必要。究竟是他那個時代的風格如此？抑或是他個人追求的寫作效果呢？

紀曉嵐的風格就簡單得多了，分寸拿捏得更好些。他天生有科學精神，卻沒有成為現代意義上的科學家。他做過許多有意思的假設，試圖解釋各種不同的事物。他以理則學家的信念，曾有志於藉由研究與推論，以消泯讀者各種迷信的妄念。他既希望改革同時代的人心，同時又希望能保留中國千年來的思想觀念。紀曉嵐本人既相信鬼神的存在，也相信狐狸的超自然力量，更相信「種豆得豆」的因果觀。什麼是因果呢？打個比方說吧：如果你試圖誘惑人妻，那麼你的妻子無可避免地也會受人勾引。

紀曉嵐作品裡的狐狸並不是什麼討喜的角色。通常是蓄著長鬚老叟，一開口便是澎湃激昂且滔滔不絕，叫人覺得冗長不耐。他筆下的狐狸不再是以曼妙仙姿出現的可愛生物，而更像是宣揚道德，令人生厭的夫子自道。以下選自紀曉嵐的筆記小說，故事裡可以看到狐狸是怎樣用人類的方式說理。題目是《棋逢敵手》：[1]

有個農民有天進到穀倉檢查收成的穀物，卻發現一隻熟睡的狐狸。他第一個念頭就是要把這隻畜生給宰了。不過一轉念又對自己說，其實狐狸招財，對他可能有點用處。於是農民把自己身上穿的衣服給這隻小獸蓋上，並且在他身旁看著。沒半晌的功夫，狐狸醒來，幻化成人形。狐狸感念這位窮苦農民的體貼，隨即允諾願為農民摯友，助其一臂之力。於是這位種地的時不時得到狐狸捎來的餽贈之物。有天，農民問狐狸：「若有人躲在你住處，你能讓他隱形嗎？」「可以的。」狐狸回答。「你也能讓他進到某人住處，又很快讓他逃走嗎？」這種地的又問道。「那是當然，」狐狸接著說，「想要就可以的。」「實在是因為我太窮了，」農民繼續說道，「你給我的還不

[1] 譯者按：此故事取自紀曉嵐《閱微草堂筆記．灤陽續錄四》。此處根據宋春舫法譯回譯為中文，而非直接採用紀曉嵐原文。

太夠我免於捱餓呢。一想到要繼續麻煩你就讓我坐立不安，所以我想找個法子讓我一下子有錢起來。眼下恰好機會來了。村裡的富豪李大爺正在找人當廚子。我打算把我太太給送去。不過，照我的計畫，她不能待在那兒，而是得偷偷逃到你那兒。你把她給藏起來，讓她隱形。我呢，就到官府告狀說李大爺拐走了我太太，要他還我個公道。李大爺這人一聽到衙門就嚇得哆嗦，肯定會私下給我一大筆錢讓我封口。一旦錢到手，勞駕你行行好，施展法術把我太太送回李大爺宅院裡的廂房，我去把她接回來。要是你同意我這小小的伎倆，我必定無比感激，以後再也不來煩你。」

事情就照著計畫這麼一五一十進行了，這種地的也就因此得到一大筆錢。

李大爺曉得自己被擺了一道，卻又說不上來是怎麼一回事，只好選擇乖乖閉嘴。

只是說也奇怪，這位農民的太太從那天起就瘋瘋癲癲。夜裡，她自言自語，卻又好像是跟什麼人在消遣玩樂似的，還不准她丈夫靠近她。做丈夫的不知道怎麼辦，只好去問他的狐狸朋友，求他伸出援手。狐狸劈頭就說：「我的朋友啊，我什麼也做不了。住在李大爺宅子裡的狐狸貪圖你太太的美色，於是利用她住進李家廂房的時候，順便『進』到她身體裡啦！他的法力勝過我，我是無能為力的呀。」這種地的再次苦苦哀求，但狐狸一再聲明他沒這能力救他太太。他說：「試想，若是村子裡有個人比你更強更壯，用蠻力把另外一個人的太太給搶走了，你有什麼法子讓他把人家的太太還回來呢？」

這個農夫是有錢了，不過沒多久，他太太也一命嗚呼了。

****

在中國當代短篇小說裡，可以清楚看到歐洲作者帶來的正面影響。就說一個莫泊桑吧，他的作品直到現在仍是眾小說家裡極為大家欣賞的。莫泊桑不是哲學家。人間事他靜觀之，而不從中導出結論。就是這樣，所以莫泊桑讓現代中國文人喜歡，因為現代中國文人個個是實證主義者！

儘管中國人偏好奇聞異事，但愛倫坡筆下充滿傳奇色彩的短篇小說，並沒有得到按理預期可獲的成功。倒是柯南道爾及其他作者的偵探小說，在1910年前左右蔚為一時風尚。

民國肇建以來，最先贏得人們喜愛的短篇小說就是「黑幕小說」。前面已經詳細研究過了。當前還有一股心理寫實的潮流，試圖在中國短篇小說裡創造出一種卓然不同的女性角色，並且傾聽女權分子的不滿與怨憤。更別說還有各種社會主義傾向，在在叫人想起高爾基的作品。

12. 一則中國當代短篇小說

不被瞭解的痛苦[2]

時間是剛從戲院回來。做先生的想必與太太共度了數小時的愉快時光，感到非常幸福，並且滔滔不絕聊個沒完。

「不累吧？戲還不算太壞，不是嗎？」

但是蓓萍（Pébin）並不高興。她看著鏡中的自己，漫不經心，口氣淡漠地回答：「我倒沒看到什麼了不起的。」

於是陸哲元（Loucheyuan）就被弄糊塗了。

他自言自語說道，「剛才我們去戲院的時候，她本來還是興高采烈的。那時她心情不壞的。我想我沒惹到她吧，相反地，我還盡我所能討她歡心啊。那又怎麼會……啊！我知道了。她在戲院不小心看見她以前的同學王小姐，嫁給一個當買辦的葉先生，很是有錢。她仔細端詳她全身上下裝束，心裡嫉妒得很。說實話，她這女友打扮得還真像個公主似的。一雙耳環和戴手指上閃閃發亮的一對戒指，讓她吸引了眾人的目光。我太太嘟噥著說，『這位女同學以前在學校的時候還低我一屆呢，操行、功課哪一點比得上我，可人家現在在的身分地位可是比我高了一截呢。』話說著說著就讓她自己意興闌珊了。」

正想到這兒，他偷偷地觀察他的另一半。他太太似乎什麼也沒聽到。她一句話也沒跟他說，換下衣服上床睡覺去了。先生這時更有把握自己猜得準確，於是便順著思路推想下去。

---

[2] 作者原注：本篇小說原刊登於《新中國》。譯者按：本文依照宋春舫的法語譯文回譯為中文，而非直接根據中文原作。

「這世上往往是不確定的因素才能帶來大筆財富啊。要我說呢，若是我也想方設法給自己弄個機會，難道贏不過那個買辦嗎？我們兩個是這麼相愛的呀，我要好好給大家看看我有多愛我太太！只可惜未來的事情我什麼也說不準。」

他想對太太坦白說出他心裡的想法。可考慮再三，他覺得自己無權這麼做，畢竟他太太什麼也沒招認，這純粹只是他單方面的推測。於是他也睡下了。但是睡不著，反反覆覆被惡夢驚醒，因為腦海裡左思右想著這件事。

太太在他身旁也沒睡得安穩。她夢見和先生吵架，先生凶巴巴的，什麼理由也聽不進去。她心一沉，當下只想自盡。就是這個欲念把她給弄醒了。月光照進窗內，她看見陸哲元面容安詳，睡得正熟。她兩頰珠淚漣漣，長長歎了一口氣後不免思忖：

「想來我倒是這千瘡百孔的婚姻制度的犧牲品了。什麼人也沒先打聽，什麼意見也沒問，甚至連你同意不同意都不在乎，就給你找了個丈夫，而你或許一輩子也不可能愛上他，卻又只能被迫接受。我這先生在社會上，估計也就是排個第三等吧，他親吻我、愛撫我，費盡所能讓我高興，可他並不合我胃口。在他的想像裡，闊氣的排場就能討我這種女人的歡心，但我想要的還得更好，一般世俗女子豔羨的妝束打扮，我是巴不得把它當成勞什子踩在腳下。戲院裡碰見的王太太沒什麼了不起的。她不過就是個愛慕虛榮的蠢婦。更何況她還把自己打扮得像個風塵女郎呢。我跟她完全是不同類型的女人啊，可我遇到的丈夫怎麼跟她一樣的土氣……我已經同他說過多少次了，說他眼界不夠高，他就是不明白，不聽我的，還大言不慚說我不過是個沒見過世面的女人。這可怎麼辦？……」

讓蓓萍心煩的，是她先生的素質；可她先生擔心的，卻是錢的問題。他們倆想的真是南轅北轍。

日子匆匆過去了。陸哲元不知用了什麼方法，在國營單位裡謀得一個肥缺。

他對自己說：「這下成了。現在有了個位子，就要掙大錢了。我太太的欲望很快就可以滿足了。我看她的煩惱就要拋到九霄雲外，會變回從前那樣快活。我也要給她買些鑽石，買條漂亮的項鍊，上頭鑲滿圓滾滾的珍珠，然後還給她照著最新流行的樣子做幾件旗袍。以後她出門，可也是打扮得珠光寶氣，就跟她的老同學一樣，而且同樣變成大家羨慕的焦點。」

他馬上就去找他太太，對她說道：

「親愛的，你總算可以滿足了。我現在上軌道了，要讓你比你的女友王太太還要幸福，你會穿得比她看起來更有錢。這下子換她眼紅了。每個人見到你都會親口向你證明你勝過她不知多少倍。」

蓓萍客氣地謝了謝她先生，但看上去不如他預期的那麼興高采烈。

她不但不怎麼歡喜，反而想著：「我永遠都要被這麼誤解。不會有人明白我並不是個只迷戀物質享受的女人。為什麼大家的想法總是這麼庸俗，把女子當成是低一等的人類呢？」於是她變得比以前更傷心，也更鬱鬱寡歡。

她的冷漠，陸哲元老實看在眼裡，很是失望。他的腦筋有點鈍，妻子傷心的真正原因是什麼，他著實理不出個頭緒。他轉身回到書房裡，百思不得其解：「可像她這麼漂亮又這麼聰明的人，怎麼會這麼任性呢？知道我現在有錢了，單位裡的職位又高，但她不但一點也不歡喜，反而還比以前更惱我，比以前更不痛快。我看我這幾年付出的辛苦全都白費了，我這輩子是不可能讓我太太幸福的。」

他就這個樣子發呆了好一會兒，思索著眼下的情況，然後拿起帽子，出門和朋友找樂子去了。

又過了一段時間，陸哲元學起那些大人物，娶了個小老婆。蓓萍心裡感到深深地受傷。倒不是因為做大太太不舒坦，而是作為女人被傷害了。在她看來，這根本是作賤女性。陸哲元本來就已經很洩氣了，現在倒也沒關注他太太怎麼想。是時候離婚了。事情就這麼發生了，他們也就分開了。

陸哲元開始有了情婦。第一個以後又有了第二個，接著又有了……

蓓萍到現在還沒再婚。要是有人膽敢問她為何不想找個新老公，她會斷然回說，她不想要再被玩弄第二次了……

13. 中國的詩歌

除了印度以外，東方國度裡顯然沒有讚歎英雄事蹟的史詩。不管是中國人或阿拉伯人，都沒有留下史詩作品。也因此，在西班牙埃斯庫裡（Escurial）圖書館收藏的二十四卷東方詩歌集裡，一部史詩也找不到。反之，英雄史詩在希臘卻是如繁花盛開。豪奢的宴飲酒席上，或是凱旋勝利的時刻，總有吟游詩人在君王跟前歌詠先人光榮的開疆闢土與征戰殺伐。他們歌詠的詩行多半隨興脫口而出，信手拈來卻處處皆為英雄傳奇。由此看來，中國詩歌之所以完全不見史詩蹤影，是不是表示中國文化裡向來欠缺英雄傳奇呢？

****

人們總有個印象，認為中國詩人落筆書寫愛情題材時，都只是發自一種玩世不恭的心態。此言倒是不假。話說《詩經》開篇幾句詩行以及書中其他作品，別說大多數是用來歌頌愛情的，甚至是一些無關緊要的小情小愛也可以找到。自此之後一直到唐代以前的歷朝歷代，都還可以聽到韻味十足的絕妙詩行餘音繞樑。比方說歌妓丁六娘的《十索》，其中有些段落可以拿來跟古羅馬詩人卡圖魯斯（Catulle）的情色詩相提並論哩。然而綜觀中國詩歌在此之後的發展，不免感傷地發現，愛情不再是你來我往的兩情相悅了。詩歌裡經常讀到妻子因良人出征而暗自孤單啜泣、豆蔻年華的女子獨守空閨，又或是身心俱疲的旅人無端思念家庭以及被他拋棄的髮妻。至於宋代的詩人，由於時代的偏見耳濡目染，故筆鋒常帶嚴苛，對愛情不假顏色，用盡堅決方式撻伐男女情挑，乃至關於愛情的種種浪漫趣味與巧合。幾乎就是這個時候起，詩人妙筆再生不出愛情花朵；然而人性裡最真心的歡愉與最哀戚的傷痛，往往卻是根源自愛情啊。印度毘濕奴派的吟游詩人則與中國詩人恰恰相反。尤其是詩人維德亞柏迪（Vidyapati），不斷謳歌黑天神克里希納與拉達之間的愛情故事。

****

關於中國詩歌的起源，今人所知甚少。究竟中國詩歌是出現在音樂之前，就像世上大多數國家的情況一樣呢？還是音樂出現在詩歌之前，就像許多評論者所宣稱的那樣呢？王灼倒是把上述第二種理論換個方式解讀。他指出，根據《樂記》，「詩言其志，歌詠其聲，舞動其容，三者本於心，然後樂器從之。」

一直要到商代，詩歌才在中國的土地上牢牢紮根。孔子費盡心思採集並篩選的詩歌也正是始於這個朝代。然而偉大的思想家孟子告訴我們，由於某些今日已難以得知的緣故，在某一段時間裡詩歌靈感消亡殆盡，也就是他所謂的「王者之跡熄而詩亡，詩亡而後《春秋》作」。在這段中斷期間，卻產生了一種新體裁的詩，名之為「賦」。出身於楚國的屈原依此寫出《離騷》。從春秋戰國乃至西漢，此一形式風格蔚為風尚，諸多文人紛紛以作品響應這一文體的演變。在此僅引宋玉、司馬相如兩人為代表。

在這同一段時期裡，詩開始與音樂分離。最有名的古代詩歌《古詩十九首》是不能演唱的。另一方面，又有專門為音樂演唱而創作的「樂府」。也正是在這一段時期，七言、五言詩重新出現，且格式固定下來。一般咸認李陵是五言詩的始祖，而漢武帝則是七言詩的始祖。在這兩種新體裁的詩歌之後，又依序出現三言、四言、六言、九言等其他詩歌形式。

接著有了沈約鉅細靡遺的聲調研究《聲病論》。中國的抒情詩自此被區分為「律」、「絕」兩種截然不同的類型。就形式而言，「絕」的要求較不嚴格，而「律」則要求排偶對仗，所以對詩歌技巧、文學指涉、音韻聲調都得有相當深入的知識。只不過，作詩技藝臻於純熟是否就表示詩歌本身成就也高呢？此先按下不表。儘管詩歌格律有諸多限制，但唐代確乎是中國詩歌的黃金時期。一般來說可以分為四個不同的時代，亦即初唐、盛唐、中唐、晚唐。初唐、盛唐時期有李白、杜甫齊名，其作品迄今馨香不減，經世不衰。這樣的時代區隔出於批評所需，難免過於武斷。事實上，其中可見到各種不同的文學影響互相摻雜。

值得注意的是，漢代的樂府到了唐代已無法演唱。過去為舊樂府，如今則稱新樂府。《兵車行》乃新樂府不朽名作。雖說新樂府並無法配上樂曲，但相反地，唐代所謂的詩則是可以演唱的，特別是七言詩。就像以下所引李白的詩行：

黃河遠在雲白間，一片孤城萬仞山。[3]

此詩原為音樂女神（Terpsichore）而作。根據歷史，我們得知李益落筆寫下詩行時（要提醒注意的是，我們這裡說的詩行不再是樂府詩），樂師們紛湧而至，就為搶得詩行將之譜上曲調。這又再次證明了詩歌繆思與音樂女神的珠聯璧合啊！

五代末期，樂府詩與抒情詩都已無法再演唱。此時已是詞的天下。詞起源於隋代。首先動心起念的是隋煬帝。他將樂府轉為詞牌《望江南》。不久之後，李白也讓時人得以聽聞其作品《菩薩蠻》、《憶秦娥》。這些詞牌日後將構成一種嶄新詩歌文學的核心。

時至今日，填詞或許比寫有韻詩歌還來得困難得多，畢竟隨著每首過去的詞流傳後世，各種規則與限制也日漸累積。今天若想填闋詞，不只要像過去的詞一樣遵守每一句的字數、每一節的行數，尤其還需要嚴格服膺音調之別。難就難在這裡。因為它不像詩一樣，只需將平聲與仄聲區隔開來就好，它連上、去、入三聲之間都有必要區分。

儘管如此，我們卻不免認為，至少對唐代的詩人而言，詞剛出現

---

[3] 譯者按：此應為王之渙詩句「黃河遠上白雲間，一片孤城萬仞山」。宋春舫誤植為李白，且引用詩句略異於王之渙原作。

的時候是代表格律自由的現代詩，而格律自由的詩行，其實正是詩歌這一文體最古老的樣貌。為了替這個論點背書，首先不妨指出，一闋詞裡每一個段落的詩行數並沒有限制，而每一詩行的音節或字數（不要忘記漢語乃是一字一音）同樣也沒有限制。前面提到，「詞者樂府之變」。於是乎，它就必須得有一首可以依著填詞的曲調。但是樂府詩的曲調到了詞的時代，幾乎沒有一首是留存下來的。正因如此，所以寫詞的詩人倒也不拘泥，順任其想像便寫下詞句，之後再隨便選一首他們自創的曲調，將詞搭配上去。宋代前半期的詞人大多數都是這麼做的。對他們來說，也就不再可能因為音樂的限制，讓詞只是字句與音調的簡單組合加工成品。

人們也清楚注意到，蘇東坡所作的詞並不入樂。或許他的作品一開始就不是寫來演唱用的。若果真如此，那麼詞可是跟今天的自由詩享有一樣大的自由度的呀！

除此之外，詩與詞之間的差異，倒沒有我們所認為的那麼多。所以有天蘇東坡問陳無己，要他評評他跟對手秦少游的詞孰優孰劣。陳無己便說，「學士小詞似詩，少遊詩似小詞」！

「凡有井水處，即能歌柳詞。」這話真是太適合用來評價詞所獲得的成功。特別是柳耆卿的詞！

不過，三十年河東三十年河西。很快地，詞也失去了它的優勢地位。隨著蠻族入侵，南下的金人、蒙古人帶來其民族曲調，既奇且異，迄今未為漢族所知。過去舊有的旋律不但不能因應征服者的音樂天賦，甚至連漢族也已滿足不了。於是乎，詞易而為曲。詞仍保留詩歌韻律本質，但過去一直被賦予扮演的音樂角色可說至此為止卸下了。

有元一代，對詩人來說也好，對劇作家來說也好，曲是中國文人唯一用以度日的消遣。成功若此，莫怪乎伏爾泰（Voltaire）也搶著研究了！

但另一項革命正在醞釀。曲為北人所作。北方乃統治者居住之處。然而長江南岸的人們不久就發現北曲欠缺入聲。南方之人將入聲加入曲中，便成南曲，以與北曲區隔。然而兩者之異不僅於此。北曲每本限於四折，每折僅一宮調，且只有一人演唱。如此諸多限制不禁讓我想到三一律的理論。從亞里斯多德到布瓦洛（Boileau），整整好幾個世紀裡，法國戲劇被三一律所宰制。相較於北曲，南曲《琵琶記》、《拜月亭》等並不遵循這些規範。

然而，中國戲劇也因此從詩歌脫離出來。這個演變相當特別，以致於其他民族恐怕怎麼樣也弄不明白。

****

且回過頭來看中國抒情詩歌裡的文體演變。宋朝詩人所作無他，僅延續沈約、上官儀以來的傳統。上官儀甚至還以一般稱為「詩有六對」的規範，大大限制了詩歌形式。詩遂逐漸淪為格式的奴役，完全喪失了自由奔放。

明代詩壇仍是古典派的天下。代表人物先有李東陽為首的「前七子」，再來有知名詩人李攀龍為首的「後七子」。他們以技巧為優先要務，重仿古而非文思。然而卻有袁氏兄弟寧為反叛，正式向守舊派宣戰。對他們而言，每朝每代各有詩歌不同，何須仿古？他們盡可能在詩裡加入流行於民間的語句表達，以打破「貴」「賤」之別。雨果及其弟子曾致力於此。兩年以來，中國的新詩派就這一點也多有著墨，而胡適無疑是其領袖。

14. 中國新詩（I）

一群躊躇滿志、意向遠大的年輕作家，一邊摸索一邊嘗試尋找前所未有的藝術模式，以及全新的詩歌靈感來源。他們大部分是參與建立《新青年》期刊的健將。期刊以破除傳統為號召，而他們的行動可說為詩歌開啟了通道，讓人陶然於自由之中！

他們的靈感來自西方。或許是來自魏爾侖（Paul Verlaine）迷倒眾生的詩行：

一切必自音樂始
為此偏愛奇數句

****

但是，對中國新一代詩人來說，魏爾侖過於推崇形式。此外，儘管他的詩行讀之如波濤洶湧，但終歸沒能掙脫千百年來的羈絆。也因此，魏爾侖的詩至今只偶有機會取悅中國一心革新的詩人們。

那麼，會是波德萊爾、季林思卡（Kyrinska）、拉弗爾（Jules Laforge）、康瀚（Kahn），或是其他象徵主義的代表人物嗎？非也。因為人們連他們的名字都沒聽過。同樣地，也沒聽過弗特（Paul Fort）、克洛岱爾，以及維爾哈倫（Verhaeren）的名字。

美國詩間接影響中國的「頹廢派」。這主要是由於惠特曼的作品。不過中國詩人對於塞爾特民族文藝復興也並非漠不關心。人們熱切地閱讀葉芝、辛格，以及布魯克（William Brook）的作品。布魯克是當代最偉大的詩人之一，惜英年早逝，在英國被視為是不可彌補的損失。不幸的是，繆思女神總是師心自用的。從這個意義上來說，任何一首詩都不可能任人翻譯為另一種語言，卻不損及原作之美啊。這也部分解釋了為什麼中國詩人僅零星翻譯過幾首泰戈爾、蒂絲黛爾（Teasdale）的作品，更何況有時不過是將之譯為舊體詩，當作舞文弄墨的遊戲罷了。

中國新詩裡顯著的是其革命性格，而對形式與技巧不甚關注，就好像是所有不限格律的自由詩體那樣。坦白說，新詩一點技巧也沒有，雖然有些人會反對我這個論點。其實吾國年輕詩人們心底的計畫是再簡單不過了。對他們而言，所有傳統規矩都應該揚棄。不要繞著彎說話，不要工於修辭，不要用盡文學典故。什麼都不要，只要乾乾淨淨的語言表達本身，盡可能清楚有力。不要用韻。即便有，也要出於自然本色的韻，絕不要矯揉造作的韻。

不但如此，中國年輕詩人還力圖以白話替代文言或書面語。他們宣稱，文言在今天已沒有任何存在的理由，因為它扭曲變形、陳舊，華麗繁瑣卻已過時。文言已不再能回應國家民族的熱切期望，不能符合日常所需，也不能跟隨科學的進步。一言之，文言與民主潮流已無任何關聯。相反地，白話簡單、精確、自然，於是乎也就鮮少矯揉造作。什麼事要讓廣大民眾瞭解，只消使用白話就成了。話說，從來詩人真正的任務，不過就是為最卑微的人們歌詠人性的喜樂、哀愁以及希望啊。

儘管如此，將白話用於文學創作並非現今才有的新鮮事。且說陶淵明的詩作吧，為求單純且朗朗上口的詩意，句句詩行透露出其苦心不輟的經營。更不用說白居易的新樂府平易通俗，「老嫗能解」。唐代末期，兩位詩人分別名為杜荀鶴、羅隱，亦採通俗白話入詩。且聽：

今朝有酒今朝醉，
明日愁來明日愁。

明代中葉，袁宗道三兄弟起而反對復古派的專橫。在他們的詩作裡，不乏清楚易懂的陳述表達。例如：

一日湖上行，一日湖上坐。
一日湖上住，一日湖上臥。

也不能忘記風趣詼諧的作者。知名僧人牛山的詩歌選輯由四十首詩組成，受到同時代民眾強烈喜愛。以下選自其中一首：

春叫貓兒貓叫春，聽他越叫越精神。
老僧也有貓兒意，不敢人前叫一聲。

本世紀初，上海出了本詼諧風趣的雜誌，題為《遊戲世界》。裡頭可以找到許多搔到癢處、回味無窮的白話詩，甚至還有用蘇州地方話寫的。

新詩將把我們帶往何處？現在還很難說。事實上，當前力挺新詩者所投身的這場抗爭，其激烈程度並不遜於過去發生在西方浪漫主義與古典主義之間的衝突。當時最著名的事件，發生在1830年2月26日，法蘭西戲劇院搬演雨果撰寫的浪漫派戲劇《歐那尼》（*Hernani*），結果引起浪漫、古典兩派的代表人馬在戲院演出全武行，拳腳相見。

我們大可以說，中國這場新詩運動顯示民眾藝術意識的覺醒，是最大的精神自由度所展現的熱切欲望。即便是最怪異荒誕的嘗試，且產生的作品不忍卒讀，但他們都極度珍貴。至少現階段相當珍貴，因為他們站在時代的浪頭上迎擊偏見。此外，我們也發自內心相信，今天這些破舊立新的詩人之中，必有幾位將毫無疑問成為明天大破大立的宗師。在藝術演進的過程裡，這個現象總是一再重複出現。

15. 中國新詩（II）

為了更近距離觀察這項運動的發展，手邊有幾首新詩作為樣本或許有其必要，雖然對某些人來說，這些作品難登大雅之堂，對某些人來說，則又只是不知所云的幾句話拼湊起來而已。

愛情

（一）

幾次曾看小像，幾次傳書來往，見見又何妨！休做女孩兒相。凝想凝想，想是這般模樣。

（二）

天上風吹雲破，月照我們兩個，問你去年時，為甚閉門深躲，誰躲誰躲，那是去年的我。

靈魂

靈魂像飛鳥，世界像樹枝；
魂在世界中，鳥啼枝上時。
一旦起罡風，毀卻這世界；
枝斷鳥還飛，半點無牽掛！

耕牛

好田地，多黏土；
只是無耕牛的苦。
難道這地方的人窮，
連耕牛都買不起？
聽說來了許多人，
都帶著長刀子，
把這個地方的耕牛，
個個都嚇死。

嚇死幾個畜生，
算得什麼事？
不過少種幾畝地，
少出幾粒米。
好在少米的地方也少人，
哪裡還愁有人會餓死？

大雪

小雪封地，大雪封河。
封河無行船，封地無餘糧。
無行船，乘冰床；無餘糧，當奈何？

春水

（一）
五九與六九，抬頭見楊柳。
風吹冰消散，河水綠如酒。
雙鵝拍拍水中游，眾人緩緩橋上走。
都說「春來了，真是好氣候。」
（二）
過橋聽兒啼，牙牙復牙牙。
婦坐橋邊兒在抱，向人討錢叫「阿爺」！
（三）
說道「住京西，家中有田地。
去年決了滹沱口，丈夫兩男相繼死；
弄得家破人又離，剩下半歲小孩兒。」
（四）
催車快些走，不忍再多聽。
日光照河水，清且明！

學徒

學徒苦！
學徒進店，為學行賈；
主翁不授書算，但曰「孺子當習勤苦！」
朝命掃地開門，暮命臥地守戶；
暇當執炊，兼鋤園圃！
主婦有兒，曰「孺子為我抱撫。」
呱呱兒啼，主婦震怒，
拍案頓足，辱及學徒父母！
自晨至午，東買酒漿，西買青菜豆腐。
一日三餐，學徒侍食進脯。
客來奉茶；主翁倦時，命開煙舖！
復令前門應主顧，後門洗缶滌壺！
奔走終日，不敢言苦！
足底鞋穿，夜深含自補！
主婦復惜燈油，申申咒詛！
食則殘羹不飽；夏則無衣，冬衣敗絮！
臘月主人食糕，學徒操持臼杵！
夏日主人剖瓜盛涼，學徒灶下燒煮！
學徒雖無過，「塌頭」下如雨。
學徒病，叱曰「孺子貪惰，敢誑語！」
清清河流，鑑別髮縷。
學徒淘米河邊，照見面色如土！
學徒自念，「生我者，亦父母！」

****

這首關於學徒的詩流露出悲憫激動的調子，讓我們不由得想起托爾斯泰令人回味再三的短篇小說《簡單的靈魂》（*Alexis le Pot*）。

該是時候為人性的磨難而歌唱了！尤其在這國家裡，悲慘事件日積月累，而騙子、政客、軍閥，這些了不起的罪犯仍在糟賤我們的生活！

我們也在這些不受格律束縛的自由詩行中注意到，今天的詩人已不是傷春悲秋的感性主義者，不再為了一隻螢火蟲或是一塊枯石而心懷澎湃，只因一時之間令其想起春夜夢中驚醒的愛妻！相反地，今天的詩人積極進取，只想根據事物本身，一五一十準確地再現其真實原貌。

再者，藝術裡約定俗成的陳套與臻於完美的定制，讓詩人們發自內心深處感到恐懼。於是他們出於一種天真稚氣，採用原始的處理方式，而這股天真卻見證了他們持續不斷的努力。

就憑這一點，中國新詩絕對是屬於這個世紀的！

16. 中國戲劇的起源

原始人類初次體驗到的美學情感都是源自宗教。此足以說明為何不同時代、不同地域的戲劇史，總有個共同的根源。艾斯奇勒（Eschyle）、索弗克里斯（Sophocle）和尤里庇德斯（Euripide）的悲劇，乃至於亞里斯多芬尼（Aristophane）的喜劇是從何而來的呢？不管是「基督的先知」也好，或是其後於中世紀出現的「亞當形象再現」也好，顧名思義不就足以顯示其宗教起源嗎？

中國戲劇在元代的發展不同凡響。今天我們一般稱之為宗教的神秘力量，固然也是中國戲劇的遙遠起源之一，但相較於歐洲舊大陸來說，中國或許沒那麼幸運。其一脈相承的戲劇史起源難以釐清，而且此前數百年間的演變幾乎是靜滯不前。話說歐洲戲劇倒是有兩段歷史。希臘悲劇和羅馬喜劇所構成的戲劇時代，遠不同於中世紀宗教儀式劇。這中間整整有一千年的時間，戲劇根本就是不復存在的呀！

對中國人來說，蒙古人建立的元代乃是戲劇的輝煌時期，就像唐代是詩歌的輝煌時期一樣。這種新文體的出現有如平地一聲雷，展現出令人難以抗拒的美感，以致於大多數漢學家為之醉心，無比雀躍地篤定認為戲劇文學及至元代才發生。然而我們不應該忘記的是，早在艾斯奇勒之前已有亞利昂（Arion）和提斯比（Thespis），莫里哀、拉辛與高乃怡之前已有亞當德拉阿勒（Adam de la Halle），也不應該忘記魯達（Lope Rueda）早已是維加（Lope de Vega）的先驅。同樣地，中國戲劇文學早已存在。正如以下筆者將要證明的，雖然我們這個時代的漢學家認為中國戲劇誕生於唐明皇時代，但早在他設置梨園之前，中國已經有了戲劇。這裡要再複述一次，中國戲劇起源於宗教和宗教儀式。正是在這些儀式過程供人觀賞的表演、舞蹈與音樂之中，誕生了今天我們所說的戲劇。不過，如果沒有我們稱之為「巫」的女祭司介入，舞蹈和音樂就不可能有所發展。起初，人們認為天神若降臨人間以傳遞訊息給凡人，乃是通過巫師這樣一個神秘的群體。這也就是為什麼人們獻祭天神時，這些女先知便又唱又跳。固然也有些先知是男的，但就像阿波羅的神諭偏好通過女性傳遞一樣，在中國古代經典的記錄裡，女性的巫要比男性的「覡」更常出現。「覡」就是專門用來指稱古代的男性祭司。

對於巫的崇拜，一直延續到封建時代（西元前658-249年）。原本的迷信晉升為貨真價實的宗教信仰，特別是在華中地區，人們開始改口稱這些能未卜先知的女性為「靈」，而不再叫她們「巫」。直到今天，人們還是以「靈」稱呼她們。

巫也好，靈也好，總之她們的功能是純宗教性的。她們的重責大任原本是取悅神明，但很快地，光具備這個功能已不足夠，還需要點別的。也就是在這樣的機緣下，一群被稱為「優」的人出現了。他們的功能不是要取悅神明，而是要取悅凡人。

在古希臘，悲劇出現的年代比喜劇要早。在中國卻恰恰相反。喜劇無疑是中國戲劇文學最初的形式，因為在這群名之為「優」的人身上，我們可以找到某種既有喜趣又有嘲諷的元素，而同樣的元素在亞里斯多芬尼喜劇《蛙》裡也可以看到。不過，優人的演出要大膽得多了。古希臘喜劇不過就是用滑稽的方式嘲諷同時代官員，但優人可是連王公貴冑都敢抨擊。孔子甚至不得不要求處死一位這樣的喜劇（或說鬧劇）演員，只因他羞辱了魯國君王。不僅如此，同樣的喜劇也可以在中世紀的宗教戲劇裡找到，最起碼法國是有的。法國中世紀末的鬧劇甚為有名，使盡渾身解數要取悅樂天愛笑的高盧人。其中尤以《皮耶巴特蘭大師》（*Maître Pierre Pathelin*）一劇為最，劇中洋溢著青春、活力與歡笑。

中國優人與西方中世紀宮廷弄臣之間，兩者之間竟有出人意表的類同之處。藉由《樂記》和《史記．孔子世家》的記載，可以確定優人乃從侏儒之中遴選。身形的缺陷本已讓人忍不住感到莞爾，再輔以滑稽突梯的言詞和怪里怪氣的活蹦亂跳，凡此種種都不難說明，為何優人在君王或宮廷顯要身邊總是能輕而易舉獲得成功。

墨西哥阿茲特克帝國的末代君王蒙特祖馬（Montezuma）說過，人們從弄臣那兒得到的教誨要比從智者那兒得到的多，因為天下唯有弄臣能毫無畏懼說出真相。然而，古今中外的真相總是一把兩面開口的劍，對於有勇氣侃侃而談真相的人來說，恐怕還得遭殃。上文曾提到一位不幸的弄臣，他舞於魯君幕下，激起至聖先師孔子咄咄直逼不饒人的態勢。這倒是令人想起《丑角君王》（*Le Prince des Sots*）裡的傻事有多成功。這齣戲於1512年2月24日在巴黎中央市場（Les Halles）演出。看起來，當時的法國政治喜劇似乎已經可以名正言順在「肥胖週二」（Mardi Gras）狂歡節慶裡演出。不幸的是，君王們很快就瞭解到政治喜劇所帶來的危險。法蘭索瓦一世施展出嚴峻的鐵腕，於是沒多久，滑稽搞笑最重要的功能都被剝光了。什麼功能？就是要在群眾腦海裡反覆灌輸政治的真相啊！

在中國，弄臣的影響力並不小於西方，其裨益也不亞於西方。下令修築長城的秦始皇（西元前249-210年）對建築工事一向頗感興趣，然而卻讓人民苦不堪言。優旃就是這個時代的宮廷弄臣，反語諫上，讓皇帝打消不少大興土木卻勞民傷財的念頭。繼位的二世或為一己私欲之滿足，或為抵禦外侮之成效，竟要求下屬漆城。同樣也是優旃，乞求二世皇帝放棄這項計畫，因為這樣的計畫恐怕得花費帝國好一筆驚人的費用呀！

優孟的故事就更有意思了。事情是發生在楚國。孫叔敖身後一家貧困，因為楚王忘記這位賢相的生前有口皆碑的治績。優孟穿戴起已故楚相孫叔敖的衣冠在皇宮前高歌，楚莊王再如何忘恩負義也無法對回憶的召喚無動於衷。這段令人動容的故事，收錄在太史公的《史記・滑稽列傳》，不禁讓我們想起威爾・索莫斯（Will Sommers），「不管他開口要什麼，王上都會獎賞給他」。

從滑稽調笑到今日我們所理解的戲劇表演，兩者之間只有一步之遙。

****

雖說宮廷裡的弄臣手舞足蹈，奇裝異服充滿喜感並且插科打諢，已經讓人多少感覺到帶有戲劇的元素，不過說到底還是得看他那些奔出宮外的弟兄們。他們主要的角色是在市集廣場上娛樂村民，這應該就是喜劇演員最早的起源了。至少英國和法國的情況是這樣的。法國的雜技演員本來一開始是表演馬戲，或走在懸索上表演翻轉和舞蹈，但很快地，人們就把這些名之為雜技演員的藝人和吟游詩人混為一談，因為雜技演員表演時也開始講述些傳說或戀愛冒險故事，說得有聲有色，令人動容。從故事裡便衍生出對話。根據沃爾德（Ward）的《英國戲劇文學史》（*History of English Dramatic Literature*），最古老的例子之一就是呂特伯夫（Rutebeuf）的《克洛瓦奇埃與岱克洛瓦奇埃的爭論》（*La Desputizons dou Croisié et dou Descroizié*）。呂特伯夫是十二世紀一位四處行遊的流浪雜技藝人。這本集子的內容是以對話形式呈現，爭論不休的有兩位：一位名叫「克洛瓦奇埃」，意思是「大旅行家」，個性火爆熱情；另一位名叫「岱克洛瓦奇埃」，意思是「不旅行家」，說話總是喜歡冷言冷語又帶嘲諷。這位反對旅行的角色說話頭頭是道，最後終於讓眾看倌們心服口服，認為大費周章出門旅遊探險，到頭來只不過是幼稚膚淺又要命。通過這部作品，我們看到一個雜技藝人如何找到關乎現實的主題，並且把它以對話的形式呈現，讓它戲感十足，也讓市集廣場上的群眾聽得不亦樂乎。不過法國的雜技演員在表演過程中並沒有放棄馬戲技巧，一招一式都把村民逗得心花怒放。馬戲的技巧繼續與對話並存於表演中，而對話毫無疑問在不久的將來取得了極其重要的地位。

不過馬戲卻是稍後才被介紹到中國來，雖說馬戲最早可以追溯到中國人初與蠻族接觸的時代。及至佛教成功進入天朝帝國之際，馬戲也被引進中國。沒多久，馬戲就蔚為風尚。漢武帝志在四方，到處尋訪從不間斷。於此同時，他每愛觀看打鬥、角觝、馬戲競技，以此消遣自娛。今人借由張衡史詩之作《西京賦》，恰足以一覽當時流行的表演風貌；宮中弄臣也就是在這個時期開始借鏡馬戲甚至變戲法。

根據當時的一些詩歌段落，面具應該已經為人所知，用於表演。不過面具的運用被正式載入史冊，那還是北齊（西元前679-502年）的事。《代面》、《踏謠娘》、《撥頭》是三齣創作於這個年代的戲劇作品。《代面》劇情說的是一位英勇善戰不世出的君王，然而面容卻如婦人。於是他每次上戰場時，都必須自覺戴上面具。民眾對其仰慕有加，甚至譜寫曲調獻給他。《踏謠娘》是齣家庭悲劇，說的是一位酗酒成癮之夫君老是在街上痛毆髮妻之事。其中固然有些地方令人憐憫，但也不乏喜感十足的場景。《撥頭》是讚頌復仇之事。說的是一名男子被虎所害，其子以利劍將此虎刺死。

許多人認定《撥頭》源自域外，其創作溯及久遠，而《代面》、《踏謠娘》同樣不過只是改編之作。此說亦為《宋元戲曲史》作者王國維所支持。不過，筆者個人對此倒不這麼認為，因為這三齣作品不管在道德主旨、結構或本質皆各不相同，無甚相似之處。

然而，在這三齣作品裡，倒是都可以看到舞蹈、服裝設計、音樂、主旨，或許還有臺詞。一言之，都是現今中國戲劇裡的必備要素。由於這三齣作品的出現，中國戲劇才可算是完全確立了。

17. 現代中國戲劇的演進

不管前人如何評論，中國戲劇就其整體而言，如同歌劇在歐洲所扮演的角色。元代初期的戲劇其實就是形式簡單的歌劇。原則上，元代戲劇場上每一幕只允許一人演唱。這項限制多有不便，以至於發展不久後就不得不借重丑角穿插劇中，好讓演唱者有休息的空檔。這些作品也就因而帶有歐洲喜歌劇或是輕歌劇的特點。

中國戲劇很快地就分為兩個派別，一是北曲，一是南曲。所有人都知道，中國戲曲是在蒙古治下發展到高峰。儘管如此，滿族統治的清代建立伊始則是中國戲劇另一個黃金時期，處處皆可聽聞《長生殿》與《桃花扇》，直到太平天國叛亂，戲劇才見衰頹。太平軍奪下南京城，定為首都。由於連年征戰不休，過去在北方京城享有盛譽的南方藝人，眼下不可能再赴當地演出，也因此讓崑曲在北方的影響力開始式微。

崑曲日漸沒落的同時，出現了弋腔。弋腔有個更為人知的名字是揚州梆子。從崑曲到今日傳唱中國劇場的皮黃之間，揚州梆子扮演著過渡的角色。弋腔的音樂極為簡易，笛是唯一伴奏樂器。戰亂期間的人們要求不多自能滿足，這也就是為何皮黃出現以前，弋腔自能輕易傳唱不墜。

弋腔喜歡唱的是小情小愛，但表演方式多半粗鄙，以致常讓觀眾羞得臉紅心跳。例如弋腔演出的喜劇《打櫻桃》，劇情淫穢但直到今天仍常上演，並且廣受歡迎。又如另一齣喜劇《探親相罵》，劇情是兩個親家母第一次見面，看了讓人捧腹大笑。

皮黃源自湖北，太平天國以前即已流行於安徽、湖北兩省。由於太平軍從未征服這兩個省份，所以來自此地的演員仍能赴北方演唱，在當地始終佳評如潮。

跟崑曲比起來，皮黃在音樂、文學這兩方面都要簡單得多了。崑曲是專為知識菁英所作的，而皮黃卻特別要面向廣大群眾。隨著皮黃入主劇壇，中國戲劇進一步演變，朝向更為民主的方向邁進。

然而，正當皮黃持續受到各方掌聲的同時，崑曲的影響力卻還沒有徹底消失。就在幾年以前，雅好崑曲的人士甚至推定其即將到來的復興，將讓中國回到輝煌鼎盛的時期；崑曲將迎來同樣的勝利，就像中華民族曾經無可置喙地是亞洲的龍頭，贏得四方外族敬仰推崇！根據他們的說法，國族的發達和卓越緊緊繫於戲劇的繁盛興旺，所以應該不計一切代價，祈願並鼓勵崑曲重返劇壇。國族命運如何，難道戲劇沒有產生或多或少的影響嗎？

不過皮黃幾年之後又有另一個對手，那就是起源久遠的秦腔。人們是這麼說的，明末名滿天下的流寇頭子李自成，當年進北京城時就順便把家鄉陝西的音樂也帶了進來，因為他根本聽不懂崑曲在唱些什麼。

還有另外一項證據可以說明，秦腔早在皮黃之前就已廣為京城人士所知。這是因為許多秦腔劇碼與崑曲相似，例如《別母．亂箭》、《斷橋》、《刺虎》等，這些戲皮黃裡都沒有。另一方面來說，皮黃也把《斬黃袍》等來自秦腔的劇碼當成仿效範例。不幸的是，秦腔到底是粗鄙得令人生厭，於是能品鑒它的只有某些特定民眾，或是口味難以捉摸的文人騷客！

到了1912年左右，新劇的聲勢看似要壓過皮黃，但事實並非如此。不過，在歐洲的影響下，中國戲劇遲早會有所轉變。轉變，讓中國戲劇獲得新的道德觀念，而或許也將讓中國戲劇成為普及西方思想最有效的利器。

18. 易卜生主義在中國[4]

有位美國評論家宣稱，尼采、托爾斯泰、易卜生、蕭伯納是現代四位最偉大的思想家。說到蕭伯納對我們當代的重大影響，我是心服口服。但他本身的獨到性，對我來說卻顯得不足。在蕭氏論辯的文字裡，尼采和易卜生的影子呼之欲出。若要說蕭伯納是真正有原創見解的思想家，未免忒誇張了。

接著要說到的是尼采、托爾斯泰、易卜生三位。前兩位基本上是樂觀主義的。但不久前才結束的世界大戰讓世人恍然大悟，原來尼采「超人說」要付出這麼高的代價，也讓世人看清這套理論會造成多麼毀滅性的災難。比利時與法國之所以被暴虐戰火蹂躪，或許它就是根源，而它也促成了德意志帝國的瓦解。尼采的影響力其實不利人間。

至於托爾斯泰的影響力，迄今為止是四人之中最顯著的。不過，托爾斯泰由於宗教信念的緣故，其樂觀精神顯得特別有道德意味。他費盡心力強加道德教誨於世人，要世人明白什麼事該做，一點選擇權也不留給我們。易卜生則相反。他從來不想強迫灌輸讀者他作品裡蘊含的道理。他只讓作品提出問題，而問題則留待讀者自行悉心解決。易卜生太過瞭解人性的多元，無論如何不會給出說一不二的絕決判斷。

易卜生的作品強而有力，但或許在歐洲還不被理解。記得幾年前，我曾在歐洲一座大城的戲院看過《海達蓋伯樂》的演出。當女主角海達蓋伯樂把她幼年友人的書稿扔進火堆燒掉時，現場只聽到此起彼落的叫囂與抗議聲：「臭女人！臭女人！」然而，我們知道在這部劇本裡，易卜生壓根也沒打算要讓觀眾看女人變態的那一面。要看那

---

[4] 作者原注：《新青年》期刊於1918年6月出版專號，研究這位挪威大師的作品。自此，《人民公敵》、《小艾友夫》、《群鬼》，以及《玩偶之家》等劇本便陸續譯為中文。上海商務印書館近日又出版了《玩偶之家》的另一譯本。

種女人，得到史特林堡的小說和戲劇裡頭找。相反地，易卜生努力嘗試在女性角色身上創造出某種尼采所說的「超人」，讓這些女性角色成為自身意志力的具體化身。

如果說易卜生的作品在歐洲不總是為人所充分理解，那麼可以預見的是他們在中國也不見得能有什麼機會。在一個擁有千年保守傳統的國家裡，易卜生的政治與社會思想能受到青睞嗎？

****

易卜生既反動又革命，其影響力或許和盧梭一樣大。不過，雖說盧梭極力宣揚民主，將其鼓吹為最好也最公平的政府型態，但易卜生倒是在《人民公敵》裡指出，多數人的意見往往是自由與真相最難纏的對手。根據易卜生的說法，少數人的意見反而總是有道理的；就改革這件事而言，我們從來別想在民主身上得到什麼幫助，因為民主不過是集合一群又一群無知且盲目的烏合之眾罷了。

易卜生這種近似卡萊爾（Thomas Carlyle）的主張，傾向支持強人領導，是否情有可原呢？拿破崙也好，克倫威爾（Olivier Cromwell）也好，難道治理國家會不如一群愚夫愚婦嗎？民國肇建，迄今已有八年。然而大小革命依舊接踵而至，同樣的歷史一再重演，國家眼看就要分崩離析。眼前這一幕幕輪番上演的悲劇，不就足以充分證明民主政體乃吾國一切不幸之根源嗎？一如遙遠的墨西哥一樣，中國此刻深陷艱難處境卻又不得不奮力拼搏，正足以說明上述觀點。事實歷歷在目，我們或許也只能贊同蕭伯納有理，認為民主遠非目前已知可證的最佳政府形式。然而我們可別忘了，沒有陣痛，何來呱呱墜地的寧馨兒？這些年下來，我們所歷經的各種擔憂焦慮、痛心疾首與失落，不就是君主政體過於快速地轉化為議會民主政治，因而所必須付出的代價嗎？

****

對於社會的共謀結構，易卜生筆下是特別毫不留情地攻擊。根據易卜生的看法，我們所處的社會，過去是為最蠻橫的專權統治所設計，現在還是在為它服務；用來管控社會的，不外乎就是些了無新意的因循苟且，以及膚淺幼稚的所謂傳統。我們唯一可懷抱的希望，只存在於每一個自由且獨立發展的人類個體自身。社會與個人各據一方，因此有了兩者之間持續長久的拉鋸，未來仍將如此。社會結構迄今總是輕蔑個體價值的。只有到了社會結構對人類或對每一個個體屈就的那一天，人性之中積極且正向的幸福感才能油然而生。所有以傳統為包裝的虛偽與不義，到了那時候才會徹底消失。

對易卜生來說，上述情況大致就是歐洲人類社會的命運。現在我們不妨看看中國社會的情況是否沒那麼腐壞，也沒那麼專虐。同時也不妨從某個角度看看，到底中國是不是也要遭逢同樣的蹇運。

演化法則不承認世上有任何例外，同樣的過程必定一體適用於中國，一如他處。但是中國始終是個靜滯的國家。一直到現代之前，家庭一直是社會的基石，因為舊時的法規制度不識個人，只知家庭。

因此，中國的家庭始終自外於時代演進。從前的改朝換代也好，甚至是近些年的種種動蕩紛亂也好，都沒能撼動這千年的體制於萬一。一如過去的猶太邦國，家庭曾維繫中國社會的統一，且迄今如是。

關於中國的家庭，默倫多夫（Moellendorff）的見解令人佩服，讓我們不得不同意他。他指出，中國家庭繫於純正無邪的婚俗，以及父母所認定的孝順之道，而歐洲家庭成員之間的聯繫有時相當鬆散。因此，他不認為中國家庭相較於歐洲的家庭有什麼特別更值得恐懼的地方。話雖如此，但我們也別忘了，恰恰是中國父權家庭的機制，毫不留情排除了個體主動積極的天性，同時也將中國的愛國精神掃除得一乾二淨。

中國人本質上是愛好和平的民族。歐洲人司空見慣的反抗情緒，一般來說並不存在於天朝子民心中。在中國人的眼中，體制章法神聖不可侵犯，因此當然也是不能改動的。都說中國家庭制度實在太古老也太根深柢固了，以致於完全不可能會消失。哪怕誰有一丁點動心起念，想用不那麼陳腐的東西替代它，光憑這家庭的老氣，就足以把一切初萌芽的反抗意念給重重壓下去。

****

易卜生首先是位女權主義者。他的筆鋒強健有力，時時在劇作裡為女性抱不平。蕭伯納稱他是「反理想主義」。在《玩偶之家》、《群鬼》和《海達蓋伯樂》三齣劇作裡，易卜生煞費苦心，讓觀眾看到女性在社會傳統規範下，究竟會犧牲到什麼地步。她們從未享有自由，也從來不是自己的主人。在現代社會裡，如此情況尤為加劇。

此外，雖然就像人們所說的，人生是一連串的虛幻假象與欺瞞，但正是因為有這些虛幻，才讓人生不致無法承受。當娜拉（Nora）得知她丈夫海爾瑪（Helmer）將成為銀行主管時，難道心中不是充滿幻想嗎？而當她丈夫向她解釋，人若欺瞞不誠，多因母親影響，這時娜拉竟開始自覺不適合親自教育其子女。隆克（Rank）醫生對娜拉的愛情告白，讓娜拉看清楚她丈夫對她的依戀，表面上看起來好像要為她付出生命，實際上不過只是凸顯男人的激情獸慾罷了。當她的丈夫獲悉票據上的簽字竟然卑鄙造假，因而對她暴怒相向時，再度向她證明他們的家庭生活不過只是虛假一場。娜拉這可憐的玩偶，幻想一個接著一個破滅。中國女性固然沒有任何理想可言，但她們是否也抱著跟娜拉同樣的幻想呢？

吾國男子或許都相信，家庭制度乃是順著他們的好處，卻以犧牲女子為代價所建立起來的，因此維持現狀多半是有利的。至於中國女子嘛，也沒表現出任何想反抗的念頭。不像娜拉所做的那樣，中國女子壓根沒想過要離家出走。像海達那樣憑藉任性與勇氣，終結自我的悲慘命運，這也是中國女子想都沒想過的。看來，中國女性也沒真的那麼不幸福呀！

19. 滿人統治時期的戲劇

滿人入主中國以後，中國文學無疑衰頹了，特別是戲劇文學方面。過去，戲劇文學有雙重角色需要擔任，一是讓觀眾得以消遣娛樂，一是給文人墨客提供茶餘飯後閒聊話題。清代劇壇一如明代，皆以古典戲劇為主流。其目的在使形式臻於完美，為此在戲劇身上加諸各種繁複考究的規則，卻也無可避免地扼殺了中國人民的戲劇天賦。事實上，若沒有《桃花扇》、《長生殿》兩劇，有清一代的中國戲劇根本是乏善可陳。

上述兩齣戲劇都是歷史劇。《桃花扇》涉及明代的政治派系鬥爭以及軍事將領間的衝突。劇中固然也體現了男女情愛的問題，不過當國家已無力保護人民，同胞之命運操之於蠻夷掌中之際，人們也沒什麼心思去想到愛情了。根據作者孔雲亭的說法，劇中人對故國毫無保留的熱愛——因為這的確是一種發自內心毫無保留的狂熱，或甚至可以說是一種宗教——是遠遠超過對愛情的狂熱。且聽道士張瑤星在劇中說的：「兩個癡蟲，你看國在哪裡，家在哪裡，偏是這點花月情根，割他不斷。」

《桃花扇》的女主角李香君出身貧寒，但技藝超群。男主角人品文采皆高，旁人難望其項背。兩人雖互許終身，但好景不常，才剛兩情相悅共度良宵，男主角就被迫遠走高飛，以便從政敵的魔爪中脫險。接著馬上輪到女主角受到侵擾，因為有人想強行擄之以為妻。李香君試圖自盡，鮮血流淌，濺紅她愛人致贈予她的一柄扇子。一位知名畫師來訪香君，恰見扇上血漬，順此將其點染為桃花。所畫桃花天然且真，任誰見了都不疑有他，難以想像斑斑紅點竟出自一位高貴女子的血脈。另一方面，政治上的鬥爭永無寧日，持續不斷直至明帝國徹底覆滅。而也正是帝國滅亡之際，兩位相愛之人在多年分離之後終得重逢。他們瞭解到，當祖國已然不存，愛情也不再有存在的意義。

從技巧上來說，《桃花扇》遠勝過《長生殿》，此乃無庸置疑。與《桃花扇》相反的是，《長生殿》象徵的是永恆的愛情，全劇如行雲流水，且多感官之娛，但戲本身的味道委實不足。楊貴妃不過就是個任性善妒的女子，然而李香君卻有著鮮明的人格特點與不屈不撓的意志，是世間少見的奇女子，集美貌、聰慧與豐富才情於一身。《桃花扇》裡其他角色也是個個都令人極為讚賞。柳敬亭一角因《桃花扇》一劇而不朽，後世說書人多需以其為師。

另外還有些劇作家，例如深得皇帝賞識，被譽為是真才子的尤悔庵，其作品亦值得載入史冊。詩人吳梅村也寫過一部出色的作品，題為《秣陵春》。同樣地，袁于令則編有《西樓記》一劇。

不過，最吸引評論者注意的無非是蔣士銓（心餘）和李漁（笠翁）。論者多喜好將蔣士銓的九齣劇作比為唐代詩歌作品。精於音律的蔣士銓，的確曾寫過許多不同凡響的作品，但其風格過度著重效果與情感，原創精神則顯不足。李漁則恰好相反，迄今仍毫無疑問是中國有史以來最優秀的劇作家。

李漁也是小說家。許多人認定是他寫了女權主義小說《鏡花緣》以及《十二樓》故事。他的戲劇天賦讓他創作出十六部劇作，其中十部流傳至今，包括：《憐香伴》、《風箏誤》、《意中緣》、《蜃中樓》、《凰求鳳》、《奈何天》、《玉搔頭》、《比目魚》、《巧團圓》、《慎鸞交》。

人們常說中國戲劇缺乏情節，但這個論點可完全不能套用在李漁的作品上。李漁堪稱是中國的司克里布（Eugène Scribe）。若從古典派的眼光來看，李漁寫得就像司克里布一樣糟透了，不但讀起來的風格過於鄙俗，評論者也對其作品多所貶抑。不過，李漁其實深諳戲劇編寫之道。就像司克里布這位了不起的法國劇作家一樣，李漁編寫的戲劇情節不管是佈局鋪陳也好，前因後果的呼應也好，從頭到尾都以絕妙的精準技術予以引導貫串。這一點也就是所謂的戲劇編寫要「密針線」。李漁穿針引線的妙手可媲美博馬舍（Beaumarchais），就連薩杜（Sardou）筆下那些不可思議的情節也遠不及李漁的佳構巧思。

上述的《笠翁十種曲》之中，以《風箏誤》最能為人欣賞其才華，戲劇情境的佈局手法與角色人物的創造皆優。《奈何天》算是齣問題劇。至於《凰求鳳》，則是反轉了中國傳統思維，因為傳統女性在愛情關係裡總被要求扮演被動的角色。李漁甚至更大膽認為，女性也有權利對男子主動出擊，而不需要羞答答地等候男子發動攻勢！

李漁絕對可說是位創新者。創新的不只在於其劇作背景主題，更關乎其形式與技巧。他首先極盡可能在作品裡加重對白份量，藉此平衡那些既冗長且令人睏乏的音樂唱段。在《一家言》裡，李漁也是這麼宣揚他的想法。一如我們所知，元雜劇裡對白甚少。明代戲劇因循之，只知模仿前輩大師，對於對話這種說白形式則有所保留。李漁卻玩味出一個道理，亦即廣大觀眾只能通過對白來理解戲劇。要是李漁之後的作者能夠繼續發展李漁所倡議的形式，那麼中國戲劇能獲得的社會影響力，勢必要比現在大得多呀。

可惜的是，李漁的創新並沒有蔚為流派。就這一點來說，李漁跟司克里布還是不同的。司克里布對法國和外國戲劇的影響無庸置疑，就連易卜生都可說是司克里布的弟子啊！

李漁不只是位不世出的劇作家，同時也是位首屈一指的戲劇評論家。一如在《一家言》書中，李漁用了極詳盡的篇幅研究戲劇技巧。日後筆者或許有機會就此論述一番。

李漁、蔣士銓之後，一直到皮黃出現以前，中國戲劇沒創造出什麼了不起的作品。也就是在這段期間，文學與一般所說的純戲劇開始分道揚鑣。從此，中國戲劇固然毫無懸念地在廣大群眾之中取得更積極的影響力，然而所謂的文人雅士卻無情地不屑戲劇於一顧，因為他們相信傳統的戲劇再無法作為傳播現代思想的有利武器。

20. 中國戲劇之怪象

中國戲劇並不刻意把歌劇和沒有音樂伴奏的戲劇區分開來。這是因為中國沒有什麼「現代戲劇」，所以就大部分中國人所認知的「戲劇」觀念來說，是戲就有音樂。因此，舞臺上的中國戲劇若是齣悲劇，演起來就像是喜歌劇；若是齣喜劇，演起來就像是輕歌劇。至少一般給人的印象是這樣的。中國人是否擁有真的悲劇呢？話說像中國戲劇這樣把對話與唱段混雜在一起，只能製造出喜劇效果，要不就是顯得滑稽可笑。想像若有人來向你哭訴他太太死了，臺詞句句悲愴，而觀眾也正準備好要一起落淚了，突然他就使盡吃奶的力氣唱了起來，這還像話嗎？又或者，一個婆婆拿起家法就要打她媳婦的時候（跟歐洲的情況不同，中國的婆婆從古到今對媳婦來說都像是洪水猛獸），媳婦便邊哭邊唱了起來。看的人還以為這些傢伙是精神病院出來的哩。然而，這就是現今在中國戲劇舞臺上所發生的實際情況。

****

中國戲劇的起源不明，待考處甚多。儘管如此，根據某些評論指出，在唐代初期的表演裡，唱段和說白是分得一清二楚。這段時期誕生的鬧劇或是滑稽劇都帶有上述明顯的特徵，並且延續至宋代，一時蔚為流行。當時的演員學養素質甚高，尤以來自四川者為最。他們以豐富的機智針砭時政之弊，並常在表演中調侃當朝官員。

也是在宋代，人們開始看到一些新型態的藝術家演出，包括說書人、皮影戲、傀儡戲等。不過有些人宣稱傀儡戲的起源得上溯至漢代初年的平城之圍事件。同樣在這段期間，詞大受歡迎。每逢節慶宴會，人們總會將詞配上音樂來演唱。舞蹈在宋代並未消失。人們觀賞的「傳踏」，事實上就是結合演唱與舞蹈的表演形式。

到了元代，調笑逗弄的喜鬧表演已顯陳舊而不再流行。曲在這個時代大放異彩，深受觀眾喜愛。不過由於元曲自宋詞演進而來，所以曲的創作也是用於演唱。有些評論認為，元曲可以完全不需要對話與獨白輔助。此論點恐怕非真。所謂「賓」（獨白）與「白」（對話），本是寫給喜劇角色與戲中的宮廷弄臣所用。因此，賓白在元曲的編寫裡只是次要的附屬角色，用途是讓演出主角的演員能有一時片刻的歇息。六百年過去了，今天的中國戲劇仍然還像是某種歌劇，而對話不過就只是微不足道的小玩意！

****

真正擋在中國戲劇發展路上的，卻是它過度浪漫化的傾向，以致於讓舞臺上發生的每一件事都帶點虛幻不真的色彩。不過對某些人來說，這叫做象徵手法！

小生在戲裡通常是扮演情人的角色。小生的聲音尖銳刺耳，使得一般人——至少對第一次聽到的人來說——很難區分小生和女子的聲音有何不同。要當個稱職的情人，難道非得把聲音搞得像個女人嗎……？

來看看武將的角色吧。關公的臉就跟芍藥的顏色一樣紅。印地安人可得牢記他的不朽精神，這才合情合理呀。此外，為什麼武將總得把臉塗成嚇人的色彩，像是兇神惡煞一般呢？有些武打角色把臉勾成這副德性，鐵定要讓前來看武戲的孩子們做惡夢了。一般來說，中國男人體膚光滑，但是所有扮演男性角色的演員，除了演小生跟丑角的之外，都得戴上髯口。灰的、紅的、白的，各種想像的五顏六色都有，而且長度往往一米有餘。中國戲劇究竟是帶有神秘色彩，還是故意裝神弄鬼呢？

****

關於莎士比亞的戲劇，英國詩人麥斯菲爾（John Masefield）曾評論說，由於過去讓年輕男孩演出女性角色，以致莎劇在勃發的過程裡受到狠狠的一擊。其實對當今的中國戲劇來說也是如此。儘管有梅蘭芳和其他出色的演員，但如果堅持讓男演員扮演女性角色、讓女演員扮演男性角色，戲劇藝術就絕不可能被充分理解。此處這麼說，其實是在衝撞中國最堅固的傳統之一。天朝子民看到一男一女同時出現在公共場合，總認為他們是「有傷風化」的。不只舞臺上如此，就連舞臺下的觀眾席裡頭也是這樣的，男女之防是通行不悖的規矩。因此，除了上海的戲院以外，一般戲院裡一樓平面的位子是給男客的，女客則得到樓座去。那些捨不得一時片刻離開太太的丈夫，這時候可得感謝員警了呀，因為員警隨時盯著，以防有不肖之徒覬覦他們的太太……

21. 當代中國戲劇

皮黃，也就是所謂的舊戲，在中國立足超過六十年之久。然而，自本世紀起，有種新的戲劇類型開始成長茁壯。若是現實環境有利其發展的條件，這種戲劇形式本來應該有凌駕皮黃之勢。

這些沒有音樂的戲劇作品很有可能是源自教會學校，其中首推上海聖約翰大學。每個學年結束的時候，學校會組織戲劇演出，以饗前往參加結業式的訪客。於是學生們動手編寫「現代戲」，演員就從學生裡頭挑。我依稀還有些模糊印象，記得當時這些戲儘管技巧欠佳，但都獲得觀眾報以熱烈掌聲。

在中國，教育機構對戲劇的熱忱之深，及其對戲劇發展的貢獻，著實令人感到驚訝。北京清華學校、天津南開學校，以及其他諸多學校機構都有戲劇表演的組織，一般稱為「劇社」。過去幾年來，南開學校的劇社尤其活躍，也因此讓該校搏得美名，被認為是中國戲劇進展的主要功臣。南開學校編排演出的作品，其後以書籍的方式印行出版。兩齣主要的劇作是《新村正》和《一念差》。《新村正》是齣悲劇作品，但結局倒不怎麼悲。《一念差》劇中特別處理的是官員的貪腐，以及民國建立前用來對付可疑革命分子的嚴厲措施。一般認為這兩齣戲非常強而有力，其有力之處在於他們展現出寫實的傾向。光是這一點，就足以使這兩齣戲有別於其他戲劇作品，因為好幾百年以來的中國都是荒謬的浪漫主義天下。

這場戲劇運動純粹是學院派的。然而若是跟美國比起來，卻又完全微不足道了。美國研究戲劇的學校機構可是多得很的。比方說卡內基學院的戲劇實驗室，凡是在那兒完整學完戲劇文學課程的，不管是傳統戲劇還是現代戲劇，都可以獲得學校授予的大學本科學士學位。哈佛大學的貝克（George Pierce Baker）教授每年都會開設戲劇技巧方面的課程。此外，諸多關於戈登克雷格（Gordon Craig）和萊因哈德

（Reinhardt）的書也都已經在美國出版。

****

西元1900年左右，上海的戲劇從業人員根據舊有劇碼修訂改編後，在舞臺上搬演了知名的《黨人碑》。演出獲得前所未有的成功。主角由汪笑儂擔綱。他是當時中國極少數能讀能寫的演員！這齣戲專談政治，上演後很快就有許多同類型的作品如雨後春筍般出現，例如《潘烈士投海》，故事說的是一名愛國人士因為對中國的處境感到絕望，因而灰心喪志，最終投海自盡。當時中國的處境，在以下幾齣戲可以窺見一斑：《黑籍冤魂》描述吸食鴉片成癮的可悲生活，《父子嫖院》的情節相當類似輕歌劇《貞潔的蘇珊》（*La Chaste Suzanne*），至於《妻黨同惡報》則有如鞭辟入裡的社會研究，針對的是中國家庭制度所產生的諸多令人厭惡的弊端。

這些劇本都不能以新劇之名稱之，倒比較像是舊戲與新劇的混合。但是能讓觀眾看得懂，這可是舊派戲做不到的。於是乎，這些戲比起舊戲來說，影響力相對要更大一些。演出過程中，觀眾常常要掉淚的呢。不過音樂在這些戲裡頭還是維持固有的角色，就像過去所謂的「過渡戲」那樣。

舞臺美術設計很快也被引入中國，雖然不免仍顯得相當簡陋。中國戲劇因此進入了一個新的時代。《拿破崙》之類的戲大獲成功，舞臺上可以看到炸藥、鐵甲、煙霧火花的出現。這類型的戲演出講究，主要上演地點在上海新舞臺，可以稱之為「電影通俗劇」。1917年春，以警匪為題材的戲劇如《黑手黨》、《就是我》成為滬上觀眾最喜愛的作品。目前則是《濟公傳》大獲成功，誇張渲染的程度不輸上面各檔戲。

另一方面，差不多在1904年左右，新劇的奠基者之一王鐘聲建立了春陽社，並在上海蘭心劇院演出。他的嘗試並未持續太久，但卻真正標示著現代戲劇的發端。上海這座商業城市之所以成為中國現代戲劇的搖籃，其實不難解釋。第一，上海是中國唯一一座深受西方影響的城市。不管好的或壞的方面，西方在此發揮極深遠的影響。第二，比起北京或是其他北方城市的民眾來說，南方人遠不及他們那麼保守。 因此，很快地就有另一群藝術家在上海以「進化團」之名行走。這些藝術家先到南京，後轉進湖南組成社會教育團體。不過他們的努力並沒有帶來顯著的成功，一方面是由於經費不足，一方面也是由於出色的劇本不足，難以吸引觀眾。而他們面對的觀眾，既還沒有準備好，教育水準也還不夠，沒法欣賞現代戲劇的價值。

1912年，上海出現了「新劇同志會」，主要成員是從日本歸國的留學生。當年他們旅居日本時，即已組成以「春柳」為名的團體，曾經在舞臺上演出過小仲馬名作《茶花女》。他們也將《湯姆叔叔的小屋》編為戲劇。日本的成功經驗讓他們很快就決定要回到中國，在自己的土地上進行同樣的嘗試。

同一年，「新民社」首次在上海謀得利劇院搬演現代戲劇，演出作品內容相當聳動。劇團主事者鄭正秋是新劇的擁護者，全心全意投身到新劇之中，哪怕觀眾對新劇的口味多變，他還是在此前一年成立一所戲院，專門就演現代戲劇。鄭正秋甚至還創辦一所戲劇學校，由他親自授課。

除了「春柳」之外，還有另一個劇團，名曰「開明社」。新劇一時蔚為風潮，每晚都有群眾蜂湧而至，觀賞新劇演出。一向對新劇抱持冷淡態度的中國民眾，一夕之間對新劇展現極高熱忱。

新劇演員之中，有幾位特別值得一提。滿族人任天知，日本屬地居民，在東京大學教授中文課程，是進化團的主事者。曾留學日本的歐陽予倩，是現今中國最受歡迎的演員之一。他身兼演員與劇作家兩種身分，就像英國的葛朗威巴爾克（Harley Granville-Barker）一樣。春柳的健將陸鏡若，乃是日本知名戲劇評論家坪內逍遙的弟子，以扮演女性角色聞名。上海演劇事業失敗後，陸鏡若與其劇團同伴周遊各地，最後逝於中國內地城市。

新劇最知名的劇本包括《家庭恩怨記》、《社會鐘》、《茶花女》，以及改編自日本小說的《不如歸》等。莎士比亞也為中國戲劇舞臺所熟知。《威尼斯商人》在上海頗為成功。著名中國小說《紅樓夢》也有部分改編為戲劇搬上舞臺，其中《寶蟾送酒》、《饅頭庵》已大受歡迎，目前仍將繼續受到觀眾喜愛。

這些劇本的弱點在於分幕太過拖遝。例如春柳的戲，除了鬧劇之外，每齣戲包含有七幕之多。又如進化團的戲，一般都超過十幕。會有這樣的結果，自然是因為對戲劇技巧認識不足，且導演又不知如何掌握效率。此外，在中國是沒有幕間中場休息的。說起做生意或者辦外交，中國人一向是慢慢吞吞，唯獨看戲時總是沒耐心，一點兒也不喜歡坐在那兒一刻鐘卻什麼也不幹！

新劇運動在中國南方也有迴響。廣東新劇運動的推手之一是陳少白。他聰明才智過人，留學外國，表現優異。此外，他還曾參加過辛亥革命。身為劇作家的陳少白，作品價值極高。他不但是將新劇介紹到廣東的第一人，而且為新劇打下堅實基礎。

在北方，新劇運動獲得的迴響卻是微乎其微。北方的民眾較為保守，對於各種創新運動也多半不聞不問。此外，數百年來，北方的民眾對娛樂要比對藝術關心得多了。話雖如此，我們還是多少可以在北京看到一些現代作品。除了《自由寶鑒》、《一縷麻》、《雙烈女》少數幾個特例之外，北方大多數的新劇作品都是歷史劇，因此自然也就沒什麼戲劇效果。在山東，易俗新劇社已搬演過百齣現代戲，其影響力正開始為人所知曉。

回顧中國現代戲劇發展史略，如果沒把寶座讓給名聞遐邇的藝術家梅蘭芳，恐怕讀者就要食不知味了。梅蘭芳扮演女性角色，維妙維肖，技藝超群，以致於人們忍不住想把他拿來和莎拉貝恩哈特比較，因為在《雛鷹》（*L'Aiglon*）一劇裡，莎拉貝恩哈特是女扮男裝，恰好與梅蘭芳相反。梅蘭芳對民眾的影響力，說多大就有多大的呀！去年梅蘭芳到上海演出的時候，他的死訊卻竟然在北京城流傳開來。多少人為了這假消息而潸潸落淚呀！可惜的是，梅蘭芳對現代戲劇多少還是有些淡漠的。梅蘭芳的身上具體體現了「為藝術而藝術」的理念。至於偉大的批評家杜布洛呂波夫（Dubroluboff）及其同門，則是致力於「藝術為人生服務」，將此當作唯一可被承認的理論。對這套「為社會而藝術」的理論，梅蘭芳可是完完全全置之不理的。

1887年，路易士（George Henry Lewes）曾在評論裡挖苦德國戲劇，並說道歐美的戲院早晚要轉變為純娛樂的地方。不過中國戲劇從來就只是用作娛樂的，它沒扮演其他角色，只為取悅那些顧著眼睛享受，而不在乎心靈滿足的蒙昧群眾。除非等到中國人真懂得藝術理想的那一天，否則建立新式戲劇所付出的努力不過都是徒勞罷了。

****

正當各種內憂外患橫行全中國，人們突然紛紛議論起兩所按照歐洲模式所建的戲院，一所在北方，另一所則在南方。

南方的這所位於南通州，附設有伶工學校，將延請歐陽予倩出任校長。我們隱隱約約看到了一線曙光，中國戲劇新的光明時期就要到來。

（作者按：本文原刊登於1919年周年專號的英文《北京導報》*Peking Leader*，經翻譯後再經擴充且佐以評論而成。）

22. 破除舊習的中國戲劇

胡適先生絕對是位易卜生主義者。他首次嘗試的戲劇創作就是最佳證明。劇本的標題是《終身大事》，1919年6月19日首演於北京第一舞臺。在接下來的劇情概述裡，可以看到天朝子民迄今奉為圭臬的婚姻觀念，而胡適先生的戲想當然耳給這觀念帶來致命一擊。

《終身大事》

田小姐和陳先生彼此相愛，欲訂終身。未婚妻的父母正打算同意這門親事時，有天來了位算命先生到他們家。田太太請他給她女兒算算命。算命的瞎子鐵口直言，說是從八字上來看，兩人的婚姻肯定不能到頭。於是田太太這做母親的便反對起這門親事。但是做爸爸的是個「新派」人士，不理會他太太迷信的那一套。做女兒的放心了，卻讓做媽媽的大哭大鬧。然而，這看起來十足自信的爸爸，有天也鄭重地告訴女兒，這婚是結不成的。原因是，根據中國的風俗，同姓氏者是不能婚配的。田和陳兩字雖然寫起來不同，但說到底田、陳本一家。兩千五百年以來，兩姓本不通婚，此乃鐵證如山。田小姐一聽到父親這番顛倒是非的道理，便絕望地哭了起來。她苦苦哀求父親，但只是徒勞無功。田先生寸步不讓，只關心做家長的得以身作則，嚴格遵守祖宗留下來的章法。

田小姐突然明白，只有她自己能對自己的終身大事做出決斷。父母的意見太過分，但她已不在乎。她大步走出父母家，外頭陳先生正等著她。她坐上陳先生的車，只留下一封未封緘的信件給父母，告知父母她自己做出的決定。

****

劇中的田小姐不就是個年輕點的娜拉嗎？固然田小姐不像《建築大師》裡的希爾妲（Hilda）那麼心狠手辣，也沒有海達蓋伯樂那麼激昂浪漫，但她「造反」造得可不比別人差——怪不得我們同胞聽到「造反」這個詞總有戒心。幾百年來的中國女性有個大錯特錯的地方，就是自甘為奴。也許是時候了，女性應該可以變得更獨立，因為她們對自己的心理與意願都更加清楚地認識。而父母與丈夫的專制是不是也該是消失的時候了呢？

這齣「遊戲的喜劇」——作者是這麼稱呼它的——的主旨即在於此。大多數的中國人認為胡適的思想未免太過極端，而我們倒想研究看看這齣戲的技巧。話說一般人不免注意到，易卜生作品之偉大在於其全無技巧可言。至於《終身大事》，確切來講也是沒有劇情的，換句話說，就是沒有戲劇效果。

人們多認為，再有技巧的劇情安排也勝不過臺詞本身。試看王爾德叫人回味再三的喜劇，實在不愧被譽為尖酸刻薄卻又妙趣橫生的無價精品。但他這些劇本不就是穿插著你來我往的對話嗎？這種帶有教誨口吻的形式，說實話，不過就是回歸古希臘時代的悲劇。不論是《阿格曼儂》、《伊底帕斯王》或是《米蒂亞》的作者，儘管戲劇技巧天真且生澀，但由於他們在劇中揭示的崇高道德思想，以及詩行間令人難以抗拒的美感，使得他們的劇作迅速擄獲同時代觀眾的心，並且繼續讓我們這個時代的觀眾如癡如醉。

然而，光有臺詞、想法，或甚至是作者支持的論點，這對現代戲劇來說是不夠的。要想琢磨戲劇藝術且讓作品成功，更需要的是深入瞭解運用戲劇技巧。否則，我們又怎能解釋亨利・伯恩斯坦（Henri Bernstein）的成功呢？這位《小偷》（*Le Voleur*）和《突擊》（*L'Assaut*）的作者，若不知運用機巧靈活的編劇手法以抓住觀眾注意力，又怎能獲得舉世皆知的美名呢？神秘派戲劇之所以成功，一大部分原因無疑得歸功於劇中既怪異卻又如天使般美善的角色、一而再再而三重複卻又充滿童稚的臺詞、眩人耳目並且仙靈奇幻的舞臺佈景。就像梅特林克（Maeterlinck）的《青鳥》（*L'Oiseau bleu*）一樣，可以說在劇場技術發展史上寫下特別的章節。

戲劇裡有某種元素是獨立於風格與道德分析之外的。這種元素讓故事情節得以順利串接，讓劇中情境的呈現得以生動並且不斷推陳出新，讓計謀得以精心鋪陳，讓場面得以安排妥貼，還讓各種角色得以掌控於劇作家之妙手。這種種手段純靠匠意獨具、有如手工一樣帶有技術性，現今我們一般稱其為戲劇技巧。作品若少了這個，不管在中國或其他地方，都毫無機會受到觀眾掌聲歡迎的。這就說明為何白里安（Eugène Brieux）的戲劇常讓人看了昏昏欲睡，因為少了這種戲劇專門知識裡不可或缺的元素。有了這個元素，管他觀眾是學富五車還是目不識丁，是菁英階級還是普通大眾，都不能對戲無動於衷。司克里布寫戲深諳此道，並且得心應手。

****

此外，有關社會秩序或心理穩定這種嚴肅問題，中國的知識分子已經開始不怎麼感到興趣了。問題劇一上臺，觀眾恐怕都要嗤之以鼻了呀，因為這些人來戲院不過就是為了調劑，找找樂子，一點也沒有心思去領會那滔滔不絕的長篇大論。所以技巧是最要緊的，吾國所有劇作家都應該好好學習，首要任務是耳目之娛，刺激大眾的好奇心，釣起觀眾對戲劇的胃口，讓他們入迷，讓他們覺得有意思。等到那個時候，才能給觀眾準備些比較嚴肅的東西，戲劇也才能變成最有力的宣傳工具，傳遞給觀眾新的學說與現代思想。

《新村正》

某日，三鄉紳與周村正商議，將關帝廟四周土地轉售與外國公司。該片土地上本已有許多貧民房舍。村正起初認為此事有欠誠信，故本不打算同意這樁買賣。但其他三位鄉紳見此一交易有巨利可圖，便由不得村正決定，連哄帶騙，終於成功讓他簽下合同。翌日，外國公司便差遣夥計前來收租。原居住該處的貧窮農民無力立刻繳付租金，於是飽受各種痛苦折磨。事情正僵在那兒的時候，周村正年輕有為的侄子正好從上海念完書返鄉。周侄宅心仁厚，不管事情是否已經太遲，但還是正式提出反對買賣土地的意見。在窮人們的陪同下，周侄將事情的來龍去脈上告縣長。於是合同順利取消，大家討論要怎麼樣嚴懲這四個壞傢伙。

周村正之子驚慌不已，便前往岳父吳姓鄉紳家中共商大計。吳紳也是四名同夥之一。吳紳建議周子立刻帶上四千塊大洋以便挽救局面，甚至說不定可把周村正的命給救回。當然，吳紳想的也包括要救自己。周子回應到，若把地產全都脫手賣出，當可提供這一筆款項。只是，此後他將身無長物，他與妻兒都將陷入絕境。吳紳當下允諾，無論如何會動用手段把村正的職務留給周家。畢竟發生了這一連串事情之後，已辭職的周村正是不可能要求上頭收回成命的，但是兒子可以繼承。事情就這麼決定了。做女婿聽從岳父的話，把四千塊大洋都給備妥了。

幾天之後，舊村正果然被免除一切職務。只不過，繼任的根本不是周子，而是岳父他自己！

《新村正》的技巧明顯優於前面提到的《終身大事》。《新村正》也是齣革命戲，因為它推翻了中國戲劇裡的一項千年傳統。破天荒頭一遭，戲裡壞人最後竟然沒受到懲罰。劇中人吳紳其實就像所有政治人物一樣，只是多少得到點教訓罷了。中國人的傳統是要在每一齣戲的結局裡看到良善之人得到回報，同時惡人也得罪有應得，受到懲罰……但這真的有必要嗎？人生裡的事情，常常不都是反此道而行嗎？

23. 如何改革中國戲劇？

誠然，我們並不打算懷抱烏托邦式的美麗幻想，也無意追隨戈登克雷格的觀點，認為戲劇終將演進為新的類型，達成所謂的「美學戲劇」。這種新類型的戲劇固然優點甚多，但中國觀眾能理解、欣賞這種戲劇，進而充分予以善用嗎？原因在於，這個美學運動一旦放到戲劇界，其首先訴求的不過就是視覺，藉此在不知不覺中讓心靈滿足於其終日追尋之物。雖然一般認為中國戲劇混合了浪漫與象徵元素，不過克雷格、萊恩哈德、史坦尼斯拉夫斯基（Stanislavski）等人在戲劇領域所堅持的那一套象徵主義，中國人很難掌握其真正的內涵意義。

此外，上述這些戲劇家所發起的革命性觀念，以及他們之中部分人士所採用的戲劇改革方式，其實目標只有一個，那就是要徹底掃除左拉、博拉斯戈（David Belasco）的寫實主義。相反地，中國戲劇卻非常需要寫實主義。我們期望在中國看到的是，戲劇將生活實際運作的樣貌一五一十呈現在我們眼前，而不是要我們每個人任憑喜好在腦海裡想像。戲院應該是宣傳健康強勁思想的地方，就像是座禮拜堂，或者像所學校也無妨，總之什麼地方都好，重點是無論任何代價都不要把它變作一個純享樂的地方，即使在那裡可以找到心靈的寧靜，就像美學劇場的信徒們所應允的那樣。

如果我們想談談中國戲劇的改革，應該從何開始呢？

中國舊戲首先叫人注意到的，就是它總融合了對白與音樂片段。在歐洲人眼裡，中國戲劇自元代起徹底變成某種喜歌劇，這個觀點常導致歐洲人認為，符合他們認定標準的悲劇，在中國是一齣也沒有。音樂與對白的混和，註定讓最叫人悲憐的主題也得沾染可笑的調性。

拉辛、高乃怡等劇作家所作的悲劇——也就是所謂真正的悲劇——早已死去而不復見。既然如此，我們的目標就不是在中國戲劇的舞臺上重新賦予它們新生命。莎士比亞融合悲喜元素的理念我們同樣樂見，但我們一點也不希望中國戲劇顯得天真幼稚，也不希望它所呈現的總是滑稽！我們堅持的是音樂與戲劇徹底分家，堅持歌劇自戲劇抽離出來獨立存在，而戲劇舞臺則讓給易卜生、蕭伯納，以及其他出色的劇作家，不再像過去那樣長期吝惜給他們位子。

新劇的確曾試著實踐上述提議，不過其種種嘗試最終宣告失敗。原因在於，一旦捨棄了音樂，中國戲劇過去固有的那些迷人韻味，似乎一下子全被剝除得一乾二淨，不見蹤影。除此之外，那些個編寫新劇的甚至完全不知何為戲劇的基本規則。例如亞里斯多德鼓吹的戲劇規則他們自然是未曾聽聞的。而布倫退爾（Brunetière）所說的，在任何一齣劇本所欲探討的問題上，不管最後具體成形的理念是什麼，首先必須先得有一個衝突。這樣的觀念他們尤其不可能知道。

中國戲劇舞臺上所宣揚的道德總是相當清楚簡單的。大家死守著一報還一報的觀念，堅持戲裡一切到頭來還得順著我們的意才行。但是我們的新劇作家到底明不明白，符合我們要求的道德教誨不見得就是能在舞臺上產生戲劇效果的呀。戲劇是要給我們帶來喜怒哀樂，激發我們的好奇心，並且最終讓我們對戲裡提出的問題感到興趣，而完全不是要提供我們解決之道，或者實現這些問題的方法呀。

至於說到戲劇技巧，迄今無人可超越李笠翁。不管怎麼說，他都是唯一可與司克里布相提並論的劇作家。此處我無意討論他們任何一人作品裡的文學價值和道德教訓。然而必須要指出的是，他們都在各自的觀眾群裡獲得巨大成功。如果吾國年輕一輩的劇作家之中有人能起而仿效之，那麼很大程度上可以保證新劇——或者說以對話為主體的戲劇——的未來。

既然談到了道德教誨，那麼我們也必須調整一下有關男女兩性關係的觀念。這些觀念在戲劇裡產生獨特的效果。

在中國，男女不同台演戲，這是由於吾國民眾認為男女授受不親，因此禁絕此種混雜情況。然而除了我國最偉大的藝術家梅蘭芳之外，有誰能收放自如，演好女性角色呢？又有哪位女子可以把男性角色演得維妙維肖呢？外頭那些跳著熱情探戈的男男女女，誰也不可能視若無睹。大學裡況且還推行男女合校教育哩。世態既然如此，我國藝術界也該是時候讓男女一起上臺了。

另外也不該忽略戲院的建築。不過我必須再說一次，戈登克雷格的各種設計規劃在中國戲院裡是行不通的。今天中國的戲院跟歐洲十七世紀的戲院幾乎沒有什麼差別。在羅斯登（Rostand）的《西哈諾》（*Cyrano de Bergerac*）第一幕裡，對那個時代的歐洲戲院有著令人拍案叫絕的描述。人們在戲院裡頭推啊擠的，大呼小叫跳上跳下，稍有閃失就要動手打起來了呀！賣花的姑娘在戲院裡頭轉來繞去兜售，還得忍受兩旁士兵騷擾。此情此景，十足就是我們中國戲院的寫照呀！

所有中國戲院，不管是舊式或新型的，全都沒有設置幕間休息交誼廳。要是在戲院裡闢建一間這樣的休息廳，觀眾恐怕就再也沒機會跟小販買點瓜果零嘴並向他道謝了呀。更不消說帶位員了，有了休息廳，他就沒法賞給您一條條寄生著各種微生物的擦手巾啦。

至於燈光呢？比起前面提到的戲院，中國戲院的照明沒好到哪裡去。我們大概需要個像阿庇亞（Appia）的人物，好讓戲院經理曉得現代照明系統能創造出多麼神奇的效果。不過呢，到頭來還是得問，為什麼演員在臺上表演時，我們不把包廂和觀眾席裡的電燈給關掉呢？為什麼不安排中場休息呢？

不難看出筆者對中國戲院倡議的這些改革措施，可以說是老老實實，毫不故弄玄虛。要實現這些改革，只需要戲院經理和藝術家們付出小小的努力，以及那麼一丁點的善意足矣。

宋春舫年表[1]

年份	紀要
1892年	出生於上海，原籍浙江吳興。
1904年	考取晚清最後一屆秀才。
1907年	錄取上海聖約翰大學，學習外國文學。
1912年	年初啟程赴歐。抵馬賽後搭車赴法國巴黎索邦大學就讀，後轉入瑞士日內瓦大學。
1915年	取得日內瓦大學學位。
1916年	夏天離開歐洲，先抵紐約，經檀香山返華。 任聖約翰大學法文教職。
1917年	出版《海外劫灰記》（上海東方出版社出版）。 9月，赴北京清華學校任教。
1918年	秋季起赴北京大學任教。 10月，在《新青年》發表〈近世名戲百種目〉。

---

1 主要參考資料：鍾欣志，〈宋春舫戲劇譯介工作的多樣性與當代性（1919-1937）〉，《政大中文學報》32（2019.12），頁87-128；本書〈宋春舫的旅行書寫及世界想像：從《海外劫灰記》到《蒙德卡羅》〉。

年份	紀要
1919年	出版《當代中國文學》（北京法文新聞報出版）
1920年	4月，啟程赴歐調查一次大戰後歐洲經濟，並任駐歐中國國際聯盟同志會代表。抵歐後於威尼斯上岸。 11月，參加日內瓦召開的國際聯盟大會。
1921年	5月，自歐回滬，居於三德里住宅。
1922年	出任民國政府財政部長。
1923年	出版《宋春舫論劇》。
1924年	騎馬摔傷，健康大受影響。
1925年	赴青島長期療養。
1928年	與蔣丙然共同創建青島觀象臺海洋科，並任首任科長。
1929年	6月，自海洋科科長卸任。
1930年	主持成立國立青島大學圖書館、青島觀象臺圖書館。 3月，「褐木廬」戲劇圖書館成立。
1932年	10月，進入上海銀行任職。 12月起，編輯該行內部刊物《海光》月刊，常寫遊記以實篇幅。
1933年	4月，出版遊記《蒙德卡羅》（中國旅行社出版）。

年份	紀要
1934年	出版經濟研究專書《不景氣之世界》。
1934年	5月，受上海銀行陳光甫委託撰寫之《上海商業儲蓄銀行二十年史初稿》（未出版）。
1936年	出版《宋春舫論劇二集》（文學出版社出版）。
1937年	出版《宋春舫論劇第三集：凱撒大帝登臺》（商務印書館發行）。 出版《宋春舫戲曲集第一集》（商務印書館發行）。
1938年	病逝於青島。

參考書目

一、原典文獻

（一）宋春舫著作

〈巴黎（一）〉，《海光》5：2（1933.2），頁9-10。

〈文學上之世界觀念〉，《清華學報》3：2（1911），頁100-101。

〈自題《海外劫灰記》〉，《海光》6：2（1934.2），頁5。

〈宋春舫遊記（一）〉，《申報》第14版，1920年10月2日。

〈宋春舫遊記（二）〉，《申報》第14版，1920年10月3日。

〈宋春舫遊記（三）〉，《申報》第14版，1920年10月4日。

〈宋春舫遊記（四）〉，《申報》第14版，1920年10月5日。

〈宋春舫遊記（六）〉，《申報》第14版，1920年10月6日。

〈宋春舫遊記（七）〉，《申報》第14版，1920年10月7日。

〈到巴黎去〉，《宇宙風》62（1938.3），頁42-43。

〈杭遊雜感〉，《旅行雜誌》7：2（1933.2），頁33-35。

〈青島特別市觀象臺海洋科成立記〉，《申報》第12版，1929年11月28日。

〈梅花落中之跳舞譚〉，《申報》第15版，1917年1月5日。

〈通濟隆〉，《海光》6：11（1934.11），頁1-3。

〈奧國的生活程度〉、〈愁城消夏錄〉，《東方雜誌》17：20（1920.10.25），頁 83-87。

〈極乃武遊記〉，《約翰聲》28：4（1917.5），頁 1-3。

〈遊羅城堡記〉，《約翰聲》27：9（1916.12），頁 20-21。

〈蒲達配司脫〉，收入《歐遊附掌錄》之一節，《論語》14（1933.4.1），頁 478-479。

〈歐洲今日之戰禍論〉，《約翰聲》25：7（1914.10），頁 32-33。

〈歐遊漫錄〉，《民權素》1（1914.3），頁 15-17。

〈歐遊隨筆〉，《約翰聲》27：7（1916.10），頁 32-33。

〈避暑的精神〉，《青年界》10：1（1936.6），頁 81。

〈歸鄉雜感（一）〉，《申報》第 14 版，1919 年 3 月 23 日。

〈歸鄉雜感（二）〉，《申報》第 14 版，1919 年 3 月 24 日。

《不景氣之世界》，上海：四社出版部，1934。

《蒙德卡羅》，上海：中國旅行社，1933。

宋春舫等編纂，《上海商業儲蓄銀行二十年史初稿》，收入何品、宣剛編注，《上海商業儲蓄銀行》，上海：上海遠東出版社，2015，頁 1-66。

宋春舫，《宋春舫論劇》，上海：中華書局，1923。

宋春舫，《宋春舫論劇》，上海：中華書局，1930，三版。

宋春舫著，陳子善編，《從莎士比亞說到梅蘭芳》，北京：海豚出版社，2011。

宋春舫著，羅仕龍譯，《海外劫灰記》，分期連載於《書城》106（2015.3），頁 103-111；107（2015.4），頁 120-127；108（2015.5），頁 121-127；109（2015.6），頁 120-127。後為題〈宋春舫及其遊

記《海外劫灰記》〉，轉載於《細讀》2（2019），頁 77-124。

宋春舫譯，《繞室旅行記》（選段），《猛進》5（1925.4.3），頁 6-7。

宋春舫譯，《繞室旅行記》（選段），《猛進》6（1925.4.10），頁 5。

Soong, Tsung-faung. "Contemporary Chinese Drama," *The Peking Leader*, Special Anniversary Supplement (Feb. 12, 1919), pp. 124-127.

Soong, Tson-faung. "(Menus propos d'un Céleste) Sommes-nous affreux?" *La Politique de Pékin* 27 (Jul. 7, 1918), p.225.

Soong, Tsung-faung. "La Poésie chinoise," *La Revue de Genève,* vol. 4 (1922), pp.497-502.

Soong, Tsung-faung. *La Littérature chinoise contemporaine*. Peking (Beijing): Journal de Pékin, 1919.

Soong, Tsung-faung. *Parcourant le monde en flammes: Coups de crayon de voyage d'un Céleste*. Shanghai: The Oriental Press, 1917.

Soong, Tsung-faung. "Le Théâtre chinois jadis et aujourd'hui," *La Revue de Genève,* vol. 2 (1921), pp.121-127.

（二）其他

〈人間世社徵選現代中國百部佳作啟事〉，《人間世》22（1935.2.20），無頁碼。

〈三大名著之暢銷〉，《申報》第 12 版，1933 年 9 月 29 日。

〈五十年來百部佳作特輯：弁言〉，《人間世》38（1935.10.20），頁 40。

〈宋春舫赴歐〉，《申報》第 14 版，1920 年 4 月 22 日。

〈宋春舫著《蒙德卡羅》〉，《申報》第 12 版，1933 年 6 月 8 日。

〈查明宋春舫素來安分之呈復〉，《申報》第 15 版，1921 年 7 月 4 日。

〈浙江省議會議事紀（五）〉，《民國日報》第2張第6版，1921年5月29日。

〈第一院教務處布告〉，《北京大學日刊》第564號，第2版，1920年3月17日。

〈優待直接定戶〉，《申報》第4版，1934年1月27日。

〔清〕王韜藏編，《弢園著述總目》，清光緒十五年（1889年）鉛印本，收入李萬健、鄧詠秋編，《清代私家藏書目錄題跋叢刊》，北京：國家圖書館，2010，影印本，冊8。

〔清〕斌椿，《乘槎筆記》，收入鍾叔河主編，《走向世界叢書》，長沙：嶽麓書社，1985。

〔清〕馮甦，《劫灰錄》，收入《中國野史集成》編委會、四川大學圖書館編，《中國野史集成》，成都：巴蜀書社，1993，冊34，頁318-346。

乃一，〈蒙德卡羅〉，《天津商報畫刊》8：40（1933.7.11），頁2。

了之，〈宋春舫之新著：遊記體裁之《蒙德卡羅》〉，《天津商報畫刊》8：31（1933.6.20），頁3。

文寶峰（Henri van Boven）著，李佩紋譯，《新文學運動史》，臺北：秀威資訊，2021。

甘永柏，〈百部佳作散稿〉，《人間世》32（1935.7.20），頁45-46。

朱成章，〈旅行部緣起〉，《旅行雜誌》1：1（1927春季號），頁3。

朱自清，《中國新文學研究綱要》，收入朱喬森編，《朱自清全集·第8卷·學術論著編》，南京：江蘇教育出版社，1996。

枕石，〈舊事新談·康有為與西湖勝蹟〉，《小說日報》第2頁，1941年1月23日。

津津，〈讀《蒙德卡羅》雜記〉，《天津商報畫刊》9：9（1933.8.24），頁 2。

胡蝶，《歐遊雜記》，上海：良友圖書公司，1935。

胡適，〈文學進化觀念與戲劇改良〉，《新青年》5：4（1918.10.15），頁 308-321。

胡適，〈建設的文學革命論：國語的文學，文學的國語〉，《新青年》4：4（1918），頁 289-306。

胡適，〈論短篇小說〉，《新青年》4：5（1918），頁 395-407。

胡適，《遊戲的喜劇：終身大事》，《新青年》6：3（1919），頁 311-319。

徐仲年，《海外十年》，上海：正中書局，1936。

徐霞村，《巴黎遊記》，上海：光華書局，1931。

張若谷，《珈琲座談》，上海：真美善書店，1929。

張若谷，《異國情調》，上海：世界書局，1928。

張若谷，《遊歐獵奇印象》，上海：中華書局，1936。

陳光甫，〈發刊詞〉，《旅行雜誌》1：1（1927 春季號），頁 1。

新綠出版社編，《名家遊記》，北京：中國書店影印出版，1988〔上海：中華書局，1943〕。

翟理斯（Herbert Giles）著，劉帥譯，《中國文學史》，北京：首都師範大學出版社，2017。

趙少侯，〈宋春舫的《蒙德卡羅》〉，《圖書評論》2：2（1933.10），頁 43。

趙君豪，〈追懷宋春舫先生〉（下篇），《旅光》2：3（1940.3），頁 14-15。

鄭振鐸，《插圖本：中國文學史》，北平：樸社，1932。

錢基博，《現代中國文學史》，上海：上海書店，2007〔上海：世界書局，1933〕。

Acton, Harold. *Modern Chinese Poetry*. London: Duckworth, 1936.

Anonymous. "News Column: *Parcourant le monde en flammes*,"《約翰聲》28：5（1917.6），頁 32-33。

Gautier, Judith. *Les peuples étranges*. Paris: G. Charpentier, 1879.

Hsu, Sung-Nien. *Anthologie de la littérature chinoise, des origines à nos jours*. Paris: Librairie Delagrave, 1932.

Johnston, Reginald Fleming. *The Chinese Drama*. Shanghai, Hong Kong, and Singapore: Kelly & Walsh Ltd., 1921.

Lin, Shao-yang [pseud.]. *A Chinese Appeal to Christendom Concerning Christian Mission*. London: Watts & Co., 1911.

Maugham, William Somerset. *On a Chinese Screen*. London: Heinemann, 1922.

Raquez, Alfred. *Au pays des pagodes*. Shanghai: Imprimerie de la Presse orientale, 1900.

Soulié de Morant, George. *Essai sur la littérature chinoise*. Paris: Editons Mercure de France, [1912] 1924.

Tcheng, Ki-tong. "Préface," in Alfred Raquez, *Au pays des pagodes*. Shanghai: Imprimerie de la Presse orientale, 1900, pp. V-VII.

Zucker, Adolf Eduard. *The Chinese Theater*. Boston: Little, Brown, and Company, 1925.

二、近人論著

尹德翔，《東海西海之間：晚清使西日記中的文化觀察認證與選擇》，北京：北京大學出版社，2009。

方維規，〈世界第一部中國文學史的「藍本」：兩部中國書籍《索引》〉，《世界漢學》12（2013），頁126-134。

史建國，〈「貴族作家」宋春舫的歐洲遊記〉，《香港文學》437（2021.5），頁91-96。

瓦格納（Rudolf G. Wagner）著，崔潔瑩譯，〈跨越間隔！——晚清與民國時期的外語報刊〉，收入耿幼壯、楊慧林主編，《世界漢學》，北京：中國人民大學出版社，2015，卷15，頁91-111。

瓦格納（Rudolf G. Wagner）著，賴芊曄等譯，《晚清的媒體圖像與文化出版事業》，臺北：傳記文學出版社，2019。

老尼克（Old Nick）著，錢林森、蔡宏寧譯，《開放的中華：一個番鬼在大清國》（*La Chine ouverte: aventures d'un Fan-kouei dans le pays de Tsin*），濟南：山東畫報出版社，2004。

艾田蒲（René Etiemble）著，許鈞、錢林森譯，《中國之歐洲》（*L'Europe chinoise*），桂林：廣西師範大學出版社，［1989］2008。

亨利・柯蒂埃（Henri Cordier）著，唐玉清譯，錢林森校，《18世紀法國視野裡的中國》（*La Chine en France au XVIIIe siècle*），上海：上海書店出版社，2006。

余來明，《「文學」概念史》，北京：人民文學出版社，2016。

宋以朗，《宋淇傳奇：從宋春舫到張愛玲》，香港：牛津大學出版社，2014。

宋淇，〈毛姆與我的父親〉，《純文學》3：1（1968.1），頁1-10。

李明濱，〈世界第一部中國文學史的發現〉，《北京大學學報（哲學社會科學版）》39：1（2002.1），頁 92-95。

李華川，《晚清一個外交官的文化歷程》，北京：北京大學出版社，2004。

肖伊緋，《孤雲獨去閒：民國閒人那些事》，杭州：浙江大學出版社，2012。

邢建榕，〈戲劇家宋春舫撰寫的一部銀行史〉，《非常銀行家（民國金融往事）》，上海：東方出版中心，2014，頁 121-123。

邢建榕，《非常銀行家：民國金融往事》，上海：東方出版中心，2014。

周寧，《跨文化形象學》，上海：復旦大學出版社，2014。

周寧編注，《中國形象：西方的學說與傳說》（1-8 卷），北京：學苑出版社，2004。

孟華，〈從艾儒略到朱自清：遊記與「浪漫法蘭西」形象的生成〉，收入孟華等著，《中國文學中的西方人形象》，合肥：安徽教育出版社，2006，頁 364-378。

孟華，《比較文學形象學》，北京：北京大學出版社，2001。

季羨林，《留德十年》，北京：中國人民大學出版社，2004。

季劍青，〈什麼是「現代文學」的「現代」？——中國現代文學起點問題的歷史考察和再思考〉，《文學評論》4（2015），頁 57-67。

哈羅德·阿克頓（Harold Acton）著，北塔（徐偉鋒）譯注，〈《中國現代詩選》導言〉，《現代中文學刊》總第 7 期（2010 年第 4 期），頁 72-82。

胡星亮，〈宋春舫：中國現代戲劇理論先驅者〉，《浙江藝術職業學院學報》10：3（2012），頁 28-39。

唐佩佩、高昌旭，〈一部「世界眼光」的民國遊記〉，《戲劇之家》19（2016），頁 15-16。

張學勤，〈春潤廬重回人間〉，《杭州師範學院學報（社會科學版）》6（2002.11），頁 116-117。

郭彥娜，〈宋春舫：中國現代文學域外譯介的發軔者〉，《新文學史料》2（2001），頁 104-112。

陳岸峰，《文學史的書寫及其不滿》，香港：中華書局，2014。

陳俊啟，〈晚清現代性開展中首開風氣的先鋒：陳季同（1852-1907）〉，《成大中文學報》36（2012.3），頁 75-106。

陳室如，《晚清海外遊記的物質文化》，臺北：里仁，2014。

陳國球，〈文學批評作為中國文學研究的方法——兼談朱自清的文學批評研究〉，《政大中文學報》20（2013.12），頁 1-36。

陳國球，《文學史書寫型態與文化政治》，北京：北京大學出版社，2004。

陳碩文，〈翻譯異國、想像中國：張若谷譯《中國孤兒》探析〉，《編譯論叢》9：1（2016.03），頁 73-98。

陳廣宏，《中國文學史之成立》，上海：上海古籍出版社，2016。

黃修己，《中國新文學史編纂史》，北京：北京大學出版社，2007，二版。

雷強，〈那世寶：報人、社會活動家、出版商〉，《國際漢學》總第 9 期（2016 年 4 期），頁 150-157、203。

蔡登山，《才女多情：「五四」女作家的愛情歷程》，臺北：秀威資訊，2011。

戴燕，《文學史的權力》，北京：北京大學出版社，2018，增訂版。

鍾欣志，〈宋春舫戲劇譯介工作的多樣性與當代性（1919-1937）〉，《政大中文學報》32（2019. 12），頁 87-128。

鍾欣志，〈宋春舫的多語書寫與民國初年交會區的知識互換〉，《戲劇研究》29（2022.1），頁 37-70。

聶卉，〈《北京政聞報》與中國文學譯介〉，《漢語言文學研究》9：2（2018），頁 111-118。

羅仕龍，〈《茶花兒》與《天神與貓》：張德彝《述奇》系列兩齣中國題材戲劇新探〉，《中正漢學研究》24（2014.12），頁 185-215。

羅仕龍，〈宋春舫的旅行書寫及世界想像：以《海外劫灰記》與《蒙德卡羅》為例〉，《成大中文學報》67（2019. 12），頁 185-226。

羅仕龍，〈從繼承傳統到開創新局——二十世紀前半期法語世界的中國戲劇研究〉，《漢風》2（2018.1），頁 84-97。

關志昌，〈趙君豪和《旅行雜誌》〉，收入趙君豪採訪、蔡登山編，《民初旅行見聞》，臺北：秀威資訊，2015，頁 4-10。

關國煊，〈宋春舫〉，收入劉紹唐編，《民國人物小傳》，臺北：傳記文學出版社，1980，冊 3，頁 45-46。

Kang, Mathilde. *Francophonie and the Orient: French-Asian Transcultural Crossings (1840-1940)*. Trans. Martin Munro. Amsterdam: Amsterdam University Press, 2018.

Lo, Shih-Lung. “Le Théâtre français dans la Chine moderne: étude du cas de Song Chunfang,” in Yvan Daniel, Philippe Grangé, Han Zhuxiang, Guy Martinière, and Martine Raibaud eds., *France-Chine: Les échanges culturels et linguistiques. Histoire, enjeux, perspectives*. Rennes: Presses universitaires de Rennes, 2015, pp. 401-426.

Pino, Angel. *Bibliographie générale des œuvres littéraires modernes d'expression chinoise traduites en français*. Paris: You-feng, 2014.

三、網路資源

上海銀行網站「行史館」欄位：https://www.scsb.com.tw/content/about/about08_c_4.jsp（2019 年 11 月 10 日瀏覽）

《日本時報》官方數位檔案庫：https://www.eastview.com/wp-content/uploads/2019/05/JapanAdvertiser-pamphlet_English.pdf（2021 年 9 月 15 日瀏覽）

法國國家圖書館作者條目：https://data.bnf.fr/fr/12683341/albert_nachbaur/（2021 年 9 月 15 日瀏覽）

法國國家圖書館書目檢索：http://catalogue.bnf.fr（2019 年 11 月 10 日瀏覽）

楊寶寶：〈《中國新文學研究綱要》手稿：朱自清對新文學「進行時」思考〉，《澎湃新聞》（https://www.thepaper.cn/newsDetail_forward_13656675），2021.07.20 刊登（2021 年 9 月 4 日瀏覽）。

國家圖書館出版品預行編目（CIP）資料

志於道,遊於譯：宋春舫的世界紀行與中西文學旅途/宋春舫著；羅仕龍譯注.導讀. -- 初版. -- 新竹市：國立清華大學出版社, 2023.05

308面；15×21公分

譯自：La Littérature chinoise contemporaine

譯自：Parcourant le monde en flammes

ISBN 978-626-96325-9-6(平裝)

1.CST: 宋春舫 2.CST: 學術思想 3.CST: 旅遊文學 4.CST: 文學評論

848.5　　112003596

志於道，遊於譯——宋春舫的世界紀行與中西文學旅途

作　　者：宋春舫
譯注／導讀：羅仕龍
發 行 人：高為元
出 版 者：國立清華大學出版社
社　　長：巫勇賢
執行編輯：劉立葳
校　　對：蔡岳璋
美術設計：陳思辰
地　　址：300044 新竹市東區光復路二段 101 號
電　　話：(03)571-4337
傳　　真：(03)574-4691
網　　址：http://thup.site.nthu.edu.tw
電子信箱：thup@my.nthu.edu.tw
其他類型版本：無其他類型版本

展 售 處：水木書苑 (03)571-6800
http://www.nthubook.com.tw
五楠圖書用品股份有限公司 (04)2437-8010
http://www.wunanbooks.com.tw
國家書店松江門市 (02)2517-0207
http://www.govbooks.com.tw
出版日期：2023 年 5 月初版
定　　價：平裝本新臺幣 400 元

ISBN 978-626-96325-9-6　　GPN 1011200296